中华散文珍藏版

孙犁散文

人民文学出版社

图书在版编目(CIP)数据

孙犁散文/孙犁著.—北京:人民文学出版社,2015
(中华散文珍藏版)
ISBN 978-7-02-011019-3

Ⅰ.①孙… Ⅱ.①孙… Ⅲ.①散文集—中国—当代 Ⅳ.①I267

中国版本图书馆 CIP 数据核字(2015)第 149962 号

责任编辑　杜　丽
装帧设计　刘　静
责任印制　王景林

出版发行　人民文学出版社
社　　址　北京市朝内大街 166 号
邮政编码　100705
网　　址　http://www.rw-cn.com

印　　刷　北京明恒达印务有限公司
经　　销　全国新华书店等

字　　数　200 千字
开　　本　880 毫米×1230 毫米　1/32
印　　张　9.625　插页3
印　　数　1—10000
版　　次　1998 年 12 月北京第 1 版
印　　次　2016 年 6 月第 1 次印刷

书　　号　978-7-02-011019-3
定　　价　33.00 元

如有印装质量问题,请与本社图书销售中心调换。电话:010-65233595

作者像

手迹　（《风云初记》）

出 版 说 明

　　为了全面展示二十世纪以来中华散文的创作成就，我社于2005年4月编辑出版了"中华散文插图珍藏版系列"。到目前为止，已经出版了四辑五十位现当代文学大家的散文集，其目的是要将"五四"新文学革命以来近百年间的中华散文作一次全方位地展示和总结。为此，该系列书也成了"人文版"散文的标志性出版物，在作家、读者和图书市场中产生了极大的影响。

　　这套"中华散文珍藏版"是在此基础上的精选，其宗旨是进一步扩大散文的社会影响力，优中选优，精益求精，为读者，特别是为青年读者提供一套散文阅读范本。

　　人民文学出版社一直秉承读者至上、质量第一的出版原则，但愿这套书的出版，能为多元思潮中的人们洒下一捧甘霖。

人民文学出版社编辑部

目 录

识字班 …………………………………… 1
第一个洞 ………………………………… 6
游击区生活一星期 ……………………… 10
三烈士事略并后记 ……………………… 26
塔　记 …………………………………… 29
王凤岗坑杀抗属 ………………………… 33
采蒲台的苇 ……………………………… 35
安新看卖席记 …………………………… 37
张秋阁 …………………………………… 41
光复唐官屯之战 ………………………… 45
学　习 …………………………………… 48
宿　舍 …………………………………… 50
节　约 …………………………………… 52
小刘庄 …………………………………… 54
挂甲寺渡口 ……………………………… 56
厂　景 …………………………………… 58
访　旧 …………………………………… 60
婚　俗 …………………………………… 63
一天日记 ………………………………… 67
回忆沙可夫同志 ………………………… 71
黄　鹂 …………………………………… 76

石　子 ……………………………………………	80
《善闇室纪年》序 ……………………………	83
伙伴的回忆 ……………………………………	85
服装的故事 ……………………………………	92
悼画家马达 ……………………………………	96
删去的文字 ……………………………………	101
童年漫忆 ………………………………………	105
谈赵树理 ………………………………………	110
谈柳宗元 ………………………………………	116
吃粥有感 ………………………………………	120
《红楼梦》杂说 ………………………………	122
《方纪散文集》序 ……………………………	125
书的梦 …………………………………………	128
画的梦 …………………………………………	134
戏的梦 …………………………………………	138
夜　思 …………………………………………	147
悼念李季同志 …………………………………	151
乡里旧闻 ………………………………………	156
同口旧事 ………………………………………	175
新年悬旧照 ……………………………………	183
报纸的故事 ……………………………………	185
亡人逸事 ………………………………………	189
芸斋琐谈 ………………………………………	193
母亲的记忆 ……………………………………	210
青春余梦 ………………………………………	212
芸斋梦余 ………………………………………	215
猫鼠的故事 ……………………………………	218
夜晚的故事 ……………………………………	*221*

戏的续梦	225
老　家	229
木棍儿	231
告　别	234
黄　叶	239
菜　花	242
新居琐记	244
老年文字	249
故园的消失	252
耕堂读书随笔	255
残瓷人	275
秋凉偶记	277
记秀容	281

识 字 班

鲜姜台的识字班开学了。

鲜姜台是个小村子,三姓,十几家人家,差不多都是佃户,原本是个"庄子"。

房子在北山坡下盖起来,高低不平的。村前是条小河,水长年地流着。河那边是一带东西高山,正午前后,太阳总是像在那山头上,自东向西地滚动着。

冬天到来了。

一个机关住在这村里,住得很好,分不出你我来啦。过阳历年,机关杀了头猪,请村里的男人坐席,吃了一顿,又叫小鬼们端着菜,托着饼,挨门挨户送给女人和小孩子去吃。

而村里呢,买了一只山羊,送到机关的厨房。到旧历腊八日,村里又送了一大筐红枣,给他们熬腊八粥。

鲜姜台的小孩子们,从过了新年,就都学会了唱《卖梨膏糖》,是跟着机关里那个红红的圆圆脸的女同志学会的。

他们放着山羊,在雪地里,或是在山坡上,喊叫着:

　　鲜姜台老乡吃了我的梨膏糖呵,
　　五谷丰登打满场,
　　黑枣长的肥又大呵,
　　红枣打的晒满房呵。

自卫队员吃了我的梨膏糖呵,
帮助军队去打仗,
自己打仗保家乡呵,
日本人不敢再来烧房呵。

妇救会员吃了我的梨膏糖呵,
大鞋做得硬邦邦,
当兵的穿了去打仗呵,
赶走日本回东洋呵。

而唱到下面一节的时候,就更得意洋洋了。如果是在放着羊,总是把鞭子高高举起:

儿童团员吃了我的梨膏糖呵,
拿起红缨枪去站岗,
捉住汉奸往村里送呵,
他要逃跑就给他一枪呵。

接着是"得得呛",又接着是向身边的一只山羊一鞭打去,那头倒霉的羊便咩的一声跑开了。

大家住在一起,住在一个院里,什么也谈,过去的事,现在的事,以至未来的事。吃饭的时候,小孩子们总是拿着块红薯,走进同志们的房子:"你们吃吧!"

同志们也就接过来,再给他些干饭;站在院里观望的妈妈也就笑了。

"这孩子几岁了?"

"七岁了呢。"

"认识字吧?"

"哪里去识字呢!"

接着,边区又在提倡着冬学运动,鲜姜台也就为这件事忙起来。自卫队的班长,妇救会的班长,儿童团的班长,都忙起来了。

怎么都是班长呢?有的读者要问啦!那因为这是个小村庄,是一个"编村",所以都叫班。

打扫了一间房子,找了一块黑板,——那是临时把一块箱盖涂上烟子的。又找了几支粉笔。订了个功课表:识字,讲报,唱歌。

全村的人都参加学习。

分成了两个班:自卫队——青抗先一班,这算第一班;妇女——儿童团一班,这算第二班。

每天吃过午饭,要是轮到第二班上课了,那位长脚板的班长,便挨户去告诉了:

"大青他妈,吃了饭上学去呵!"

"等我刷了碗吧!"

"不要去晚了。"

当机关的"先生"同志走到屋里,人们就都坐在那里了。小孩子闹得很厉害,总是咧着嘴笑。有一回一个小孩子小声说:

"三槐,你奶奶那么老了,还来干什么呢?"

这叫那老太太听见了,便大声喊起来,第一句是:"你们小王八羔子!"第二句是:"人老心不老!"

还是"先生"调停了事。

第二班的"先生",原先是女同志来担任,可是有一回,一个女同志病了,叫一个男"先生"去代课,一进门,女人们便叫起来:

"呵!不行!我们不叫他上!"

有的便立起来掉过脸去,有的便要走出去,差一点没散了台,还是儿童团的班长说话了:

"有什么关系呢?你们这些顽固!"

虽然还是报复了几声"王八羔子",可也终于听下去了。

这一回,弄得这个男"先生"也不好意思,他整整两点钟,把身子退到墙角去,说话小心翼翼的。

等到下课的时候,小孩子都是兴头很高的,互相问:

"你学会了几个字?"

"五个。"

可有一天,有两个女人这样谈论着:

"念什么书呢,快过年了,孩子们还没新鞋。"

"念老鼠!我心里总惦记着孩子会睡醒!"

"坐在板凳上,不舒服,不如坐在家里的炕上!"

"明天,我们带鞋底子去吧,偷着纳两针。"

第二天,果然"先生"看见有一个女人,坐在角落里偷偷地做活计。先生指了出来,大家哄堂大笑,那女人红了脸。

其实,这都是头几天的事。后来这些女人们都变样了。一轮到她们上学,她们总是提前把饭做好,赶紧吃完,刷了锅,把孩子一把送到丈夫手里说:

"你看着他,我去上学了!"

并且有的着了急,她们想:"什么时候,才能自己看报呵!"

对不起鲜姜台的自卫队、青抗先同志们,这里很少提到他们。可是,在这里,我向你们报告吧:他们进步是顶快的,因为他们都觉到了这两点:

第一,要不是这个年头,我们能念书?别做梦了!活了半辈子,谁认得一个大字呢!

第二,只有这年头,念书、认字,才重要,查个路条,看个公事,看个报,不认字,不只是别扭,有时还会误事呢!

觉到了这两点,他们用不着人督促,学习便很努力了。

末了,我向读者报告一个"场面"作为结尾吧。

晚上,房子里并没有点灯,只有火盆里的火,闪着光亮。

鲜姜台的妇女班长,和她的丈夫、儿子们坐在炕上,围着火盆。她丈夫是自卫队,大儿子是青抗先,小孩子还小,正躺在妈妈怀里吃奶。

这个女班长开腔了：

"你们第一班,今天上的什么课？"

"讲报说是日本又换了……"当自卫队的父亲记不起来了。

妻子想笑话他,然而儿子接下去：

"换一个内阁！"

"当爹的还不如儿子,不害羞！"当妻的终于笑了。

当丈夫的有些不服气,紧接着：

"你说日本又想换什么花样？"

这个问题,不但叫当妻的一怔,就是和爹在一班的孩子也怔了。他虽然和爹是一班,应该站在一条战线上,可是他不同意他爹拿这个难题来故意难别人,他说：

"什么时候讲过这个呢？这个不是说明天才讲吗？"

当爹的便没话说了,可是当妻子的并没有示弱,她说：

"不用看还没讲,可是,我知道这个。不管日本换什么花样,只要我们有那三个坚持,他换什么花样,也不要紧,我们总能打胜它！"

接着,她又转向丈夫,笑着问：

"又得问住你：你说三个坚持,是坚持些什么？"

这回丈夫只说出了一个,那是"坚持抗战"。

儿子又添了一个,是"坚持团结"。

最后,还是丈夫的妻、儿子的娘、这位女班长告诉了他们这全的："坚持抗战,坚持团结,坚持进步。"

当盆里的火要熄下去,而外面又飘起雪来的时候,儿子提议父、母、子三个人合唱了一个新学会的歌,便铺上炕睡觉了。

躺在妈妈怀里的小孩子,不知什么时候撒了一大泡尿,已经湿透妈妈的棉裤。

1940年1月19日于阜平鲜姜台

第一个洞

蠡县××庄的治安员杨开泰,今年虽只二十五岁,看来,已像三十几岁的人了。那一带环境十分残酷,他的面色,因为长期睡眠不足,显得很干枯。眼里布满红丝,那每一条红丝里,就有一个焦虑,一个决心。从前年起,××庄的形势就变了,在它周围,敌人的据点远的有八里,近的只有二里。杨开泰愤然地对人说:"好,敌人蚕食使我们的任务加重了。我要把精神提高,把自己变成两个人,要叫我的精神,也增加生产!"

从此,他就很少睡觉了。他是一个贫农,有个和他年岁相当、相亲相爱的老婆。老婆看见丈夫的脸渐渐黄瘦起来,常常为他担心,每天在饭食上加些油水,劝他早些睡觉。杨开泰说:"现在不是睡觉的时候了。就是敌人不出动,我躺在被窝里,想到围在身边有那么些碉堡,有那么多敌人在算计我们,我就焦躁起来了。你熬不住先睡去。"

区里的干部,有时夜间来,他们选定了在杨开泰家里开会。这不是因为他家里有高墙大院,可以防身,而是因为他们信任杨开泰这个人。深夜,杨开泰到村西头的堤上去,正是初冬,柳枝被霜雪冻干了,风吹过来,枯枝飘落。几个区干部,跟在杨开泰后面,默默地,放轻脚步,走回家去。

开过几次会了。杨开泰的脸上越发干枯,眼里的红丝也越加多了。只有他知道,敌人的特务,已经钻进村里来。在一天夜里,他从屋里走出来,猛一抬头,屋檐上伏着一个人,立时不见了。又过了两天,他清晨起来,开开板门,看见道路扫得非常干净,这样,只要有人走过,就可以辨认出几个人和去的方向。又过几天,他看见有人在路上划了许多密密的横线,有人走过时,可以清清楚楚地看出来。再过两天,他在一个夜间发现大门的铁链上,系着一条黑线,一推门线就断了。

他看到这一切,明白了一切。不只为他自己担心,他更为这些区干部担心。敌人可以包围他的家,逮捕区干部……他细心地侦察着,他迅速地通知区干部,不要到他家里来了。

一天,吃过晚饭,他对老婆说:

"不要等我了,我要到外边开会去。"

老婆就一个人先睡了。直到第二天吃早饭的时候,杨开泰才走回来,他很劳累,脸上有汗迹。老婆说:

"你看,又和谁争吵来,脸红脖子粗的。"

杨开泰只是笑了笑。

这一天吃了晚饭,他又对老婆说:

"不要等我了,我要到外边开会去。"

老婆只是撇了一下嘴,就先睡了。

这样一天、两天、三天、四天,杨开泰没进屋睡一夜觉。早饭一熟,他就带着一身疲乏,红着脸,还有些气喘回来了。第五天早上,他照例笑着问:

"饭做好了?"

他老婆坐在灶火前,垂着头,用草棍划着地,没言语。

他又问:

"今天叫我吃什么?我看你该叫我吃点好东西了。"

女人突然站起来,站起得过猛了,手扶在屋门框上。脸上挂着泪水,两只眼睛红桃儿一样。她怒气冲冲,急口说:

"好,你该吃好东西了!你费了劲了!你夜里背了瓮了!你该补一补了,你泄了阳气了!"

杨开泰也就火了,说:

"你这是干什么?你!"

老婆狠狠地望了他一眼,到里屋去,趴到炕上哭起来,嘴里数道着:

"不知道叫哪个浪女人缠住了,十天八天地不在家里睡,还有脸跟我要好的吃。你不知家里水没有人给我担,柴没有人给我抱,火没有人给我烧呀……"

杨开泰才明白老婆为什么生气了。他劝着,安慰着说:

"结婚已经快五年了,看你还不信任我?"

"我不信任你!你十天八天不进我的屋,你夜里出去,回来就瞧你累成那个样子,……我的命苦啊!"

"你的命苦,我的也不甜。可是甜的时候总得来,这就先得把苦的时候打发走。你算瞎疑心了,我不是和你说过,是出去开会吗?"

女人坐起来,擦一擦眼泪说:

"你去哄三岁的孩子吧,你去哄那些傻子吧。我问了青救会杨秃,他说这几天就没见过你。"

杨开泰还想解释解释,可是因为过于疲劳,他又睡着了。女人坐在他身边,哭泣、伤心、伤心、哭泣。

黄昏又来了。平原的村庄,把黄昏看成是一天的年节一样。孩子们从家里跑出来,满街上跑跑跳跳,把白天闭上的嘴张开,把往日可以尽情唱的歌儿唱起。女人们,也站到门口来望望。黄昏很短,一时晚饭熟了,家家先后插上门,以后又吹熄了灯。

杨开泰默默地吃过晚饭,他向老婆告假,说:

"好,我听你的话,今晚不出去了,一定在家里睡。只是我要到后院里去转转,一时就回来。"

"好吧。"老婆回答说。

杨开泰走出去,天已经很黑了,屋里的灯光,只能照明窗前一片地。

他向后院里走去,进了那间破旧的磨棚。他擦着一根火柴,石磨用四根木头支架着,他丢了火柴,钻到磨下面去,不见了。

"你给我出来!"他的老婆立在磨台一边喊。原来她偷偷跟在杨开泰后面,看他是不是从后院跳墙过去。她一见丈夫在磨下面,要借土遁逃走,大吃一惊,跺着脚,"你给我出来,你这个贼兔子,你又想哄我。你出来不出来?我喊到街上去!"

"咳,咳,你嚷什么?"杨开泰赶紧从磨台下面钻出来,老婆赶紧擦着一根火柴,把灯点着,她恐怕丈夫趁黑影里逃跑。

杨开泰满身是土,他低声对老婆说:

"既然叫你看见了,我就告诉你。你以为我每天出去玩乐去了,却不知道每天夜里,我一个人在这里掘洞。整整掘了五夜,才成功了。我下去看了看,里面可以盛四五个人。以后,我们就不必提心吊胆,可以在这里面开会了。"

说完,他走回去,把一块木板放下来,又把堆起的土粪铺在上面,就没有了丝毫的痕迹。

灯芯吸足了植物油,爆炸着,女人的疑心去了。她看见丈夫那干枯的脸,充满血丝的眼睛,和那因为完成了一件大事,兴奋快活的神气,她也笑了。像八月十五的月,一片乌云从它身边飘过,月儿显得更俊秀了。花儿避免夜晚的冷露,合起它的花瓣,在朝阳照射下,它翻然开放……

"你个贼兔子!"她也低声地,害羞地说,"你还不信任我啊。"

…………

从此以后,地洞、地道就流传开了。而且在不断地改进着。什么"七巧连环洞","观音莲台洞"……花样翻新,无奇不有。而这"第一个洞"的创造的故事,也就随着洞的传播而传播着。

一九四三年五月

游击区生活一星期

平 原 景 色

一九四四年三月里,我有机会到曲阳游击区走了一趟。在这以前,我对游击区的生活,虽然离的那么近,听见的也不少,但是许多想法还是主观的。例如对于"洞",我的家乡冀中区是洞的发源地,我也写过关于洞的报告,但是到了曲阳,在入洞之前,我还打算把从繁峙带回来的六道木棍子也带进去,就是一个大笑话。经一事,长一智,这真是不会错的。

县委同志先给我大概介绍了一下游击区的情形,我觉得重要的是一些风俗人情方面的事,例如那时地里麦子很高了,他告诉我到那里去,不要这样说:"啊,老乡,你的麦子长的很好啊!"因为"麦子"在那里是骂人的话。

他介绍给我六区农会的老李,这人有三十五岁以上,白净脸皮,像一个稳重的店铺掌柜,很热情,思想很周密,他把敞开的黑粗布破长袍揽在后面,和我谈话。我渐渐觉得他是一个区委负责同志,我们这几年是培养出许多这样优秀的人物来了。

我们走了一天一夜,第二天清晨到了六区边境,老李就说:"你看看平原游击根据地的风景吧!"

好风景。

太阳照着前面一片盛开的鲜红的桃树林,四周围是没有边

1946年 河北蠡县

书影　《荷花淀》

际的轻轻波动着就要挺出穗头的麦苗地。

从小麦的波浪上飘过桃花的香气,每个街口走出牛拖着的犁车,四处是鞭哨。

这是几年不见的风光,它能够引起年幼时候强烈的感觉。爬上一个低低的土坡,老李说:"看看炮楼吧!"

我心里一跳。对面有一个像火车站上的水塔,土黄色,圆圆的,上面有一个伞顶的东西。它建筑在一个大的树木森森的村庄边沿,在它下面就是出入村庄的大道。

老李又随手指给我,村庄的南面和东面不到二里地的地方,各有一个小一些的炮楼。老李笑着说:

"对面这一个在咱们六区是顶漂亮的炮楼,你仔细看看吧。这是敌人最早修的一个,那时咱们的工作还没搞好,叫他捞到一些砖瓦。假如是现在,他只能自己打坯来盖。"

面前这一个炮楼,确是比远处那两个高大些,但那个怪样子,就像一个阔气的和尚坟,再看看周围的景色,心里想这算是个什么点缀哩!这是和自己心爱的美丽的孩子,突然在三岁的时候,生了一次天花一样,叫人一看见就难过的事。

但老李慢慢和我讲起炮楼里伪军和鬼子们的生活的事,我也就想到,虽然有这一块疮疤,人们抗毒的血液却是加多了。

我们从一条绕村的堤埝上走过,离那炮楼越来越近,渐渐看得见在那伞顶下面有一个荷枪的穿黑衣服的伪军,望着我们。老李还是在前面扬长地走着,当离开远了的时候,他慢慢走,等我跟上说:

"他不敢打我们,他也不敢下来,咱们不准许他下来走动。"

接着他给我讲了一个笑话。

他说:"住在这个炮楼上的伪军,一天喝醉了酒,大家打赌,谁敢下去到村里走一趟。一个司务长就说:他敢去,并且约下,要到'维持会'拿一件东西回来作证明。这个司务长就下来了，别的伪军在炮楼上望着他。司务长仗着酒胆，走到村边。这村的维持会以前为了怕他们下来捣乱，还是迁就了他们一下，设在这个街头的。他进了维持会，办公的人们看见他就说：'司务长，少见，少见，里面坐吧。'司务长一句话也不说，迈步走到屋里，在桌子上拿起一枝毛笔就往外走。办公的人们在后面说：'坐一坐吧，忙什么哩？'司务长加快脚步就来到街上，办公的人们嬉笑着嚷道：'哪里跑！哪里跑！'

"这时从一个门洞里跳出一个游击组员，把手枪一扬，大喝一声：'站住！'照着他虚瞄一枪，砰的一声。

"可怜这位司务长没命地往回跑，把裤子也掉下来了，回到炮楼上就得了一场大病，现在还没起床。"

我们又走了一段路，在村庄南面那个炮楼下面走过，那里面已经没有敌人，老李说，这是叫我们打走了的。在这个炮楼里面，去年还出过闹鬼的事。

老李说：

"你看前面，那里原来是一条沟，到底叫我们给它平了。那时候敌人要掘围村沟，气焰可凶哩！全村的男女老少都抓去，昼夜不停地掘。有一天黄昏的时候，一个鬼子在沟里拉着一个年轻媳妇要强奸，把衣服全扯烂了。那年轻女人劈了那个鬼子一铁铲就往野地里跑，别的鬼子追她，把她逼得跳下一个大水车井。

"就在那天夜里，敌人上了炮楼，半夜，听见一种嗷嗷的声音，先是在炮楼下面叫，后来绕着炮楼叫。鬼子们看见在炮楼下面，有一个白色帐篷的东西，越长越高，眼看就长到炮楼顶一般高了，鬼子是非常迷信的，也是做贼心虚，以为鬼来索命了。

"不久，那个逼着人强奸的鬼子就疯了，他哭着叫着，不敢在炮楼上住。他们的小队长在附近村庄请来一个捉妖的，在炮楼上摆香坛行法事,念咒捉妖,法师说:'你们造孽太大,受冤的人气焰太高,我也没办法。'再加上游击组每天夜里去袭击,他们就全搬到村头上的大炮楼上去住了。"

抗 日 村 长

在路上有些耽误,那天深夜我们才到了目的地。

进了村子,到一个深胡同底叫开一家大门,开门的人说:

"啊!老李来了。今天消息不好,燕赵增加了三百个治安军。"

老李带我进了正房,屋里有很多人。老李就问情况。

情况是真的,还有"清剿"这个村子的风声,老李就叫人把我送到别的一个村子去,写了一封信给那村的村长。

深夜,我到了那个村子,在公事台(村里支应敌人的地方,人们不愿叫维持会,现在流行叫公事台)的灯光下,见到了那个抗日村长。他正在同一些干部商量事情,见我到了,几个没关系的人就走了。村长看过了我的介绍信,打发送我的人回去说:

"告诉老李,我负一切责任,让他放心好了。"

村长是三十多岁的人,脸尖瘦,眼皮有些肿,穿着一件白洋布大衫,白鞋白腿带。那天夜里,我们谈了一些村里的事,我问他为什么叫抗日村长,是不是还有一个伪村长。他说没有了。关于村长这个工作,抗战以后,是我们新翻身上来的农民干部做的,可是当环境一变,敌伪成天来来往往,一些老实的农民就应付不了这局面。所以有一个时期,就由一些在外面跑过的或是年老的办公的旧人来担任,那一个时期,有时是出过一些毛病的。渐渐地,才培养出这样的既能站稳立场,也能支应敌伪的新干部。但大家为了热诚的表示,虽然和敌人周旋,也是为抗日,习惯地就叫他们"抗日村长"。

抗日村长说，因为有这两个字加在头上，自己也就时时刻刻提醒自己的责任了。

不久我就从他的言谈上、表情上看出他的任务的繁重和复杂。他告诉我，他穿孝的原因是半月前敌人在这里驻剿，杀死了他年老的父亲，他要把孝穿到抗日胜利。

从口袋里他掏出香烟叫我吸，说这是随时支应敌人的。在游击区，敌人勒索破坏，人们的负担已经很重，我们不忍再吃他们的喝他们的，但他们总是这样说：

"吃吧，同志，有他们吃的，还没有你们吃的！你们可吃了多少，给人家一口猪，你们连一个肘子也吃不了。"

我和抗日村长谈这种心理，他说这里面没有一丝虚伪，却有无限苦痛。他说，你见到过因为遭横祸而倾家败产的人家吗！对他的亲爱的孩子的吃穿，就是这样的，就是这个心理。敌占区人民对敌伪的负担，想象不到的大，敌伪吃的、穿的、花的都是村里供给；并且伪军还有家眷，就住在炮楼下，这些女人孩子的花费，也是村里供给，连孩子们的尿布，女人的粉油都在内，我们就是他们的供给部。

抗日村长苦笑了，他说："前天敌人叫报告员来要猪肉、白菜、萝卜，我们给他们准备了，一到炮楼下面，游击小组就打了伏击，报告员只好倒提着空口袋到炮楼上去报告，他们又不敢下来，我们送不到有什么办法？"

抗日村长高声地笑了起来，他说："回去叫咱们的队伍来活动活动吧，那时候就够他们兔崽子们受，我们是连水也不给他们担了。有一回他们连炮楼上的泔水（洗锅水）都喝干了的。"

这时已快半夜，他说："你去睡觉吧，老李有话，今天你得钻洞。"

洞

可以明明告诉敌人,我们是有洞的。从一九四二年五月一日冀中大"扫荡"以后,冀中区的人们常常在洞里生活。在起初,敌人嘲笑我们说,冀中人也钻洞了,认为是他们的战绩。但不久他们就收起笑容,因为冀中平原的人民并没有把钻洞当成退却,却是当作新的壕堑战斗起来,而且不到一年又从洞里战斗出来了。

平原上有过三次惊天动地的工程,一次是拆城,二次是破路,三次是地道。局外人以为这只是本能的求生存的活动,是错误的。这里面有政治的精心积虑的设计、动员和创造。这创造由共产党的号召发动,由人民完成。人民兴奋地从事这样巨大精细的工程,日新月异,使工程能充分发挥作战的效能。

这工程是八路军领导人民共同来制造,因为八路军是以这地方为战争的基地,以人民为战争的助手,生活和愿望是结为一体的,八路军不离开人民。

回忆在抗战开始,国民党军队也叫人民在大雨滂沱的夏天,掘过蜿蜒几百里的防御工事,人民不惜斩削已经发红的高粱来构筑作战的堡垒;但他们在打骂奴役人民之后,不放一枪退过黄河去了。气得人们只好在新的壕沟两旁撒撒晚熟的秋菜种子。

一经比较,人民的觉悟是深刻明亮的。因此在拆毁的城边,纵横的道沟里,地道的进口,就流了敌人的血,使它污秽的肝脑涂在为复仇的努力创造的土地上。

言归正传吧,村长叫中队长派三个游击组员送我去睡觉,村长和中队长的联合命令是一个站高哨,一个守洞口,一个陪我下洞。

于是我就携带自己的一切行囊到洞口去了。

这一次体验,才使我知道"地下工作的具体情形",这是当我问到一个从家乡来的干部,他告诉我的话,我以前是把地下工作浪漫化了的。

他们叫我把棍子留在外间,在灯影里立刻有一个小方井的洞口出现在我的眼前。陪我下洞的同志手里端着一个大灯碗跳进去不见了。我也跟着跳进去,他在前面招呼我。但是满眼漆黑,什么也看不见,也迷失了方向。我再也找不到往里面去的路,洞上面的人告诉我蹲下向北进横洞。我用脚探着了那横洞口,我蹲下去,我吃亏个子大,用死力也折不到洞里去,急的浑身大汗,里面引路的人又不断催我,他说:"同志,快点吧,这要有情况还了得。"我像一个病猪一样"吭吭"地想把头塞进洞口,也是枉然。最后才自己创造了一下,重新翻上洞口来,先使头着地,栽进去,用蛇行的姿势入了横洞。

这时洞上面的人全笑起来,但他们安慰我说,这是不熟练,没练习的缘故,钻十几次身子软活了就好了。

钻进了横洞,就看见带路人托引着灯,焦急地等我。我向他抱歉,他说这样一个横洞你都进不来,里面的几个翻口你更没希望了,就在这里打铺睡吧!

这时我才想起我的被物,全留在立洞的底上横洞的口上,他叫我照原姿势退回去,用脚尖把被子和包袱勾进来。

当我试探了半天,才完成了任务的时候,他笑了,说:"同志,你看敌人要下来,我拿一枝短枪在这里等他(他说着从腰里掏出手枪顶着我的头),有跑吗?"

我也滑稽地说:"那就像胖老鼠进了细腰蛇的洞一样,只有跑到蛇肚子里。"

这一夜,我就是这样过去了。第二天上面叫我们吃饭,出来一看,已经红日三竿了。

村　外

　　过了几天，因为每天钻，有时钻三次四次，我也到底能够进到洞的腹地；虽然还是那样潮湿气闷，比较起在横洞过夜的情景来，真可以说是别有洞天了。

　　和那个陪我下洞的游击组员也熟识了，那才是一个可亲爱的好青年、好农民、好同志。他叫三槐，才十九岁。

　　我就长期住在他家里，他有一个寡母，父亲也是敌人前年"扫荡"时被杀了的，游击区的人们，不知道有多少人负担着这种仇恨生活度日。他弟兄三个。大哥种地，有一个老婆；二哥干合作社，跑敌区做买卖，也有一个老婆；他看来已经是一个职业的游击组员，别的事干不了多少了，正在年轻，战争的事占了他全部的心思，也不想成亲。

　　我们俩就住在一条炕上，炕上一半地方堆着大的肥美的白菜。情况紧了，我们俩就入洞睡，甚至白天也不出来；情况缓和，就"守着洞口睡"。他不叫我出门，吃饭他端进来一同吃，他总是选择最甜的有锅巴的红山药叫我吃，他说："别出门，也别叫生人和小孩子们进来。实在闷的时候我带你出去遛遛去。"

　　有一天，我实在闷了，他说等天黑吧，天黑咱们玩去。等到天黑了，他叫我穿上他大哥的一件破棉袍，带我到村外去，那是大平原的村外，我们走在到菜园去的小道上，在水车旁边谈笑，他割了些韭菜，说带回去吃饺子。

　　在洞里闷了几天，我看见旷野像看见了亲人似的，我愿意在松软的土地上多来回跑几趟，我愿意对着油绿的禾苗多呼吸几下，我愿意多看几眼正在飘飘飞落的雪白的李花。

　　他看见我这样，就说："我们唱个歌吧，不怕。冲着燕赵的炮楼唱，不怕。"

但我望着那不到三里远的燕赵的炮楼在烟雾里的影子,没有唱。

守　翻　口

那天我们正吃早饭,听见外面一声乱,中队长就跑进来说,敌人到了村外。三槐把饭碗一抛,就抓起我的小包裹,他说:"还能跑出去吗?"这时村长跑进来说:"来不及了,快下洞!"

我先下,三槐殿后,当我爬进横洞,已经听见抛土填洞的声音,知道情形是很紧的了。

爬到洞的腹地的时候,已经有三个妇女和两个孩子坐在那里,她们是从别的路来的,过了一会,三槐进来了,三个妇女同时欢喜地说:

"可好了,三槐来了。"

从这时,我才知道三槐是个守洞作战的英雄。三槐告诉女人们不要怕,不要叫孩子们哭,叫我和他把枪和手榴弹带到第一个翻口去把守。

爬到那里,三槐叫我闪进一个偏洞,把手榴弹和子弹放在手边,他就按着一把雪亮的板斧和手枪伏在地下,他说:

"这时候,短枪和斧子最顶事。"

不久,不知道从什么方向传过来一种细细的嘤嘤的声音,说道:

"敌人已经过村东去了,游击组在后面开了枪,看样子不来了,可是你们不要出来。"

这声音不知道是从地下发出来,还是从地上面发出来,像小说里描写的神仙的指引一样,好像是从云端上来的,又像是一种无线电广播,但我又看不见收音机。

三槐告诉我:"抽支烟吧,不要紧了,上回你没来,那可危险哩。

"那是半月前,敌人来'清剿',这村住了一个营的治安军,这些家伙,成分很坏,全是汉奸汪精卫的人,和我们有仇,可凶狠哩。一清早就来了,里面还有内线哩,是我们村的一个坏家伙。敌人来了,人们正钻洞,他装着叫敌人追赶的样子,在这个洞口去钻钻,在那个洞口去钻钻,结果叫敌人发现了三个洞口。

"最后也发现了我们这个洞口,还是那个家伙带路,他又装着蒜,一边嚷道:'咳呀,敌人追我!'就往里面钻,我一枪就把他打回去了。他妈的,这是什么时候,就是我亲爹亲娘来破坏,我也得把他打回去。

"他跑出去,就报告敌人说,里面有八路军,开枪了。不久,院子里就开来很多治安军,一个自称是连长的在洞口大声叫八路军同志答话。

"我就答话了:'有话你说吧,听着哩。'

"治安军连长说:'同志,请你们出来吧。'

"我说:'你进来吧,炮楼是你们的,洞是我们的。'

"治安军连长说:'我们已经发现洞口,等到像倒老鼠一样,把你们掘出来,那可不好看。'

"我说,'谁要不怕死,谁就掘吧。我们的手榴弹全拉出弦来等着哩。'

"治安军连长说:'喂,同志,你们是哪部分?'

"我说:'十七团。'"

这时候三槐就要和我说关于十七团的威望的事,我说我全知道,那是我们冀中的子弟兵,使敌人闻名丧胆的好兵团,是我们家乡的光荣子弟。三槐就又接着说:

"当时治安军连长说:'同志,我们是奉命来的,没有结果也不好回去交代。这样好不好,你们交出几枝枪来吧。'

"我说:'八路军不交枪,你们交给我们几枝吧,回去就说叫

我们打回去了,你们的长官就不怪罪你们。'

"治安军连长说:'交几枝破枪也行,两个手榴弹也行。'

"我说:'你胡说八道,死也不交枪,这是八路军的传统,我们不能破坏传统。'

"治安军连长说:'你不要出口伤人,你是什么干部?'

"我说:'我是指导员。'

"治安军连长说:'看你的政治,不信。'

"我说:'你爱他妈的信不信。'

"这一骂,那小子恼了,他命令人掘洞口,有十几把铁铲掘起来。我退了一个翻口,在第一个翻口上留了一个小西瓜大小的地雷,炸了兔崽子们一下,他们才不敢往里掘了。那个连长又回来说:'我看你们能跑到哪里去?我们不走。'"

"我说:'咱们往南在行唐境里见,往北在定县境里见吧。'

"大概他们听了没有希望,天也黑了,就撤走了。

"那天,就像今天一样,有我一个堂哥给我帮手,整整支持了一天工夫哩。敌人还这样引诱我:你们八路军是爱护老百姓的,你们不出来,我们就要杀老百姓,烧老百姓的房子,你们忍心吗?

"我能上这一个洋当?我说:'你们不是治安军吗,治安军就这样对待老百姓吗?你们忍心吗?'"

最后三槐说:"我们什么当也不能上,一上当就不知道要死多少人。那天钻在洞里的女人孩子有一百多个,听见敌人掘洞口,就全聚到这个地方来了,里面有我的母亲,婶子大娘们,有嫂子侄儿们,她们抖颤着对我讲:三槐,好好把着洞口,不要叫鬼子进来,你嫂子大娘和你的小侄儿们的命全交给你了。

"我听到这话,眼里出了泪,我说:'你们回去坐着吧,他们进不来。'那时候在我心里,只要有我在,他狗日的们就进不来,就是我死了,他狗日的们还是进不来。我一点也不害怕。我说话的声音一点也不抖,那天嘴也灵活好使了。"

人民的生活情绪

有一天早晨,我醒来,天已不早了,对间三槐的母亲已经嗡嗡地纺起线来。这时进来一个少妇在洞口喊:"彩绫,彩绫,出来吧,要去推碾子哩。"

她叫了半天,里面才答应了一声,通过那弯弯长长的洞,还是那样娇嫩的声音:"来了。"接着从洞口露出一顶白毡帽,但下面是一张俊秀的少女的脸,花格条布的上衣,跳出来时,脚下却是一双男人的破棉鞋。她坐下,把破棉鞋拉下来,扔在一边,就露出浅蓝色的时样的鞋来,随手又把破毡帽也摘下来,抖一抖墨黑柔软的长头发,站起来,和她嫂子争辩着出去了。

她嫂子说:"人家喊了这么半天,你聋了吗?"

她说:"人家睡着了么。"

嫂子说:"天早亮了,你在里面没听见晨鸡叫吗?"

她说:"你叫还听不见,晨鸡叫就听见了?"姑嫂两个说笑着走远了。

我想,这就是游击区人民生活的情绪,这个少女是在生死交关的时候也还顾到在头上罩上一个男人的毡帽,在脚上套上一双男人的棉鞋,来保持身体服装的整洁。

我见过当敌人来了,女人们惊惶的样子,她们像受惊的鸟儿一样向天空突飞。一天,三槐的二嫂子说:"敌人来了能下洞就下洞,来不及就得飞跑出去,把吃奶的力量拿出来跑到地里去。"

我见过女人这样奔跑,那和任何的赛跑不同,在她们的心里可以叫前面的、后面的、四面八方的敌人的枪弹射死,但她们一定要一直跑出去,在敌人的包围以外,去找生存的天地。

当她们逃到远远的一个沙滩后面,或小丛林里,看着敌人过去了,于是倚在树上,用衣襟擦去脸上的汗,头发上的尘土,定定心,整理整理衣服,就又成群结队欢天喜地地说笑着回来了。

一到家里,大家像没有刚才那一场出生入死的奔跑一样,大家又生活得那样活泼愉快,充满希望,该拿针线的拿起针线来,织布的重新踏上机板,纺线的摇动起纺车。

而跑到地里去的男人们就顺便耕作,到中午才回家吃饭。

在他们,没有人谈论今天生活的得失,或是庆幸没死,他们是:死就是死了,没死就是活着,活着就是要欢乐的。

假如要研究这种心理,就是他们看得很单纯,而且胜利的信心最坚定。因为接近敌人,他们更把胜利想得最近,知道我们不久就要反攻了,而反攻就是胜利,最好是在今天,在这一个月里,或者就在今年,扫除地面上的一切悲惨痛苦的痕迹,立刻就改变成一个欢乐的新天地。所以胜利在他们眼里距离最近,而那果实也最鲜明最大。也因为离敌人最近,眼看到有些地方被敌人剥夺埋葬了,但六七年来共产党和人民又从敌人手中夺回来,努力创造了新的生活,因而就更珍爱这个新的生活,对它的长成也就寄托更大的希望。对于共产党的每个号召,领导者的每张文告,也就坚信不移,兴奋地去工作着。

由胜利心理所鼓舞,他们的生活情绪,就是这样。每个人都是这样。村里有一个老泥水匠,每天研究掘洞的办法,他用罗盘、水平器,和他的技术、天才和热情来帮助各村改造洞。一个盲目的从前是算卦的老人,编了许多"劝人方",劝告大家坚持抗战,他有一首四字歌叫《十大件》,是说在游击区的做人道德的。有一首《地道歌》确像一篇"住洞须知",真是家传户晓。

最后那一天,我要告别走了,村长和中队长领了全村的男女干部到三槐家里给我送行。游击区老百姓对于抗日干部的热情是无法描写的,他们希望最好和你交成朋友,结为兄弟才满意。

仅仅一个星期,而我坦白地说,并没有能接触广大的实际,我有好几天住在洞里,很少出大门,谈话的也大半是干部。

但是我感触了上面记的那些,虽然很少,很简单,想来,仅仅是平原游击区人民生活的一次脉搏的跳动而已。

我感觉到了这脉搏,因此,当我钻在洞里的时间也好,坐在破炕上的时间也好,在菜园里夜晚散步的时间也好,我觉到在洞口外面,院外的街上,平铺的翠绿的田野里,有着伟大、尖锐、光耀、战争的震动和声音,昼夜不息。生活在这里是这样充实和有意义,生活的经线和纬线,是那样复杂、坚韧。生活由战争和大生产运动结合,生活由民主建设和战斗热情结合,生活像一匹由坚强意志和明朗的智慧织造着的布,光彩照人,而且已有七个整年的历史了。

并且在前进的时候,周围有不少内奸特务,受敌人、汉奸、独裁者的指挥,破坏人民创造出来的事业,乱放冷箭,使像给我们带路的村长,感到所负责任的沉重和艰难了。这些事情更激发了人民的智慧和胆量。有人愿意充实生活,到他们那里去吧。

回来的路上

回来的路上我们人多了,男男女女有十几个人,老李派大车送我们,女同志坐在车上,我们跟在后面。我们没有从原路回去,路过九区。

夜里我们到了一个村庄,这个村庄今天早晨被五个据点的敌人包围,还抓走了两个干部,村里是非常惊慌不定的。

带路的人领我们到一所空敞的宅院去,他说这是村长的家,打门叫村长,要换一个带路的。

他低声柔和地叫唤着。原来里面有些动静,现在却变得鸦雀无声了,原来有灯光现在也熄灭了。我们叫女同志去叫:

"村长,开门来吧!我们是八路军,是自己的人,不要害怕。"

过了很久才有一个女人开门出来,她望了望我们说:"我们不是村长,我们去年是村长,我家里的男人也逃在外面去了,不信你们进去看看。"

我猜想:看也是白看,男的一定躲藏了,而且在这样深更半夜,也没法对这些惊弓之鸟解释。但是我们的女同志还是向她说。她也很能说,那些话叫人听来是:这些人是八路军就能谅解她,是敌人伪装,也无懈可击。

结果还是我们女同志拿出各种证明给她看,讲给她听,她才相信,而且热情地将我们的女同志拉到她家里去了。

不久她的丈夫陪着我们的女同志出来,亲自给我们带路。在路上他给我说,这两天村里出了这样一件事:

连着两天夜里,都有穿着八路军绿色新军装的人到年轻女人家去乱摸,他们脸上包着布,闹的全村不安,女人看见一个黑影也怪叫起来,大家都惊疑不定,说着对八路军不满的话。但是附近村庄又没有驻着八路军,也没有过路军队住在村里,这些不规矩的八路军是哪儿来的呢?

前天晚上就闹出这样的事来了。村妇救会缝洗组长的丈夫半夜回到家里,看见一个男人正压在他的女人身上。他呐喊一声,那个男人赤身逃走。他下死手打他的女人,女人也哭叫起来:

"你个贼啊!你杀人的贼啊,你行的好事,你穿着那绿皮出去了,这村里就你一个人有这样装裹啊。我睡的迷迷糊糊,我认定是你回来了,这你能怨我呀,你能怨我呀!我可是站得正走得稳的好人呀,天啊,这是你行的好事啊!……"

带路的人接着说:"这样四邻八家全听得清清楚楚,人们才明白了。前几天区里交来的几套军装,说是上级等着用,叫缝一下扣子,我就交给缝洗组长了。她的丈夫是个坏家伙,不知道和什么人勾结,尽想法破坏我们的工作,这次想出这样的办法来破坏我们的名誉,谁知道竟学了三国孙权,赔了夫人又折兵,他自己也不敢声张了。

"他不声张我可不放松。我照实报告了区里,我说他每天夜里穿着八路军的军服去摸女人,破坏我们子弟兵的威信。区里把他传去了。至于另外那一个,是他的同伙,倒了戈回来搞了朋友的女人,不过我不管他们的臭事,也把他送到区里了。

"同志你看村里的事多么复杂,多么难办?坏人心术多么毒?

"他们和敌人也有勾结,我们头一天把他们送到区里,第二天五个据点的敌人就包围了我们的村庄,还捉去了两个干部。

"同志,要不是你们到了,连门也不敢开啊。这要请你们原谅,好在大家都了解我的困难……"

送过了封锁沟墙,这路我们已经熟悉,就请他回去了。第二天我们到了县里,屈指一算,这次去游击区连来带去,整整一个星期。

1944 年于延安

三烈士事略 并后记

　　李福来(安平二区政委,又名刘英)、何光耀(安平县民教科长)、张建华(安平二区抗联青会主任)三烈士事略:

　　三烈士,皆为青年优秀共产党员。在"五一"后残酷环境中,对敌斗争,坚决勇敢;工作上,有许多建树;深入底层,不避艰险。以是群众拥戴,敌伪震慑,奸徒嫉忌。一九四四年十二月,敌人在二区抢粮清剿,三同志即深入该区一小区工作。往返各村,与敌斗争。十八日晚,三同志进入苏村,宿于一堡垒户,为奸伪侦悉。拂晓时,敌突将苏村包围,并将主力布置于三同志所在地。当敌人进入院中时,李政委掩护何张二同志先下堡垒,并发枪阻击进入室内之伪军。李政委入洞后,洞被敌人发觉。三同志乃做最后牺牲之准备:将所带文件焚毁,相继向外突围,并对敌伪喊话。至二门,张同志重伤倒地,被敌挑杀。李政委与敌搏击,连毙二敌后,壮烈牺牲。何同志被敌人围困室内,坚决不屈。汉奸马文献等,三次劝降,均遭斩钉截铁之拒绝。何同志一面拒抗,一面教育伪军,血热词刚,唇锋舌利。汉奸等心死技穷,乃唆使伪军向房内射击。何同志沉着抗击,敌不得近,乃登房向内纵火。烟火扑及身发,何同志射出最后一粒子弹,抱枪投身火内,高呼共产党万岁而死。呜呼!当其在室内,以只身抗敌伪,坚贞不屈。向敌伪汉奸叫骂时,声闻数里,风惨云变。附近人民,奔走呼号,求引救助,有如父兄之遇危难。当我部队收葬三烈士尸体时,所有干部战士,无不如狂如病,歃血指发,有如手足之永诀别。每一言及三烈士殉难事,则远近村庄,啼泣相闻,指骂奸伪,誓为复仇。盖三烈士生前,与群众、战友结合为一,而其临难不屈,为共产党员之光荣称号,奋斗至死,感人动人之深所致也。至于万分危急之时,能事先将文件焚毁;利用战场生死空隙,向敌人进行宣传;最后身体与武器俱碎,使敌人无所收获,尤可垂教后来,诵赞百代。古来碑塔纪念之迹多矣,而燕赵萧萧英烈故事,载于典册者亦繁矣,然如此八年间,共产党、八路军领导我冀中人民解放国土,拒抗敌顽,其环境之复杂、残酷,其斗争之热烈、悲壮,风云兴会,我冀中英雄儿女之丰功伟绩,则必光掩前史而辉耀未来者矣。今搜集三烈士事迹大略,刻于石上,意在使烈士之光荣永续,后进同志有所追寻,家属有所凭吊。固不止壮观形式,亦今后革命事业之一种动力也。可感叹哉,可永念矣。

1945 年 12 月

后　　记

一九四五年冬季,我回到家乡,有时也到县里去。那时县里正在建造纪念抗战烈士的碑塔。县委书记张根生同志很爱好写作,对从事文艺工作的同志非常热情。他告诉我一些烈士事迹,要我撰写一篇碑文,这是不能推脱的。我回到家里,就写了这一篇。

后来,县里又要我为烈士亭的主碑写几个字。他们大概以为既是写文章的人,一定会写字,其实我的字写不好,但也在一种热情冲激下,写了"英风永续"四个大字。当时负责刻碑的老工人,我幼小时,常到我家打磨,对于我的书法,虽不大满意,在刻造时,可能给我加了些工。

今年,有的同志,请安平县委把碑文抄录一下,第一次他们费神抄来四个碑,没有它,第二次抄来了。我想是那年大水,县城里的地势和建筑,也有了很大的改变吧。淮舟誊录后,雨中把它送来,我看了一遍,为了存实,只是加了标点,改动一两个字。

1962 年 9 月 22 日上午记

塔　记

——蠡县抗战烈士塔碑记

斯大林同志在抨击丘吉尔的反苏叫嚣的时候说道："有些人想轻易忘记苏联的损失，即是曾经为了保证欧洲从希特勒压迫下解放出来的人民的巨大损失，可是苏联不能忘记这些损失。"这话深深地感动了我，因为在中国也有些人想轻易忘记解放区人民八年来所经历的战争，为求取解放所付出的代价，想轻易把我们从站脚的地方踢开，他们好重温往日的旧梦。事实上已经证明这些妄想是不可能的了，冀中区的人民，是不能轻易忘记这八年的。因为死去的既然已经埋葬在地下，残废的已经不能肢体齐全，病损的要负担着长期的痛苦以至老死。我们为了求得解放，献出的是身体、精神和生命；这些失掉的东西和由这些东西锻炼成的意志和理想、经验和能力，能够轻轻刷洗下去，能够消失淡漠吗？

蠡县县城，失掉的最早，收复的较晚，而敌人在这里的烧杀迫害比别的地方也更重。除去县城，敌人大据点有大百尺、南庄、李岗、林铺、莘桥；而蠡县又是保定、高阳联结的中心，敌人突击的重点。每次出动，至少七路。而大的"扫荡"则规律性的一月一次。

但这里人民的斗争也最顽强。过去的高蠡暴动虽然失败，却留下了火种。"七七"事变，蠡县人民觉悟最高，奋起最早。风起云涌，一九三八年一个冬季，蠡县的子弟兵就组成了三个坚强的支队。从此以后,这些人民的军队,县区村的干部和人民,就在大平原上,在大洼里,在秋夏的青纱帐里,奔走、呼号、战斗和牺牲。

烈士里面,有子弟兵,有农民,有知识分子,有孩子们。烈士里面,有的因为伏击、奇袭、攻坚、遭遇,死在战场;有的因为隐蔽在村,被敌发觉,向外冲杀死在墙院,死在街道,死在洞里;有的因为侦察敌情、内线坐探,死在敌人的据点、炮楼、牢狱和刑场。这些烈士用肉体和精神的全部力量和敌人冲杀搏斗,射击完最后一颗子弹,流尽最后一滴血。他们都是共产党的好党员,好干部,好人民,因为他们生前的奋斗不屈和死后的英雄影响,使我们从"五一"以后最艰苦的环境坚持过来,打败敌人,而且胜利了。

死难烈士里面,百分之九十五是共产党员。我想再也用不着别的事实来证明中国共产党和中国人民的血肉关系了。劳苦的和长期被压迫的人民,献出他们的儿子,交给解放战争。共产党组织了这些人物,教育了这批力量,把最好的党员再献给人民——他们的父母!

为什么共产党员在战争的时候,冲锋在前,退却在后?为什么共产党员在临死的时候,还能想起自己的责任,掩藏好文件,拆卸并且破坏了武器,用最后的血液去溅敌人?为什么这些县区干部能在三四年的最艰难的环境里,不分昼夜,在风里雨里,冰天雪地和饥寒里支持住自己和抗日的工作?为什么一个老百姓,一个小孩子,他会为战争交出一切,辗转流离在野地里、丛林里,不向敌人低头?而一旦被敌人捕获,他们会在刺刀下面、烈火上面、冰冻的河里和万丈深的井里,从容就义,而不暴露一个字的秘密?我们说:"冀中是我们的!"是包含着这些血泪的意义的。

八年来,我们见到什么叫民族的苦难和什么叫民族的英雄儿女了。

只就县级干部来说,一九四一年秋天,齐庄一役,牺牲的就有王志远县长、陈志恒政委、丁砚田大队长、王勤公安局长。一九四二年,在南玉田,敌人掘洞快掘到身边了,县长林清斥责妥协的企图,主张最后牺牲,打完两枝枪的子弹。敌人往洞里投弹把他炸死,用紧系在他脖颈上的枪纲绳拖出洞外。同年秋后县委组织部长被困室内,敌人要他交枪,他把一枝枪,卸去大栓投在门限外面;敌人来取,用另一枪击杀之。看见敌人倒在地下,他说:"你不要吗,我还拿回来。"这样两次,一个人坚持半天工夫。敌人从房顶纵火,他才从容地把枪拆卸自杀。耿交通科长在牺牲时,则用自己的尸首掩盖武器。

蠡县牺牲县干部最多,那时曾有"蠡县不收县长"、"干部供不上敌人逮捕"等俗话。但干部前仆后继,壮烈事迹层出不穷,一砖一石地奠定了胜利的基础。他们在这样残酷的环境里坚持,所忍受的艰难、困苦、饥饿、疲累是不能想象的。他们的身体大半衰弱不堪,而他们所完成的工作,创造的奇迹,也是不能想象的。他们是非常时代,创造了非常功绩的人物。

当一个县长上任不久就牺牲,另一个接职,不久又牺牲了,第三个再负起这个担子和责任的时候,他的一个亲戚伤心地问他:"你不怕吗?"他不怕!他又英勇地牺牲了。

我们也不忘记那些人们:那些残废的人们,那些因为自己的儿女战死牺牲想念成病的人们,那些在反"扫荡"的时候,热死在高粱地里,冻死在结冰的河水里,烧死在屋里,毒死在洞里的大人孩子们。

我们立碑塔纪念,是为了死去的人,自然也更是为了活着的人。使烈士的英雄面貌和钢铁的声音,永远存在,教育后来;使那些年老的母亲父亲们在春秋的节日,来到这里,抚摩着儿子的名字,呼唤着他,想念他们的战绩的光荣,求得晚年的安慰;使烈士的儿女们,在到学校去学习的路上,到田地里去工作的路上,到战场上去保卫的路上,望见他们父亲的名字刻在这里,坚定他们的意志,壮大他们的勇气。

我想立塔纪念的意义就在这里了。这塔是结合了人民的意志和力量,人民和他们的子弟的意志和力量来立起高耸在云霄的。塔也结合着人民所受的苦难,所经历的事变,所铸成的希望。塔和这希望将永远存在。

1946年春天写

王凤岗坑杀抗属

汉奸变蒋军，王凤岗的部队，在大清河的边岸，开辟了一块小小的"根据地"，这与其说是"开辟"，不如说是篡夺。因为八路军追赶敌人去了，他却乘机"巩固"了后方。

他并且坑杀，不断地坑杀抗日战士的家属，一次竟用机枪扫射死三十个老弱。这是三十个光辉的生命，因为他们的子弟，在敌后苦战八年，一直到战败日本帝国主义者。

王凤岗杀死他们的父母妻子姐妹，不会再有心软而糊涂的人要问"他为什么要杀这么多抗属呢"了吧！

子弟兵的父母妻子姐妹流血了，血流在他们解放了的土地上，血流在大清河的边岸。那里水清人秀，是冀中区人民心爱的地方。他们被活埋了，就在这河的边岸！

这些死去的人，白发的或者是红颜的，在八年战争里，交出自己的儿子，送去自己的丈夫，送在门口，送在村外告诉他：

"不打走敌人，不要回来！"

青年战士们记着这些话语，战斗不息。

而王凤岗在他们的背后，坑杀了他们的父母妻子姐妹。

王凤岗杀死了这些抗属，那些盼望抗日胜利到来的人们，那些等待儿子丈夫归来的人！

就是他们的子弟回来了，也已看不见自己的亲人，连坟墓也没有！如果，大清河两岸长大的青年战士们，听到了这个消息，我想他们不会啼哭。枪要永远背在肩上，枪要永远拿在手里，更残酷的敌人来了,新的仇恨已经用亲人的血液写在大地上!

而他们有弟弟吗? 有拿起枪来的侄儿们吗?

当大清河永远地用平静深厚的面貌和声音,在明媚的田野里静静地流过去,它两岸的人民会想念起一切的。那些光荣的日子,母亲和妻子送走自己的亲人的时候,没流眼泪,而是在河岸上唱过歌的。

在这样可亲可爱、浮载着这光荣的歌声的河流两岸,谁能记得清,曾进行过多少次英勇的战斗?

王凤岗用奸计蹂躏了它,用机枪、铡刀、泥土杀死了这里的最光荣的人民——抗属!

死者的子弟们! 能想象父母妻子姐妹临死时对你们的无声的嘱告吗?

1946 年 7 月

采蒲台的苇

我到了白洋淀,第一个印象,是水养活了苇草,人们依靠苇生活。这里到处是苇,人和苇结合的是那么紧。人好像寄生在苇里的鸟儿,整天不停地在苇里穿来穿去。

我渐渐知道,苇也因为性质的软硬、坚固和脆弱,各有各的用途。其中,大白皮和大头栽因为色白、高大,多用来织小花边的炕席;正草因为有骨性,则多用来铺房、填房碱;白毛子只有漂亮的外形,却只能当柴烧;假皮织篮捉鱼用。

我来的早,淀里的凌还没有完全融化。苇子的根还埋在冰冷的泥里,看不见大苇形成的海。我走在淀边上,想象假如是五月,那会是苇的世界。

在村里是一垛垛打下来的苇,它们柔顺地在妇女们的手里翻动。远处的炮声还不断传来,人民的创伤并没有完全平复。关于苇塘,就不只是一种风景,它充满火药的气息,和无数英雄的血液的记忆。如果单纯是苇,如果单纯是好看,那就不成为冀中的名胜。

这里的英雄事迹很多,不能一一记述。每一片苇塘,都有英雄的传说。敌人的炮火,曾经摧残它们,它们无数次被火烧光,人民的血液保持了它们的清白。

最后的苇出在采蒲台。一次,在采蒲台,十几个干部和全村男女被敌人包围。那是冬天,人们被围在冰上,面对着等待收割的大苇塘。

敌人要搜。干部们有的带着枪,认为是最后战斗流血的时候到来了。妇女们却偷偷地把怀里的孩子递过去,告诉他们把枪支插在孩子的裤裆里。搜查的时候,干部又顺手把孩子递给女人……十二个女人不约而同地这样做了。仇恨是一个,爱是一个,智慧是一个。

枪掩护过去了,闯过了一关。这时,一个四十多岁的人,从苇塘打苇回来,被敌人捉住。敌人问他:"你是八路?""不是!""你村里有干部?""没有!"敌人砍断他半边脖子,又问:"你的八路?"他歪着头,血流在胸膛上,说:"不是!""你村的八路大大的!""没有!"

妇女们忍不住,她们一齐沙着嗓子喊:"没有!没有!"

敌人杀死他,他倒在冰上。血冻结了,血是坚定的,死是刚强!

"没有!没有!"

这声音将永远响在苇塘附近,永远响在白洋淀人民的耳朵旁边,甚至应该一代代传给我们的子孙。永远记住这两句简短有力的话吧!

1947年3月

安新看卖席记

在安新集市上，席市是洋洋大观，从早晨各地席民就背着挑着一大捆一大捆的席赶到集上来，平铺陈列，拥挤异常。安新席以走京、卫、府、关东为大宗，此外走伍仁桥，则供应冀中上地农民使用，为量较小。

现在正赶上河路的"产期"，凌未完全融化，而已经不能行使拖床，在交通上是一年中顶困难的时候，各地行商不能到来，因此这几集的席，出售很成问题。

席民主要依靠席子生活，卖出席，才能买回苇和一集的食粮，对织好的席是急于出售，那种迫切的情形，在别的市场上是很少见的。

不难想象，在过去，一些大席庄，是会利用席民这严重的困难，尽量压低席价，借牟大利，席民不能不忍痛抛售。

现在，以"专业苇席渔，繁荣白洋淀"为目的的我们的公营商店隆昌号，却从各地调款来，尽力支持安新的席业，保证席民的生活，和再生产。并且贱价售出粮食、苇，以增加席民的收入，和保证他们的生活。

过去我不了解，一个商店，怎样为人民服务，但自从看了今天的席市的情形，才知道他们任务的重大，和值得感动的干部的热情。

我在隆昌号的安新席庄宏利号，会见了负责同志，他对我要在席市上停留一天，非常满意。他说：你看看席民的情形吧，有人怪我们为什么把席价抬得这么高,以致亏本,可是你要看见席民的情形,就不能不这样做,我有点"恩赐"观点……

自然,十年战争,我们有了很多新的社会关系和新的感情。但一个席店老板对席民发生这种息息相关的感情,在我却是异常新鲜的事。

我到席市上去了。席民们正在三三两两,议论着今天没有行市,大为发愁。他们不时到宏利的院里探听,今天席店是不是收买?在他们困难的时候,立时就会想到公家商店的帮助,我想这就是宏利席店过去工作的成绩。

他们搬来搬去,总想把自己的席放在第一个能出售的地方,那些妇女们也是这样做。他们等候着席店收买人的出场,简直像观众等待着锣鼓开台,好角出场,自然,那迫切程度,更甚于此。

宏利席店的经理和店员们,则像决定一件政策一样开了简短的会议,虽然他们已经在收席上赔了很大一笔款子,但他们全能理解到这就是工作上的收获,这就是实践了为人民服务的方针。因此,他们决定这一集,还是尽量收买,不低落价钱。在席民——贸易上的对象青黄不接时,热情负责地拉一把,这就是我们商店的特色。

当席店的买手一出场,席民们纷纷拥上包围,另外就有很多人背上自己的席,跟在买手后面,看他在哪地方开始。买手一手提着印号篮子,一手拿着一个活尺,被席民们蜂拥着走到场里来。

开始收买了,由席民们一张张往上举着席,买手过目,并有时用尺子排排尺寸。席民们围得风雨不透,看着那席子的成色,等候开市的价格。买手一边说着价格,就用那大戳子在席角标上了价码和印记,常常比争论着的价钱高出一百元,出售了的席民就赶紧卷起席子到席店去取款。

第一个价钱立时就在席民间传开了:"五千五!"

挨次收买,那些一时走不到的地方,席民们就焦急地等待着。那里等待真是焦急,有的干脆就躺在席子上闭起眼睛来。

买手对席是那样内行,一过眼就看出了席的成色,嘴里不断说着:"苇色不错。""织的草。""一样的苇还有不一样织手哩!"他一过目,就对席提出了确切的批评,因此席民都嘻嘻地笑着,叫他看着划价钱。

席市,在安新不知道出现若干年代了,在北门外就有一个碑亭,记载着织席的沿革。我不知怎么想起,在若干年代,席民到这里卖席,是有无限的辛酸与难言之痛的。

出售的是他的妻子或女儿的手艺,他们虽然急于求售,但对自己的席充满无限情感。我看见他们把席交了,还不断回头望看,才到会计科去支款;自然家里的妻子儿女,所盼望的是一集的食粮,但也不会一时就忘掉她们那席上的细密的花纹吧!

老于此行的同志,也曾向我说明,不要只看这一集,如果是京帮、卫帮的人下来了,"推小车的来了",席民的情形,会大大不同。

但我总以为,在过去,因为席民没有一种固定的组合,赶集抛售,总是很艰难的。他们拥挤着买手去看他们的席,去年我们有一个年老的买手,因为叫他们拖来拖去,拖病了半个月,衣裳扯烂了,那是平常事。

现在我们的公营商店,尽量研究,打通外区和内地的销路,使席子畅销,并帮助他们提高质量,和其他沿海产的席子竞赛。

看到中午,我以为可以回去了,但宏利的负责同志一定要我等到太阳平西。到那时,卖不出席子的席民,会找上门来,一定要你收买,席店虽然款已用光,还得想法叫他们能买苇和粮食回去。

这样,我就觉得,宏利席店就不只是一种商业组织,定会成为席民自己的一种组织。在这个血肉相关的基础上,可以看出安新席民生活、席民组织和安新席业的远景,那远景是幸福而繁荣的。

1947 年 3 月

张秋阁

一九四七年春天,冀中区的党组织号召发动大生产运动,各村都成立了生产委员会。

一过了正月十五,街上的锣鼓声音就渐渐稀少,地里的牛马多起来,人们忙着往地里送粪。

十九这天晚上,代耕队长曹蜜田,拿着一封信,到妇女生产组组长张秋阁家里去。秋阁的爹娘全死了,自从哥哥参军,她一个人带着小妹妹二格过日子。现在,她住在年前分得的地主曹老太的场院里。

曹蜜田到了门口,看见她还点着灯在屋里纺线,在窗口低头站了一会,才说:

"秋阁,开开门。"

"蜜田哥吗?"秋阁停了纺车,从炕上跳下来开开门,"开会呀?"

曹蜜田低头进去,坐在炕沿上,问:

"二格睡了?"

"睡了。"秋阁望着蜜田的脸色,"蜜田哥,你手里拿的是谁的信?"

"你哥哥的,"蜜田的眼湿了,"他作战牺牲了。"

"在哪里?"秋阁叫了一声把信拿过来,走到油灯前面去。她没有看信,她呆呆地站在小橱前面,望着那小小的跳动的灯火,流下泪来。

她趴在桌子上,痛哭一场,说:

"哥哥从小受苦,他的身子很单薄。"

"信上写着他作战很勇敢。"曹蜜田说,"我们从小好了一场,我想把他的尸首起回来,我是来和你商量。"

"那敢情好,可是谁能去呀?"秋阁说。

"去就是我去。"曹蜜田说,"叫村里出辆车,我去,我想五天也就回来了。"

"五天?村里眼下这样忙,"秋阁低着头,"你离得开?我看过一些时再说吧,人已经没有了,也不忙在这一时。"她用袖子擦擦眼泪,把灯剔亮一些,接着说,"爹娘苦了一辈子,没看见自己的房子地就死了,哥哥照看着我们实在不容易。眼看地也有得种,房也有得住,生活好些了,我们也长大了,他又去了。"

"他是为革命死的,我们不要难过,我们活着,该工作的还是工作,这才对得住他。"蜜田说。

"我明白。"秋阁说,"哥哥参军的那天,也是这么晚了,才从家里出发,临走的时候,我记得他也这么说过。"

"你们姐俩是困难的。"曹蜜田说,"信上说可以到县里领恤金粮。"

"什么恤金粮?"秋阁流着泪说,"我不去领,哥哥是自己报名参军的,他流血是为了咱们革命,不是为了换小米粮食。我能够生产。"

曹蜜田又劝说了几句,就走了。秋阁坐在纺车怀里,再也纺不成线,她望着灯火,一直到眼睛发花,什么也看不见,才睡下来。

第二天,她起得很早,把二格叫醒,姐俩到碾子上去推棒子,推好叫二格端回去,先点火添水,她顺路到郭忠的小店里去。

郭忠的老婆是个歪材。她原是街上一个赌棍的女儿,在旧年月,她父亲在街上开设一座大宝局,宝局一开,如同戏台,不光

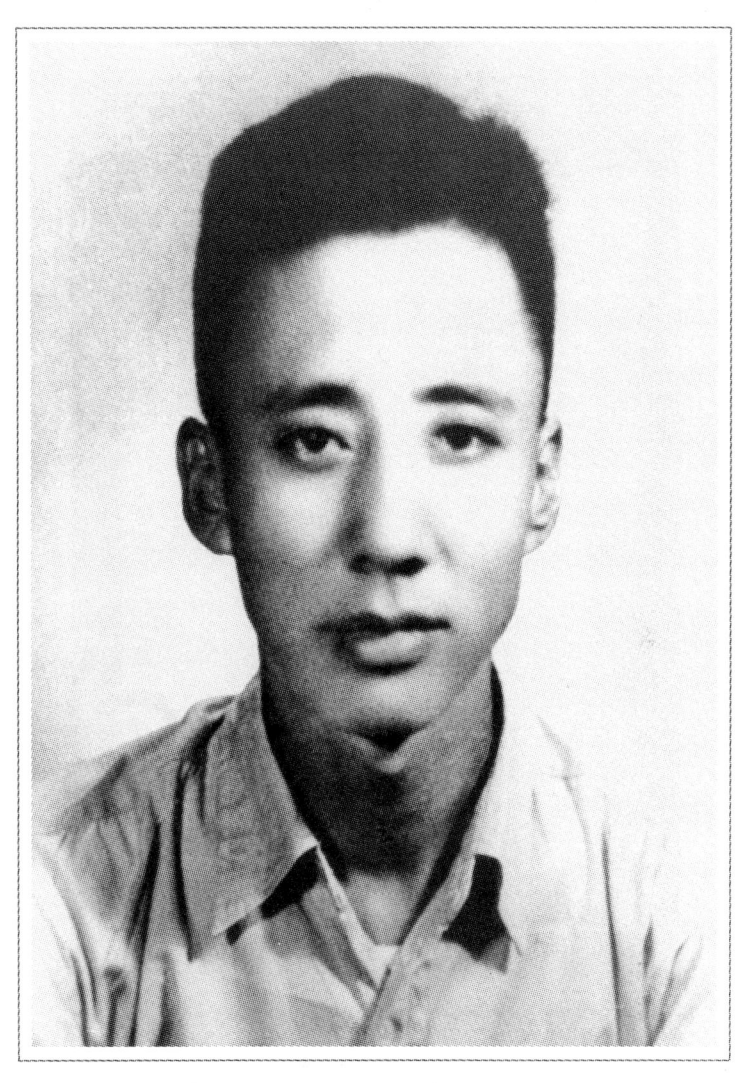

1950年 天津

书影　(《嘱咐》)

是赌钱的人来人往，就是那些供给赌徒们消耗的小买卖，也不知有多少。这个女孩子起了个名儿叫大器。她从小在那个场合里长大，应酬人是第一，守家过日子顶差。等到大了，不知有多少人想算着她，父亲却把她嫁给了郭忠。

谁都说，这个女人要坏了郭家小店的门风，甚至会要了郭忠的性命。娶过门来，她倒安分守己和郭忠过起日子来，并且因为她人缘很好，会应酬人，小店添了这员女将，更兴旺了。

可是小店也就成了村里游手好闲的人们的聚处，整天价人满座满，说东道西，拉拉唱唱。

郭忠有个大女儿名叫大妮，今年十七岁了。这姑娘长得很像她母亲，弯眉大眼，对眼看人，眼里有一种迷人的光芒，身子发育得丰满，脸像十五的月亮。

大妮以前也和那些杂乱人说说笑笑，打打闹闹，近来却正眼也不看他们；她心里想，这些人要不得，你给他点好颜色看，他就得了意，顺竿爬上来，顶好像蝎子一样蜇他们一下。

大妮心里有一种苦痛，也有一个希望。在村里，她是叫同年的姐妹们下眼看的，人们背地说她出身不好，不愿意叫她参加生产组，只有秋阁姐知道她的心，把她叫到自己组里去。她现在很恨她的母亲，更恨那些游手好闲的整天躺在她家炕上的那些人，她一心一意要学正派，要跟着秋阁学。

秋阁来到她家。在院里叫了一声，大妮跑出来，说：

"秋阁姐，到屋里坐吧，家里没别人。"

"我不坐了，"秋阁说，"吃过饭，我们去给抗属送粪，你有空吧？"

"有空。"大妮说。

大妮的娘还没有起来，她在屋里喊：

"秋阁呀，屋里坐坐嘛。你这孩子，多咱也不到我这屋里来，我怎么得罪了你？"

"我不坐了,还要回去做饭哩。"秋阁走出来,大妮跟着送出来,送到过道里小声问:

"秋阁姐,怎么你眼那么红呀,为什么啼哭来着?"

"我哥哥牺牲了。"秋阁说。

"什么,秋来哥呀?"大妮吃了一惊站住了,眼睛立时红了,"那你今儿个就别到地里去了,我们一样做。"

"不,"秋阁说,"我们还是一块去,你回去做饭吃吧。"

1947年春

光复唐官屯之战

一

我军收复唐官屯之战，于十二日下午六时开始，由于我战士们无可比拟的英勇行为，从部队开始运动到完全占领该镇，为时不过一点钟。太阳衔山时，镇内秩序已恢复，记者访问担任突击任务之我野战军某营曹耀宗营长，曹营长称：我军之所以能如此迅速获得胜利，其主要原因在于我军出击及火力的突然性。我军于唐官屯西北渡口攻入，战士抢渡深齐腰部之古运粮河，过河后，靠梯上房，历时不过十分钟。巷战时，我自动火器沿毛家公馆——平台——老爷庙一线高房突进。敌人无还手余力，迅速龟缩镇南一角，被我军聚歼。

二

收复唐官屯时，我战士猛压狠追的动作，使唐官屯居民誉为神异，战场纪律，尤其值得表扬。在战场上，我战士只知解决敌人，拿起武器，集中力量，节省时间，迅速完成战斗任务。居民对我军秋毫无犯的优良纪律称赞不已。

三

十三日黎明,唐官屯居民纷纷出来看望八路军,街道为之拥塞。记者与一老者招呼,老者颇为感动地指着街上的人们说:"受够了,现在熬出来了!"彼深知八路军系解放人民而来。一手艺工人,于战斗进行时,即倚在门后偷偷观望,等候我军到来。其妻意恐危险,促其退避,工人暗语其妻:"我听听进来了没有,他们(指我军)来了,我们就不受罪了。"

四

十三日清晨,唐官屯俘虏从大街狼狈走过,遭居民切齿。虽平原已届麦秋,俘虏多有穿着棉鞋者。据居民称,保四团在此驻防,敲榨抢掠,内有一军官专门搜捕蛇、狗、刺猬解馋,如今用这三种动物,形容眼前敌人,人人以为确切。

五

唐官屯傍津浦路及运河,过去颇为富庶,经敌伪统治十年,镇内已贫败不堪。镇外运河两岸,均为肥沃园地,种有各种菜蔬,我军行进时,眼前一片油绿,甜瓜正在开花,虽已接近战场,战士仍纷传:"留心脚下。"我军对田园及人民之爱护如此。河西分得土地农民,欣见我军全面胜利,心头释一重负,他们说:"天不能变了!"

六

唐官屯居民于战斗未结束时即确信我军能攻占该镇,他们说:"你们(指我军)早拿早下,晚拿晚下,一拿就下。"居民对国民党军队之腐败无能,早经看透。但对我军之如此英勇神速,火力之如此强大,亦颇感惊奇。我战士于大街行进,妇孺争相观看。战斗即为最有效的宣传,唐官屯及其附近青年,热望能参加我军。

七

唐官屯作战时,我大军行进沿途村庄,街头全备有开水,父老寄以期望,祝以胜利。民兵及担架民夫,组织严密,动作迅速,他们沿运河奔跑工作,并向经过的村庄居民欢呼前方胜利情形。

八

指挥突击镇区之曹耀宗谈我军此次作战胜利经验:一、营首长精心计划,亲自察看地形,具体部署,对各种火力位置,突击道路,打击重点,特等射手负责的枪眼,均经详细规定。由射火器,完成射击,观察着点。步炮协同,火力威猛。部队动作,有次序,在任何情况下,不发生紊乱。二、各级干部清楚地观察敌人动态,按级报告,营长及时指挥。三、我战士三猛三狠的突击动作。四、通信联络严密迅速,不致发生误会。五、严守战场纪律,战士不为拣洋落分散作战精力。

1947年6月

学　习

解放带给工人的种种新生活,最明显的就是学习。学习以接连的热潮展开了,把新的意识带到生活的最深处。从守卫室到便道两旁,全可以看到学习。走进车间,到处贴着大字报,各种快报,是工人自己编写,报道着生产竞赛的成绩。文化和教养——在建设祖国的劳动热情里,形成和发育。

在粗纱间,有一幅五彩的劳动画报,在细纱间,有一张用大字书写的文娱晚会的节目单。穿筘的女孩子们,一边紧张地工作着,一边仄着身子讨论着文化学习没弄明白的问题。

在中午,匆忙地吃过母亲送来的饭菜,打轴的青年们,放倒小推车,就围在一堆,演起算术习题来,并没来得及把脸上的汗擦干,把头发和肩头的棉絮掸落。在一个小推车旁边,一个男孩子当着三个女孩子的教员,利用这短短的时间,进行文化补习。一个年岁最小的女孩子抱着工人课本,顺在书桌的边沿上睡熟了,其余的人仍然聚精会神地学习。

有一个职员坐在台子上,念着《天津青年报》上的简短故事。

过去,她们是热望着学习,没有机会,她们提着一个空书包,安慰自己。现在,她们的书包里真正装满了新的文化,成为被尊敬的工人学习模范。

每当夜晚,她们走进业余学校,不再照顾那些落后迷信的小人书。

过去,当我们解放了偏僻的山野乡村,砍伐树木,支架一个简陋的校舍,开创一个识字班,那些农民热情认字的场面,深刻地留在记忆里。当我们的战士在荒凉的塞外拓垦荒地,放下锄头,就围在一堆学习的情景,也永远是动人的。现在,在工厂里,情景是一样的,更使人感动的是他们的劳动更紧张,学习的热情也更高涨。学习的条件,因为我们一步步的胜利,也更好了。

革命把文化带给劳动人民。

1950年7月6日

宿　　舍

宿舍是去年新盖的,它的名字叫"男独身",住在这个宿舍的工人,每当打电话的时候就先说:"我是男独身。"

新的,粉刷得非常洁白的工人宿舍,非常安静,听不到小卖的叫声,孩子们的吵闹。

工人从工厂回来需要安静的睡眠,他们洗过脸,吃了饭,就急忙走回宿舍里,上到床上去,两个人一张铁床,"楼上楼下"的睡。他们绝不吵闹别人。

他们独身生活,把节余的钱锁在小柜里,很少分心的事,除去上班就是睡觉。在上班以前,自然就醒了,从容地起床,蹲在绿草前边盥洗喝茶,这种从容,在那年老的工人身上表现得更真切。这种安静的酣畅的睡眠,只能和我们的部队,在作战之前或作战之后,躺在林荫山坡上的休息互相比拟,它是一种庄严的休息。

他们多半来自农村,在紧张的工作的余暇,他们拔去窗前门边的芜草,种植上高粱和玉黍,高粱和玉黍使他们想起家乡,关切农民的生活。

住在这里的青年人,像一个学校的同学,谁有一包好茶叶,也要请同志们一块来享受。他们尊敬那些年老的工人。

中午,一个年轻力壮的人就睡醒了,他从房间里轻轻走出来,到门口买了一个西瓜,招呼着一个青年朋友,他把瓜放在事务所的桌子上,抓起电话:

"你是女独身吗？王爱兰同志睡觉了吗？好好，没事没事！"就赶紧把耳机放下了。

青年的朋友在一旁嘲笑他："这像话吗！"

"人家正在休息，人家正在争红旗，不要打搅她。来，我们到小院里石榴树下面去吃瓜！"

这是青年工人恋爱的插曲。青年的女工们，现在才敢于爱恋这些青年的工人伙伴。

在独身的宿舍的门窗旁边，他们都悬挂了毛主席和朱总司令的肖像。

在每天上班的时候，他们精力饱满地拥挤在通向工厂的大路上，眺望着海河的晚景，和下班的同志们打着热情的招呼。

1950 年 7 月 26 日

节　约

在《纺织工人》小报上，在工厂的墙报上，常见到反浪费、爱护国家财富的小诗。这些诗都是叫棉花、纱、布自己说话，指责那些把它们遗弃了的，使得它们不能发挥作用的人们。

还有这样一篇故事：一个乡下的丈母娘，来到在中纺当工人的女婿家里，夜晚帮女儿给小外甥缝衣服，掉了一条线，就绕世界寻找起来。她说："我们在乡下，哪里讨换这样一条洋线，丢了多么叫人心疼！"感动了女婿和女儿，进到工厂更知道爱惜公家的财物。

在农民那里，一个八九岁女孩子为了穿一双针织的粗线袜，她昼夜不息地摇动纺车，要赚到一双袜子，需要一集的劳动。

在街上，我们常常一眼就看出那些来自乡下的母亲，白发上满带着风霜，手脸上全是艰苦劳动的皱纹。她们是从很远的乡下，来看望儿子的。儿子是一个人民解放军，母亲来了，他带她到天津最大的戏院去看一次戏。这些母亲，十三年来在农村经历过抗日战争和解放战争的最艰难的年月，用最高的热情，支援子弟的战争到达胜利。现在，儿子给她制了一件二厂红五蝠的新布褂，她是多么高兴啊！她对城市工人的劳动成果，是多么珍重和敬仰啊！

她用空纸烟盒，缝叠成一个小小的笸箩，预备盛放针线，在回家的时候，还要带上几只空的罐头和汽水瓶儿。

提起农民，不过是使我们深刻地认识我们竞赛，提高产量和质量,合理化建议的伟大意义,我们工人阶级在建设祖国,提高广大人民生活水平的光荣职责。

1950年7月7日晨

小 刘 庄

小刘庄大街的牌坊,面临着海河的摆渡口。过渡的主要是工人,每到上班下班,小船就忙起来。

宽大的海河两岸,一直排下去全是工厂,天空滚滚的黑烟和激动的浑浊的水流上下辉映着,黄砖灰瓦的工房中间,不时点缀着一片片青翠的丘陵。

两岸工厂紧张的机器声,掩盖着波浪细碎的声响,海河显得很平静、宽广,像劳动者的胸怀一样。

小刘庄是工人集中的住区,和市中心的风格比较起来,它只是一部长篇故事的小小的插曲,但是一个非常含蕴热烈充实的插曲,无限的前途要在它身上展开的。

在人们的印象里,现在小刘庄不过是像冀中的端村一样的集镇,窄小的胡同,老朽的砖房,和低矮的灰土小屋,青年人上工去了,老太太们抱着小孩子在小院子里乘凉玩耍。然而这里的生活,显示着一个特点,不论街上的店铺,老年人的心情,都集中在那在工厂里工作的青年人们的身上。

黄昏,工人从纺织工厂、硫化厂、骨胶厂下工回来,佩带着耀眼的奖牌、纪念章,研究讨论着合理化建议的事项。

他们是回家去的,从河那边顺便买了一些便宜的菜蔬,并向来自内河的老船工打听着今年乡村小麦的收成和棉花的种植情形。

无论是街上,小小的庭院里,明静的窗台下面,都因为工人们放工回来热闹起来了。工人们给家属和邻居讲说着学习到的新鲜道理和工厂里的新鲜事情。

　　因为待遇的实际提高，使小刘庄大街面粉的销路增加起来，无谓的奢侈品减少了，合作社增加了朴素实用的货物。在拐角的地方，还有一个鲜花摊，陈列着盆栽的海莲、月季、十样锦，是卖给在职工宿舍住宿的工人的。

　　小刘庄正在修整街道和那些残破的房子，在边沿上，在清除那些野葬和浮厝，浚通那些秽水沟。这里的环境卫生还要努力改善。在摆渡口有一个落子馆，几个女孩子站在台上唱，台下有几排板凳，但因为唱的还是旧调，听的人很少。在街中心有一个中年妇女出租小人书，内容新旧参半，只是数量很小。小刘庄应该有一家通俗书店，应该有一个完备的文化馆。工厂的文化娱乐，应该更密切地和工人家属教育结合起来。

1950年7月9日

挂甲寺渡口

中午的太阳蒸晒着海河,潮水上涨。有两只从冀中来的对艚大船,满载着棉花,直驰进挂甲寺渡口。

渡口紧靠中纺一厂、二厂。

只穿着一条短裤,全身吹晒得油黑的船夫们,披着一块大白布,哼着歌儿,沿着长长的跳板,把一个个沉重的棉包运到岸上。

棉花进入工厂,从清棉机开始,经过新奇的复杂的过程,变为农民喜爱的东西。在不久就要来到的秋天的爽风里,大船就又会靠在这里,把布匹运到农民的面前。在集市上,货郎的挑担上,农村的妇女们就会围绕着挑选、购买了。

河流,结合着农民的辛勤的劳动和工人辛勤的劳动。当我们艰苦地战斗在晋察冀山地的时候,当我们教导那里的妇女,把捻线的小石锤改变成一架木制的纺车的时候,我们就想到天津,想念着那时被国内外敌人统治的工人兄弟了。当我们站在北岳的峰顶,眺望着河水的东流,增加了我们多少胜利的热望啊!现在,工人同农民,胜利地结成一体。

现在,工厂车间的气温是一百零三度,工人们要紧张地工作十点钟。他们正在进行着竞赛,每个人计划:把本身的工作做好,还要团结互助。光荣和必胜的意志,通过各个车间。

他们只穿着背心和短裤,还不断地擦着汗。专心地观看着机器,迅速地擦净机器上的飞花,接上断了的线头。

下班以后,他们坐在海河两岸的短墙上,望着丛立在夜色里的船桅,望着反照在河底的连绵不断的灯火。

女孩子们围坐在渡口上猜着谜语,讨论着学习。一个女孩子说:"我们每天十点钟生产,不能和学生们比。可是我每天三小时的学习,要完成九点钟的课程!"

在挂甲寺渡口,我感到祖国经济文化建设的激动。

1950 年 8 月 1 日

厂　景

夜晚，在津浦路开来的列车上，就可以望见海河岸上辉煌相对的两座彩灯。彩灯系在高大的烟囱上，标志着一切荣耀和光芒，都属于积极创造性的劳动。

在军粮城新开垦的水田里，正在收割丰收新稻的人民解放军战士们，吃过晚饭，也望见了这彩灯。在晴朗的夜晚，彩灯的光彩，会越过一带柳林，一湾柔细的芦苇，一直影射到杨庄子、土城的农民辛勤种植的蔬菜上来。

下瓦房的小孩子们在马路上跳跃着，望着彩灯鼓掌。从乡下来贩卖新收下的枣子的农民们，露宿在小店的门前，城市的光辉，强烈地吸引着他们，坐在那里谈笑，睡不着觉。

他们辨别着方位，熟悉地理的人，确定河这边的彩灯属于中纺二厂，对面的属于一厂。认识字的人，指出模范工人和工程师的名字，这两个名字，会同着祖国的荣誉，传到国际。

中秋节以前的新月和繁星环绕着两座彩灯，在海河的上空，两厂职工的光辉交流。

工厂的门前，搭起鲜艳丰丽的牌坊。夜晚，拥挤着上下工的女孩子们，在牌坊的灯光下欢笑着，神采焕发。这是她们工厂的节日，家庭的节日。全厂工人，父母亲和儿女们，在一连串的日子里，心情激动着。彩灯、牌坊、锣鼓和红色的花朵朴素地反映在他们心里：共产党重视劳动，毛主席奖励人民的创造和勤奋的生产。

光辉从为新生的祖国的建设效力的人民身上放射出来。光辉也笼罩着开荒生产的战士,培养蔬菜、捕杀虫害的农民和一切在祖国的幅员上投射光辉的人们。

它改变人们传统的轻视劳动的观念,增加着劳动人民家庭的伦理的幸福。姊妹们相互勉励着,年老的父母教育着儿女:向模范学习!

最有名的美术摄影师,把镜头转到模范工人和她的小组身上来,把她们的肖像,美术放大,陈列在门前。

在天津,过去曾经煊赫过的浮华的事物,现在消敛了,新的景慕的对象,坚强荣耀地站立出来。

它的影响会使劳动人民更加虚心,更加自重,更加和群众密切结合。

1950年9月15日

访　　旧

　　十几年的军事性质的生活，四海为家。现在，每当安静下来，许多房东大娘的影子，就像走马灯一样，在我的记忆里转动起来。我很想念她们，可是再见面的机会，是很难得的。

　　去年，我下乡到安国县，所住的村子是在城北，我想起离这里不远的大西章村来。这个村庄属博野县，五年以前我在那里做土地复查工作，有一位房东大娘，是很应该去探望一下的。

　　我顺着安国通往保定的公路走，过了罗家营，就是大西章，一共十五里路。昨天夜里下了雪，今天天晴了，公路上是胶泥，又粘又滑。我走得很慢，回忆很多。

　　那年到大西章做复查的是一个工作团，我们一个小组四个人，住在这位大娘的家里。大娘守寡，大儿子去参军了，现在她守着一个女儿和一个小儿子过日子，女儿叫小红，小儿子叫小金。她的日子过得是艰难的，房子和地都很少，她把一条堆积杂乱东西的炕给我们扫出来。

　　大儿子自从参军以后，已经有六七年了，从没有来过一封信。大娘整个的心情都悬在这一件事上，我们住下以后，她知道我在报社工作，叫我在报纸上登个打听儿子的启事，我立时答应下来，并且办理了。

　　大娘待我就如同一家人，甚至比待她的女儿和小儿子还要好。每逢我开完会，她就悄悄把我叫到她那间屋里，打开一个手巾包，里面是热腾腾的白面饼，裹着一堆炒鸡蛋。

我们从麦收一直住到秋收,天热的时候,我们就到房顶上去睡。大娘铺一领席子,和孩子们在院里睡。在房顶上睡的时候,天空都是很晴朗的,小组的同志们从区上来,好说些笑话,猜些谜语,我仰面听着,满天星星像要落在我的身上。我一翻身,可以看见,院里的两个孩子都香甜地睡着了,大娘还在席上坐着。

"你看看明天有雨没有?"大娘对我说。

"一点点云彩也没有。"我说。

"往正南看看,是大瓶灌小瓶,还是小瓶灌大瓶?"她说。

那是远处的两个并排的星星,一大一小。因为离得很远,又为别的星星闪耀,我简直分辨不出,究竟是哪一个在灌哪一个。

"地里很旱了。"大娘说。

那时根据地周围不断作战,炮声在夜晚听得很真,大娘一听到炮声,就要爬到房上来,一直坐在房沿上,静静地听着。

"你听听,是咱们的炮,还是敌人的炮?"大娘问我。

"两边的炮都有。"我说。

"仔细听听,哪边的厉害。"大娘又说。

"我们的厉害。"我说。

还有别的人,能像一个子弟兵的母亲,那样关心我们战争的胜败吗?

工作完了,我要离开的时候,大娘没见到我。她煮好十个鸡蛋,叫小金抱着追到村边上,硬给我装到车子兜里。同年冬天,她叫小红给我做了一双棉鞋,她亲自送到报社里,可惜我已经调到别处去了。

不知大娘现在怎样,她的儿子到底有了音讯没有?

我走到大西章村边,人们正在修理那座大石桥,我道路很熟,穿过菜园的畦径,沿着那个大水坑的边缘,到了大娘的家里。

院里很安静,还像五年前一样,阳光照满这小小的庭院。靠近北窗,还是栽着一架细腰葫芦,在架下面,一个十八九岁的女孩子在纳鞋底儿。院里的鸡一叫唤,她抬头看见了我,惊喜地站起来了。

这是小红,她已经长大成人,发育出脱得很好,她的脸上安静又幸福。只有刚刚订了婚并决定了娶的日子,女孩子们的脸上,才流露这种感情。她把鞋底儿一扔,就跑着叫大娘去了。

大娘把我当做天上掉下来的人,不知道抓什么好。

大娘还很健康。

她说大儿子早就来信了,现在新疆。不管多远吧,有信她就放心了。儿子在外边已经娶了媳妇,她摘下墙上的相片给我看。

她打开柜,抱出几个大包袱,解开说:

"这是我给小红制的陪送,一进腊月,就该娶了。你看看行不行?"

"行了,这衣服多好啊!"我说。

大娘又找出小红的未婚夫的相片,问我长得怎样。这时小红已经上了机子,这架用手顿的织布机,是那年复查的时候分到的。小红上到机子上,那只手顿的可有力量。大娘说:

"我叫她在出聘前,赶出十个布来,虽说洋布好买了,可是挂个门帘,做个被褥什么的,还是自己织的布结实。你知道,小红又会织花布。"

吃晌午饭的时候,小金从地里回来,小金也长大了,参加了互助组。现在,大娘是省心多了。

1953 年 8 月 27 日

婚　　俗

赵金铭同志,今年五十八岁了。抗战以前,他在南关桥头一家饭馆里写账,抗战起参加工作,并且在那些残酷的环境里坚持过来了。我们初次见面,我问他在哪里住,他说:

"村西北角,三层楼就是我的家。"

我找到那里,原来他的三间北屋老朽不堪,并不翻盖,在后山墙外面培上了两层厚厚的土墙,土墙上的小树已经长得很高大了。

现在,他好在村里做些头面工作,他常常被人家请去做婚礼的陪客,送嫁或是伴娶。

一天,他当陪客回来,到我那里找水喝,我问他:

"金铭同志,现在当陪客有什么新内容啊?"

"有的,"他说,"按旧礼,陪客不过是防备在路上遇见什么事故,下车说上两句,人家一看是脸面上的人,就过去了。现在,天下农民是一家,这种路上的阻碍是很少了。至于说到新内容,首先当然要结合生产。比如给女方当送客,大席撤了,我到新房里去,对她婆家的人们讲:我们这姑娘,年岁还小,一切要担待些。这是旧话。她在我们村里,是个生产模范,到了这里,还希望婆婆和公公领导她积极生产,上场下地,都不要限制她的自动性。这就是新内容。"

"金铭同志:现在娶亲为什么都骑马?坐轿当然不好,坐车不更好些吗?"

"骑马是从抗战兴起来的,"金铭同志说,"是一种战斗作风。常言说:骑马坐轿。不坐轿了,最上色的当然就是骑马。如果新媳妇坐车,那就和送女客分别不开了。不过骑马也要日常练习,姑娘们平空骑上去,遇见牲口性质不好,有时要掉下来。所以,都是亲兄弟牵马,就像过去把轿杆一样。"

"你今天送的这门亲事是男女双方自主自愿的吗?"

"是。"金铭同志说,"不过,在乡村里,完全自主自愿的还很少,多一半是爹娘征求孩子们的同意。乡下和你们机关里不一样,机关里,男的女的守着一张桌子,脸对脸的工作,容易自主自愿。在乡下,女孩子们,除去家里就是地里,你叫她到哪里自主?总得经过介绍。"

"这对新夫妇,是你介绍的吗?"

"参加了些意见。"金铭同志说。

过了不多几天,这件婚事就起了纠纷。腊月,县里贯彻婚姻法,新媳妇的娘家是城里,提出离婚。

金铭同志很不同意,他对我说:

"穷人家,娶个媳妇实在不易,这样娶了三天半就散,等于倾人家的产业。"

"男方花了多少钱?"我问。

"一件缎子大袄,一件卫生衣,一双毛口棉鞋。"金铭同志计算着,"杀了一口肥猪,吃了多半个,十桌酒席,加上小零碎,要二百多万。"

婆婆啼哭着来找赵金铭,说是新媳妇的哥哥套着车拉陪送来了。

这件事,招了一街筒子人。金铭同志出来,那些妇女们都说:

"金铭,去,不能让他拉着走。"

并没用金铭开口。新媳妇的哥哥一见街上这种阵势,加上心里的封建观念，只是和婆婆交代了几句，就垂头丧气地赶着空车走了。

又过了几天，有工作组到附近的村庄做贯彻婚姻法的示范了，婆婆又找了金铭来，说是新媳妇自己赶着车来拉东西了。

人们都赶到屋里院里去看，新媳妇站在车旁边，坚决要离婚。扒着墙头的小孩子们拿土坷垃投她，有的妇女还嚷嚷着叫人去打井水来冲洗院子。在这个环境里，新媳妇看见赵金铭走来，希望他能根据政策讲话。

金铭同志冲着她喊：

"你这叫什么？你想想吧，缀上绊带就是估衣呀！"

新媳妇啼哭着，又赶着空车走了。

工作组到这村里来了，召开了一系列的会议。新媳妇又来拉东西，同来的还有娘家村里的宣传委员。

街上的议论，已经改变：

"叫人家拉走吧，现在是这个政策。"

婆婆还是找赵金铭。村里有的人也来撺掇。因为同着女方来的这个宣传委员，也是个很能讲话的人，而赵金铭是这一带有名的"大哨儿"，如果叫他拉走了东西，村里不光彩。人们愿意看看这次舌战。但是赵金铭悄悄告诉婆婆，不要当"典型"，让人家把东西拉走了。

他到园里去种菜。我正在野外散步，他把我喊过去，讲了一些从贯彻婚姻法以来，发生的离婚故事。他说有一个姑娘，已经骑马走在大路上了，一回头看见新郎不顺眼，拨马而回。另有一个姑娘，赴了大席，一抹嘴就回娘家来了。

他先种麻山药，一截一截地摆好，上过草粪，然后埋平，种得还仔细。后来天黑了，他把几个纸包里的菜籽抖在一个畦里。我说：

"那净是什么菜？"

"菠菜,茴香,小葱,什么也有。"
"你怎么种在一起?"
"没关系。什么先出来,就先吃什么。"
金铭同志,是多么需要学习呀!

1953年9月4日记

一 天 日 记

今天早晨有大雾，接近中午的时候天放晴了，树枝和电线上的霜融化了。

我是多么感激白塘口乡工作组的妇女干部们，她们那样热情地向我介绍访问的线索。

王秀楼同志先带我到郑淑琴家里去。郑淑琴十七岁结婚，那时她的丈夫才十五岁，结婚的时候，她的衣服都是借的人家的。每年六月天，她就只有一件褂子穿。生活困难，因此夫妇感情就不好，感情不好，丈夫在生产上也没劲，长年只是扛个脚，打鱼摸虾钓个螃蟹，地总是种不好。一九五三年夫妇两个商量着入了农业生产合作社，现在的情形，据郑淑琴自己说是："感谢毛主席，夫妇的感情和睦了，他疼我，我疼他。他在地里做活，我就先走一步回家挑水，他知道我在家里做饭，下地就顺便担回一担草来。我们已经添了两床新被子，里面三新的棉衣，每人一身，单衣服呢，除去穿的，每人还有一身替换的，我的热情太高了。"

郑淑琴正在给她丈夫做棉袄，当她和我谈话的时候，王秀楼同志就帮助她填铺棉絮。

从郑淑琴家出来，从后街绕过去，我们找到了韩家舫。她正在她家对门的一个小院里，套着一匹小驴儿磨面，王秀楼同志抢着替她看磨，她站在庭院里和我谈话。小驴儿一听见主人和别人谈话，它就常常停下来谛听着，王同志一直在吆喝它。难道说，对于现在村里无处不在议论的题目，它也感到新鲜，并且因为也会影响到它的生活前景,而表示了特别的关心吗?

韩家舫今年二十五岁,这是一位短小精悍的青年妇女,她把两手背在身后,两只脚采取"稍息"的姿势,自然悠闲地和我谈话。她的特点是,在入社的时候,她就明白了社会主义生产的远景和意义。她的丈夫是天津一个蛋厂的工人,夫妇感情很好,丈夫不论下班多晚,每天总要从市里骑车赶回家来。丈夫不愿意叫她出来参加社会活动和集体生产,在乡干部的帮助下,她教育说服了自己的丈夫。现在丈夫保证不再限制她,并且对她说:"开会什么的,你不要落后!"她说:"这个,用不着你嘱咐!"

韩家舫只是一个例子。她的语音,我好像很熟悉。我想起那天,妇女们在工作组住的院里开会,讨论怎样和男人共同努力生产,怎样打破男人的封建观念的时候,听到的一些生动的语言:

妇甲:我对丈夫说:我这是去生产,又不是去搞对象,你不能限制我!

妇乙:这是他还不明白,搞上一年,人们就知道我们妇女参加生产,是太好啦!

妇甲:对。我和他说,我不走邪魔外道,就是要参加农业生产合作社,走毛主席指引的这条光明正大的道!

妇乙:秋后一分东西,他保险就乐啦!

妇甲:我的丈夫还说这个哩:你们虽然是小脚妇女,可前进得太快啦!你们猜,我怎样回答他?我说:你怎么说这样的话,咱们国家需要,这样快走,我还恐怕赶不上哩!一句话,顶得他老实了。

妇乙:夫妇要互相帮助,也不要伤和气,我的经验,男人是好克服的,要看机会和他讲。

妇女同志们,这都是些零碎材料,不足以表达你们在伟大的生活变革面前,所表现的勇迈前进的姿态,而你们是多么希望我能比较完整地,用典型的事例来表达你们所做的工作呀!

我们向韩家舫告辞出来,却在她家的门口,遇到了妇女生产队长林桂兰,她也是经同志们介绍来同我谈话的。

我们就一同到韩家舫婆母的屋里,韩家舫也陪着进来了。

这是一小间土坯房,屋里生着一个大口炉子,非常暖和。韩家舫的婆母,正坐在炕上,哄着两个小孙女儿玩。

林桂兰今年十八岁,她已经是天津郊区很有名的人物。一九五二年她就参加了社,并且带队生产,那时她才十四五岁。几年来她的妇女生产队,已经由三、五个人发展到七、八十个人了。她在家里行大,下面有四个弟弟,两个妹妹,过去父亲给人家打短工养活这些孩子,生活是多么困难,可是那时父亲还是不愿意叫女儿出来参加生产。现在因为林桂兰和妹妹参加生产,出工很多,收入很多,父亲和母亲都说:"家里要是没有这两个闺女,可就不行了。"

这女孩子穿得很好,长得也很好,说话很是流利大方。她对我谈得很多,介绍了她的生产队,然后又介绍了她个人领导工作的经验,因为她经常作报告、汇报,也经常回答别人的访问,这些材料,就好像背熟了的功课一样。

我不再详细记下这些材料。但是,当我和她在这家原来是贫农的一间小屋里谈话的时候,当我们身边有:一个妇联的深入群众生活的工作干部,一个积极参加农业生产合作社的韩家舫,一个坐在炕上享受冬季饱暖之福天伦之乐的老大娘,特别是因为有那一个趴在祖母怀里玩耍的小女孩,和另外一个伏在炕沿上安静地听着大人说话的小女孩,都对林桂兰的事例,感到欢乐和幸福的时候,一幅中国妇女的完整的斗争和解放的图案,就在我的心目中形成了。

老大娘不停地微微俯仰着上身,爱抚地摇动着怀里的小孙

女儿,她的脸上明显地表露着内心的欢乐的感情,她嘴里喃喃地说:

"我的小孙女儿,长大了,也像她林桂兰姐姐一样!"

这是伟大的生活,向我揭示的总的题目中的一个。

1955年12月21日

回忆沙可夫同志

沙可夫同志逝世,已经很久了。从他逝世那天,我就想写点什么,但是,心情平静不下来,也不知道该从哪里说起。

我对沙可夫同志有两点鲜明印象:第一,他的作风非常和蔼可亲,从来没有对他领导的这些文艺干部疾言厉色;第二,他很了解每个文艺干部的长处,并能从各方面鼓励他发挥这个专长。遇到有人不了解这个同志的优点所在的时候,他就尽心尽力地替这个干部进行解释。

这好像是很简单的事,但沙可夫同志是坚持不懈,并且是非常真诚、非常热心地做去的。

当时,晋察冀边区是一个战斗非常紧张,生活非常艰苦的地区。但就在这里,聚集了不少从各路而来,各自抱负不凡的文艺青年。

在这些诗人、小说家、美术家、音乐家和戏剧家的队伍前面,走着沙可夫同志。他的生活和他的作风一样,非常朴素。他也有一匹马吧,但在我的印象里,他很少乘骑,多半是驮东西。更没有见过,当大家都艰于举步的时刻,他打马飞驰而过的场面。饭菜和大家一样。只记得有一个时期,因为他有胃病,管理员同志缝制了一个小白布口袋,装上些稻米,塞到我们的小米锅里,煮熟了倒出来送给他吃。我所以记得这点,只是因为觉得这种"小灶"太简单,它反映了我们当时的生活,实在困难。

这些琐事,是他到边区文联工作以后,我记得的。文联刚刚成立的时候,他住在华北联大,我那时从晋察冀通讯社调到文联工作,最初和他见面的机会很少。事隔几年之后,有一次在冀中,据一位美术理论家提供材料,说沙可夫同志当时关心我,就像关心一个"贵宾"一样。我想这是不合事实的,因为我从来也没有当"贵宾"的感觉。但我相信,沙可夫同志是关心我的,因为在和他认识以后,给人的这种印象是很深刻的。

当然,沙可夫同志也很关心这位美术理论家。他在那时负责的工作相当重要。

我很明白:领导文艺队伍和从事文艺创作是两回事。从事创作不妨有点洁癖,逐字逐句,进行推敲,但领导文艺工作,就得像大将用兵一样。因此,任用各种各样的人,我从来也不把它看做是沙可夫同志的缺点,这正是他的优点。在当时,人材很缺,有一技之长,就是财宝。而有些青年,在过去或是现在,确实是发挥了很大作用的。

我只是说,当时沙可夫同志领导的这个队伍,真是像俗话所说,"宁带千军万马,不带十样杂耍",是很复杂的,很难带好的,并且是常常发生"原则的分歧"的。什么理论问题,都曾经有过一番争论。在争论的时候,大都是盛气凌人,自命高深的。我记得,有一次是关于民族形式之争。在文联工作的一些同志,倾向于"新酒新瓶",在另外一处地方,则倾向于"旧瓶新酒"。我是倾向于"新酒新瓶"的,在《晋察冀日报》上,写了一篇短文,其中有一句大意是:"有过去的遗产,还有将来的遗产。"这竟引起了当时两位戏剧家的气愤,在开会以前,主张先不要进行讨论,以为"有很多人连文艺名词还没弄清",坚持"应该先编印一本文艺词典"。事隔二十年,不知道这两位同志编纂出这部词典没有?我当时的意思只是说,艺术形式是逐渐发展的,遗产也是积累起来的。

周围站立着这样多的怒目金刚,沙可夫同志总是像慈悲的菩萨一样坐在那里,很少发言,甚至在面部表情上,也很难看出他究竟左袒哪一方。他叫大家尽量把意见说出来。他明白:现在这些青年,都只是在学习的路上工作,也可以说是在工作的路上学习。谁的意见也不会成为定论,谁的文章也不会成为经典的。但在他做结论的时候,却会使人感到:这次会确实开得有收获,使持各种意见的同志都心平气和下来,走到团结的道路上去,正确执行着党在当时规定的政策。

沙可夫同志在发言的时候,既无锋利惊人之辞,也无叱咤凌厉之态,他只是平平淡淡地讲着,忠实地简直是没有什么发挥地反复说明党的政策。他在文艺问题上,有一套正确的、系统的见解,从不看风使舵。总结工作中的成绩和缺点的时候,实事求是。每次开会,我都有这样一个感觉:他传达着党的文艺方针和政策,就像他从事翻译那样忠实。

是的,沙可夫同志是把他从事翻译的初心,运用到工作里来的。他对文艺干部的领导,是主张多让他们学习。在边区,他组织多次大型的、古典话剧的演出。凡是真正有价值的文学作品,不分古今中外,不管是什么流派,他都帮助大家学习。有些同志,一时爱上了什么,他也不以为怪,他知道这是会慢慢地充实改变的。实际也是这样。例如故去的邵子南同志,当时是以固执欧化著称的,但后来他以同样固执的劲头,又爱上了中国的"三言"。此外,当时对《草叶集》爱不释手的人,后来也许会主张"格律";喜欢马雅可夫斯基跳动短句的人,也许后来又喜欢了字句的修长和整齐。

在当时那种一切都是从困难中产生的环境里,他珍爱同志们的哪怕是小小的成果。凡有创作,很少在他那里得不到鼓励,更谈不到什么"通不过"了。当然,那时文艺和战争、生产密切结合,好像也很少出现什么有害的作品。当时文联出版一种油印的刊物,叫做《山》,版本的大小和厚薄,就像最早期的《译文》一样,用洋粉连纸印刷。编辑部设在牛栏村东头,一间长不到一丈,宽不到四尺,堆满农具,只有个一尺见方的小窗子的房子里。编辑和校对就是我一个人。沙可夫同志领导这个刊物,真是"放手",我把稿子送给他看,很少有不同的意见。他不但为这刊物写发刊辞,翻译了重要的理论文章,为了鼓励我们创作,他还写了新诗。

　　我已经忘记这刊物出了多少期,但它确实曾经刊登了一些切实的理论和作品,著名作家梁斌同志的纸贵洛阳的《红旗谱》的前身,就曾经连续在这个刊物上发表。那时冀中平原的战斗,尤其频繁艰苦,同志们得不到休息的机会和学习的机会,有时到山里来开会,沙可夫同志总是很好地招待,给他们学习的时间和写作的时间。他们有些作品,也发表在这个刊物上。

　　我和沙可夫同志虽然相处有一二年的时间,但接触和谈话并不很多。我只是一个普通的干部,有些会议并不一定要我去参加。加以我的习性孤独,也很少主动到他那里闲谈。最初,我只知道他在"七七事变"以前,翻译过很多文学作品,在当时起了很大的革命和文学的推动作用,至于他学过戏剧,是到山里以后,才知道一些。关于他曾经学过音乐,并从事革命工作那么长久,是他死后从讣文上我才知道。这当然是由于我的孤陋寡闻,但也证明沙可夫同志,不只在仪表上,非常温文儒雅,在内心里也是非常谦虚谨慎。他好像从来也没有对人夸耀:他做过什么,或是学过什么,或是什么比你们知道得多……

　　是一九四二年吧,文联的机关取消,分配我到《晋察冀日报》社去工作,当时,我好像不愿去当编辑,愿意下乡。我记得在街上遇到沙可夫同志,我把这个意见提了,那一次他很严肃地只说了三个字:"工作嘛!"我没有再说,就背上背包走了。这时我已入了党。

　　从此以后,好像就很少见到他。一九四四年,我们先后到了

1951年 天津

插图 　（《铁木前传》）

延安,有一天,他来到鲁艺负责同志的窑洞里,把我叫去,把我在敌后的工作情况,向那位负责同志谈了。送我出来,还问我:是不是把家眷接到延安来?这或者是因为他看到在那里工作的同志,差不多都有配偶,觉得我生活得有些寂寞吧。

全国胜利以后,在一次文艺大会上,休息时我到他的座位那里,谈了几句。他问我近几年写了什么东西,又劝我注意身体,这或者是因为他看出我的身体已经不大好了吧。

一九五九年夏天,我养病到北戴河,一天黄昏,我在海边散步,看见他站在一块岩石上钓鱼,我跑了过去。他一边钓着鱼,一边问了问我的病的情形。当时我看他精神很好,身体外表也很好。在他脚下有处水槽,里面浮动着两只海蟹。但他说的话很少,我就告辞走了。这或者是因为他正在集中精神钓鱼,也或者是因为他自己知道自己的病情,不愿意多说话耗费精神吧。

从此,就再没见过面。

关于沙可夫同志,在他生前,既然接近比较少,多少年来我也没有从别人那里打听过他的生平。关于他的工作,事实和成效俱在,也无庸我在这里称道。关于他的著述,以后自然有地方要编辑出版。我对于他的记述,真是大者不知,小者不详。整理几点印象,就只能写成这样一篇短文。

1962 年 3 月 11 日于北京
1978 年 3 月改

黄　　鹂

——病期琐事

这种鸟儿,在我的家乡好像很少见。童年时,我很迷恋过一阵捕捉鸟儿的勾当。但是,无论春末夏初在麦苗地或油菜地里追逐红靛儿,或是天高气爽的秋季,奔跑在柳树下面网罗虎不拉儿的时候,都好像没有见过这种鸟儿。它既不在我那小小的村庄后边高大的白杨树上同鹨鸡儿一同鸣叫,也不在村南边那片神秘的大苇塘里和苇咋儿一块筑窠。

初次见到它,是在阜平县的山村。那是抗日战争期间,在不断的炮火洗礼中,有时清晨起来,在茅屋后面或是山脚下的丛林里,我听到了黄鹂的尖利的富有召唤性和启发性的啼叫。可是,它们飞起来,迅若流星,在密密的树枝树叶里忽隐忽现,常常是在我仰视的眼前一闪而过,金黄的羽毛上映照着阳光,美丽极了,想多看一眼都很困难。

因为职业的关系,对于美的事物的追求,真是有些奇怪,有时简直近于一种狂热。在战争不暇的日子里,这种观察飞禽走兽的闲情逸致,不知对我的身心情感,起着什么性质的影响。

前几年,终于病了。为了疗养,来到了多年向往的青岛。春天,我移居到离海边很近,只隔着一片杨树林洼地的一幢小楼房里。有很长的一段时间,我一个人住在这里,清晨黄昏,我常常到那杨树林里散步。有一天,我发现有两只黄鹂飞来了。

这一次,它们好像喜爱这里的林木深密幽静,也好像是要在这里产卵孵雏,并不匆匆离开,大有在这里安家落户的意思。

每天,天一发亮,我听到它们的叫声,就轻轻打开窗帘,从楼上可以看见它们互相追逐,互相逗闹,有时候看得淋漓尽致,对我来说,这真是饱享眼福了。

观赏黄鹂,竟成了我的一种日课。一听到它们叫唤,心里就很高兴,视线也就转到杨树上,我很担心它们一旦要离此他去。这里是很安静的,甚至有些近于荒凉,它们也许会安心居住下去的。我在树林里徘徊着,仰望着,有时坐在小石凳上谛听着,但总找不到它们的窠巢所在,它们是怎样安排自己的住室和产房的呢?

一天清晨,我又到树林里散步,和我患同一种病症的史同志手里拿着一支猎枪,正在瞄准树上。

"打什么鸟儿?"我赶紧过去问。

"打黄鹂!"老史兴致勃勃地说,"你看看我的枪法。"

这时候,我不想欣赏他的枪技,我但愿他的枪法不准。他瞄了一会儿,黄鹂发觉飞走了。乘此机会,我以老病友的资格,请他不要射击黄鹂,因为我很喜欢这种鸟儿。

我很感激老史同志对友谊的尊重。他立刻答应了我的要求,没有丝毫不平之气。并且说:

"养病么,喜欢什么就多看看,多听听。"

这是真诚的同病相怜。他玩猎枪,也是为了养病,能在兴头上照顾旁人,这种品质不是很难得吗?

有一次,在东海岸的长堤上,一位穿皮大衣戴皮帽的中年人,只是为了讨取身边女朋友的一笑,就开枪射死了一只回翔在天空的海鸥。一群海鸥受惊远飏,被射死的海鸥落在海面上,被怒涛拍击漂卷。胜利品无法取到,那位女人请在海面上操作的海带培养工人帮助打捞,工人们愤怒地掉头划船而去。这给我留下了深刻的印象。回到房子里,无可奈何地写了几句诗,也终于没有完成,因为契诃夫在好几种作品里写到了这种人。我的笔墨又怎能更多地为他们的业绩生色?在他们的房间里,只挂着契诃夫为他们写的褒词就够了。

惋惜的是,我的朋友的高尚情谊,不能得到这两只惊弓之鸟的理解,它们竟一去不返。从此,清晨起来,白杨萧萧,再也听不到那种清脆的叫声。夏天来了,我忙着到浴场去游泳,渐渐把它们忘掉了。

有一天我去逛鸟市。那地方卖鸟儿的很少了,现在生产第一,游闲事物,相应减少,是很自然的。在一处转角地方,有一个卖鸟笼的老头儿,坐在一条板凳上,手里玩弄着一只黄鹂。黄鹂系在一根木棍上,一会儿悬空吊着,一会儿被拉上来。我站住了,我望着黄鹂,忽然觉得它的焦黄的羽毛,它的嘴眼和爪子,都带有一种凄惨的神气。

"你要吗?多好玩儿!"老头儿望望我问了。

"我不要。"我转身走开了。

我想,这种鸟儿是不能饲养的,它不久会被折磨得死去。这种鸟儿,即使在动物园里,也不能从容地生活下去吧,它需要的天地太宽阔了。

从此,有很长一段时间,我不再想起黄鹂。第二年春季,我到了太湖,在江南,我才理解了"杂花生树,群莺乱飞"这两句文章的好处。

是的,这里的湖光山色,密柳长堤;这里的茂林修竹,桑田苇泊;这里的乍雨乍晴的天气,使我看到了黄鹂的全部美丽,这是一种极致。

是的,它们的啼叫,是要伴着春雨、宿露,它们的飞翔,是要伴着朝霞和彩虹的。这里才是它们真正的家乡,安居乐业的所在。

各种事物都有它的极致。虎啸深山,鱼游潭底,驼走大漠,雁排长空,这就是它们的极致。

在一定的环境里,才能发挥这种极致。这就是形色神态和环境的自然结合和相互发挥,这就是景物一体。典型环境中的典型性格,也可以从这个角度来理解吧。这正是在艺术上不容易遇到的一种境界。

1962 年 4 月

石　子

——病期琐事

　　我幼小的时候，就喜欢石子。有时从耕过的田野里，捡到一块椭圆形的小石子，以为是乌鸦从山里衔回跌落到地下的，因此美其名为"老鸹枕头儿"。

　　那一年在南京，到雨花台买了几块小石子，是赭红色的。

　　那一年到大连，又在海滨装了一袋白色的回来。

　　这两次都匆匆忙忙，对于选择石子，可以说是不得要领。

　　在青岛住了一年有余，因为不喜欢下棋打扑克，不会弹琴跳舞，不能读书作文，惟一的消遣和爱好就是捡石子。时间长了，收藏丰富，有一段时间，居然被病友们目为专家。就连我低头走路，竟也被认为是长期从事搜罗工作养成的习惯，这简直是近于开玩笑了。

　　然而，人在寂寞无聊之时，爱上或是迷上了什么，那种劲头，也是难以常情理喻的。不但天气晴朗的时候，好在海边溅泥踏水地徘徊寻找，有时刮风下雨，不到海边转转，也好像会有什么损失，就像逛惯了古书店古董铺的人，一天不去，总觉得会交臂失掉了什么宝物一样。钓鱼者的心情，也是如此的。

　　初到青岛，也只是捡些小巧圆滑杂色的小石子。这些小石子养在水里，五颜六色还有些看头，如果一干，则质地粗糙，颜色也消失，算不得什么稀罕之物了。

　　后来在第二浴场发现一种质地细腻，色泽如同美玉的小石子,就加意寻找。这种小石子,好像有一定的矿层。在春夏季,海滩积沙厚,没有这种石子。只有在秋冬之季,海水下落,沙积减少,轻涛击岸,才会露出这种蕴藏来。但也很少遇到。当潮水落到一定的地方,沿着水边来回走,看到一点点亮晶晶的苗头,跑过去捡起来,大小不等,有时还残留着一些杂质,像玉之有瑕一样。这种石子一定是包藏在一种岩石之中,经过多年的潮激汐荡,乱石撞击,细沙研磨,才形成现在这种可爱的样式。

有时,如果不注意,如果不把眼光放远一点,它略一显露,潮水再一荡,就又会被细沙所掩盖。当潮水猛涨的时候,站在岸边,抢捡石子,这不只拼着衣服溅上很多海水,甚至还有被海水卷入的危险。

有时,不避风雨,不避寒暑,到距离很远的海滩,去寻找这种石子。但也要潮水和季节适当,才有收获。

我的声誉只是鹊起一时,不久就被一位新来的病友的成绩所掩盖。这位同志,采集石子,是不声不响,不约同伴,近于埋头创作的进行,而且走得远,探得深。很快,他的收藏,就以质地形色兼好著称。石子欣赏家都到他那里去了,我的门庭,顿时冷落下来。在评判时,还要我屈居第二,这当然是无可推辞的。我的兴趣还是很高,每天从海滩回来,口袋里总是沉甸甸的,房间里到处是分门别类的石子。

那时我居住在正阳关路一幢绿色的楼房里。为了安静,我选择了三楼那间孤零零的,虽然矮小一些,但光线很好的房子。在正面窗台上,我摆了一个鱼缸,放满了水,养着我最得意的石子。

在二楼住着一位二十年前我教书时的女学生。她很关心我的养病生活,看见我的房子里堆着很多石子,就劝我养海葵花。她很喜欢这种东西,在她的房间里,饲养着两缸。

一天下午,她借了铁钩水桶,带我到海边退潮后的岩石上,去掏取这种动物。她的手还被附着在石面上的小蛤蜊擦破了。回来,她替我倒出了石子,换上海水,养上海葵花。

"你喜爱这种东西吗?"她坐下来得意地问。

"唔。"

"你的生活太单调了,这对养病是很不好的。我对你讲课印象很深,我总是坐在第一排。你不记得了吧?那时我十七岁。"

晚上,我一个人坐在灯光下,面对着我的学生为我新陈设的景物。我实在不喜欢这种东西,从捉到养,整个过程,都不能使我发生兴味。它的生活史和生活方式,在我的头脑里,体现了过去和现在的强盗和女妖的全部伎俩和全部形象。我写了一首《海葵赋》。

青岛,这是世界上少有的风光绮丽的地方。在过去很长一段时间,祖国美丽富饶的地区,有很多都曾经处在帝国主义的铁蹄蹂躏之下。每逢我站在太平角高大的岩石上,四下眺望,脚下澎湃飞溅的海潮,就会自然地使我联想起这里的悲惨的历史。我的心里总有一种沉痛之感,一种激愤之情。

终于,我把海葵花送给了女弟子,在缸里又养上了石子。这样做的结果,是大大辜负女学生的一番盛情,一番好意了。

离开青岛的时候,我把一些自认为名贵的石子带回家里,尘封日久,不但失去了原有的光彩,就是拿在手里,也不像过去那样滑腻,这是因为上面泛出一种盐质,用水都不容易洗去了。时过境迁,色衰爱弛,我对它们也失去了兴趣,任凭孩子们抛来抛去,想不到当时全心全力寤寐以求的东西,现在却落到了这般光景。

但它们究竟是和我度过了那一段难言的日子,给过我不少的安慰,帮助我把病养得好了一些。古人把药石针砭并称,这说明石子确是养病期中难得的纯朴有益的伴侣。

1962年4月

《善闇室纪年》序

在天津这个城市，住了二十五年。常常想离开，直到目前还不能走；住的这个宿舍，常常想换换，直到目前还不能搬家。中间虽然被迫迁移一次，出去三年，终于又回来了。我不知道要在这个地方，住到什么时候。

街上太乱太脏，我很少出门。近年来也很少有人来我这里。说门可罗雀是夸张的，闭门却轨却是不必要的。虽然好弄书，但很少能安心看书。有些人不愿去接近，有些语言不愿去听。我并不感到寂寞、苦闷，有时却也觉得时间空过得可惜，无可奈何。

我很久、很久不写东西了。对于未来，我缺乏先见之明，不能展示其图景。对于现实，我固步自封，见闻寡陋，无法描述。对于过去，虽也懒于回忆，但究竟便于寻绎。因此想起了写个自传什么的，再向后退一步，就想订个年谱什么的，又觉得这个名称太堂皇，就改用了纪年的形式。这是轻车熟路，向回走的路，但愿顺利一些。

我自幼年，体弱多病。表现在性格方面，优柔寡断。多年从事文字生活，对现实环境，对人事关系，既缺乏应有的知识，更没有应付的能力。在各方面都是失败多，成绩少。声音将与形体同时消失，没有什么可以遗留于后人或后世的。

一生平平，确实无可取鉴。一生行止，都是被时代所推移，顺潮流而动作。在群众面前，从来不能发表独特的见解，表现超人的才略；在行动方面，更没有起过先锋的作用，建树较大的功劳。那么,这一年谱,就只能是记录:一己的履历,时代的流波,同行者的影子与声音,群众的帮助与爱护。

其中,有个人的兴起振奋,也有自己的悲欢离合。有崎岖,也有坦途。由于愚闇,有时也曾蹈不测的深渊;由于憨诚,也常常为朋友们所谅宥。认真记录下去,也可能有超出个人范围的一个时代的步伐,一个队伍的感情吧。

总之,在过去的几十年中,跟在队伍的后面,还幸而没有落荒。虽然缺少扬厉的姿态,所迈的步子,现在听起来,还是坚定有力的。对于伙伴,虽少临险舍身之勇,也无落井下石之咎。循迹反顾,无愧于心。

1975年6月1日,善闇记。

昨晚暴风雨,花未受损。今晨五时起床,为玉树换盆,并剪海棠一枝,插于小盅,验其活否。

伙伴的回忆

忆侯金镜

一九三九年,我在阜平城南庄工作。在一个初冬的早晨,我到村南胭脂河边盥洗,看见有一支队伍涉水过来。这是一支青年的、欢乐的、男男女女的队伍,是从延安来的华北联大的队伍,侯金镜就在其中。

当时,我并不认识他。我也还不认识走在这个队伍中间的许多戏剧家、歌唱家、美术家。

一九四一年,晋察冀文联成立以后,我认识了侯金镜。他是联大文艺学院文学系的研究人员。他最初给我的印象是:老成稳重,说话洪亮而短促。脸色不很好,黄而有些浮肿。和人谈话时,直直地站在那里,胸膛里的空气总好像不够用,时时在倒吸着一口凉气。

这个人可以说是很严肃的,认识多年,我不记得他说过什么玩笑话,更不用说相互之间开玩笑了。这显然和他的年龄不相当,很快又结了婚,他就更显得老成了。

他绝不是未老先衰,他的精力很是充沛,工作也很热心。在一些会议上发言,认真而有系统。他是研究文艺理论的,但没有当时一些青年理论家常有的那种飞扬专断的作风,也不好突出显示自己。这些特点,给我留下了好的印象,觉得他是可以亲近的。但接近的机会究竟并不太多,所以终于也不能说是我在晋察冀时期的最熟识的朋友。

然而,友情之难忘,除去童年结交,就莫过于青年时代了。晋察冀幅员并不太广,我经常活动的,也就是几个县,如果没有战事,经常往返的,也就是那几个村庄,那几条山沟。各界人士,我认识得少;因为当时住得靠近,文艺界的人,却几乎没有一个陌生。阜平号称穷山恶水,在这片炮火连天的土地上,汇集和奔流着来自各方的、兄弟般的感情。

以后,因为我病了,有好些年,没有和金镜见过面。一九六〇年夏天,我去北京,他已经在《文艺报》和作家协会工作,他很热情,陪我在八大处休养所住了几天,又到颐和园的休养所住了几天。还记得他和别的同志曾经陪我到香山去玩过。这当然是大家都知道我有病,又轻易不出门,因此牺牲一点时间,同我到各处走走看看的。

这样,谈话的机会就多了些,但因为我不善谈而又好静,所以金镜虽有时热情地坐在我的房间,看到我总提不起精神来,也就无可奈何地走开了。只记得有一天黄昏,在山顶,闲谈中,知道他原是天津的中学生,也是因为爱好文艺,参加革命的。他在文学事业上的初步尝试,比我还要早。另外,他好像很受"五四"初期启蒙运动的影响,把文化看得很重。他认为现在有些事,所以做得不够理想,是因为人民还缺乏文化的缘故。当时我对他这些论点,半信半疑,并且觉得是书生之见,近于迂阔。他还对我谈了中央几个文艺刊物的主编副主编,在几年之中,有几人犯了错误。因为他是《文艺报》的副主编,担心犯错误吧,也只是随便谈谈,两个人都一笑完事。我想,金镜为人既如此慎重老练,又在部队做过政治工作,恐怕不会出什么娄子吧。

在那一段时间,他的书包里总装着一本我写的《白洋淀纪事》。他几次对我说:"我要再看看。"那意思是,他要写一篇关于这本书的评论,或是把意见和我当面谈谈。他每次这样说,我也总是点头笑笑。他终于也没有写,也没有谈。这是我早就猜想到的。对于朋友的作品,是不好写也不好谈的。过誉则有违公论,责备又恐伤私情。

他确实很关心我,很细致。在颐和园时,我偶然提起北京什么东西好吃,他如果遇到,就买回来送给我。有时天晚了,我送客人,他总陪我把客人送到公园的大门以外。在夜晚,公园不只道路曲折,也很空旷,他有些不放心吧。

此后十几年,就没有和金镜见过面。

最后听说:金镜的干校在湖北。在炎热的夏天,他划着小船在湖里放鸭子,他血压很高,一天晚上,劳动归来,脑溢血死去了。他一直背着"反党"的罪名,因为他曾经指着在"文化大革命"期间报刊上经常出现的林彪形象,说了一句:"像个小丑!"金镜死后不久,林彪的问题就暴露了。

我没有到过湖北,没有见过那里的湖光山色,只读过范仲淹描写洞庭湖的文章。我不知道金镜在的地方,是否和洞庭湖一水相通。我现在想到:范仲淹所描写的,合乎那里天人的实际吗?他所倡导的先忧后乐的思想,能对在湖滨放牧家禽的人,起到安慰鼓舞的作用吗?金镜曾信服地接受过他那不以物喜,不以己悲的劝诫吗?

在历史上,不断有明哲的语言出现,成为一些人立身的准则,行动的指针。但又不断有严酷的现实,恰恰与此相反,使这些语言,黯然失色,甚至使提倡者本身头破血流。然而人民仍在觉醒,历史仍在前进,炎炎的大言,仍在不断发光,指引先驱者的征途。我断定,金镜童年,就在纯洁的心灵中点燃的追求真理的火炬,即使不断遇到横加的风雨,也不会微弱,更不会熄灭的。

忆 郭 小 川

　　一九四八年冬季,我在深县下乡工作。环境熟悉了,同志们也互相了解了,正在起劲,有一天,冀中区党委打来电话,要我回河间,准备进天津。我不想走,但还是骑上车子去了。

　　我们在胜芳集中,编在《冀中导报》的队伍里。从冀热辽的《群众日报》社也来了一批人,这两家报纸合起来,筹备进城后的报纸出刊。小川属于《群众日报》,但在胜芳,我好像没有见到他。早在延安,我就知道他的名字,因为我交游很少,也没得认识。

　　进城后,在伪《民国日报》的旧址,出版了《天津日报》。小川是编辑部的副主任,我是副刊科的副科长。我并不是《冀中导报》的人,在冀中时,却常常在报社住宿吃饭,现在成了它的正式人员,并且得到了一个官衔。

　　编辑部以下有若干科,小川分工领导副刊科,是我的直接上司。小川给我的印象是:一见如故,平易坦率,热情细心,工作负责,生活整饬。这些特点,在一般文艺工作者身上是很少见的。所以我对小川很是尊重,并在很长时间里,我认为小川不是专门写诗,或者已经改行,是能做行政工作,并且非常老练的一名干部。

　　在一块工作的时间很短,不久他们这个班子就原封转到湖南去了。小川在《天津日报》期间,没有在副刊上发表过一首诗,我想他不是没有诗,而是谦虚谨慎,觉得在自己领导下的刊物上发表东西,不如把版面让给别人。他给报社同志们留下的印象,是很好的,很多人都不把他当诗人看待,甚至不知道他能写诗。

　　后来,小川调到中国作家协会工作。在此期间,我病了几年,联系不多。当我从外地养病回来,有一次到北京去,小川和贺敬之同志把我带到前门外一家菜馆,吃了一顿饭。其中有两个菜,直到现在,我还认为,是我有生以来,吃到的最适口的美味珍品。这不只是我短于交际,少见世面,也因为小川和敬之对久病的我,无微不至地关怀照顾,才留下了如此难以忘怀的印象。

我很少去北京,如果去了,总是要和小川见面的,当然和他的职位能给予我种种方便有关。

我时常想,小川是有作为的,有能力的。一个诗人,担任这样一个协会的秘书长,上上下下,里里外外都来得,我认为是很难的。小川却做得很好,很有人望。

我平素疏忽,小川的年龄,是从他逝世后的消息上,才弄清楚的。他参加革命工作的时候,还不到二十岁。他却能跋山涉水,入死出生,艰苦卓绝,身心并用,为党为人民做了这样多的事,实事求是评定起来,是非常有益的工作。他的青春,可以说是没有虚掷,没有浪过。

他的诗,写得平易通俗,深入浅出,毫不勉强,力求自然,也是一代诗风所罕见的。

很多年没有见到小川,大家都自顾不暇。后来,我听说小川发表了文章,不久又听说受了"四人帮"的批评。我当时还怪他,为什么在这个时候,急于发表文章。

前年,有人说在辉县见到了他,情形还不错,我很高兴。我觉得经过这么几年,他能够到外地去做调查,身体和精神一定是很不错的了。能够这样,真是幸事。

去年,粉碎了"四人帮",大家正在高兴,忽然传来小川不幸的消息。说他在安阳招待所听到好消息,过于兴奋,喝了酒,又抽烟,当夜就出了事。起初,我完全不相信,以为是传闻之误,不久就接到了他的家属的电报,要我去参加为他举行的追悼会。

我没有能够去参加追悼会。自从一个清晨,听到陈毅同志逝世的广播,怎么也控制不住热泪以后,一听到广播哀乐,就悲不自胜。小川是可以原谅我这体质和神经方面的脆弱性的。但我想如果我不写一点什么纪念他,就很对不起我们的友情。我已经有十几年没有写作的想法了,现在拿起笔来,是写这样的文字。

我对小川了解不深,对他的工作劳绩,知道得很少,对他的作品,也还没有认真去研究,深怕伤害了他的形象。

一九五一年吧,小川曾同李冰、俞林同志,从北京来看我,在我住的院里,拍了几张照片。这一段胶卷,长期放在一个盒子里。前些年,那么乱,却没人过问,也没有丢失。去年,我托人洗了出来,除了我因为不健康照得不好以外,他们三个人照得都很好,尤其是小川那股英爽秀发之气,现在还跃然纸上。

  啊,小川,
  你的诗从不会言不由衷,
  而是发自你肺腑的心声。
  你的肺腑,
  像高挂在树上的公社的钟,
  它每次响动,
  都为的是把社员从梦中唤醒,
  催促他们拿起铁铲锄头,
  去到田地里上工。
  你的诗篇,长的或短的,
  像大大小小的星斗,
  展布在永恒的夜空,
  人们看上去,它们都有一定的光亮,
   一定的方位,
  就是儿童,
  也能指点呼唤它们的可爱的名称。

它们绝不是那转瞬即逝的流星
　　——乡下人叫作贼星,
拖着白色的尾巴,从天空划过,
人们从不知道它的来路,
也不关心它的去踪。
你从不会口出狂言,欺世盗名,
你的诗都用自己的铁锤,
在自己的铁砧上锤炼而成。
雨水从天上落下,
种子用两手深埋在土壤中。
你的诗是高粱玉米。
它比那伪造的琥珀珊瑚贵重。
你的诗是风,
不是转蓬。
泉水呜咽,小河潺潺,大江汹涌!

　　　　　　　一九七七年一月三日改讫

服装的故事

我远不是什么纨袴子弟,但靠着勤劳的母亲纺线织布,粗布棉衣,到时总有的。深感到布匹的艰难,是在抗战时参加革命以后。

一九三九年春天,我从冀中平原到阜平一带山区,那里因为不能种植棉花,布匹很缺。过了夏季,渐渐秋凉,我们什么装备也还没有。我从冀中背来一件夹袍,同来的一位同志多才多艺,他从老乡那里借来一把剪刀,把它裁开,缝成两条夹裤,铺在没有席子的土炕上。这使我第一次感到布匹的难得和可贵。

那时我在新成立的晋察冀通讯社工作。冬季,我被派往雁北地区采访。雁北地区,就是雁门关以北的地区,是冰天雪地,大雁也不往那儿飞的地方。我穿的是一身粗布棉袄裤,我身材高,脚腕和手腕,都有很大部位暴露在外面。每天清早在大山脚下集合,寒风凛冽。有一天在部队出发时,一同采访的一位同志把他从冀中带来的一件日本军队的黄呢大衣,在风地里脱下来,给我穿在身上。我第一次感到了战斗伙伴的关怀和温暖。

一九四一年冬天,我回到冀中,有同志送给我一件狗皮大衣筒子。军队夜间转移,远近狗叫,就会暴露自己。冀中区的群众,几天之内,就把所有的狗都打死了。我把皮子拿回家去,我的爱人,用她织染的黑粗布,给我做了一件短皮袄。因为狗皮太厚,做起来很吃力,有几次把她的手扎伤。我回路西的时候,就珍重地带它过了铁路。

一九四三年冬季，敌人在晋察冀边区"扫荡"了整整三个月。第二年开春，我刚刚从山西的繁峙一带回到阜平，就奉命整装待发去延安。当时，要领单衣，把棉衣换下。因为我去晚了，所有的男衣，已发完，只剩下带大襟的女衣，没有办法，领下来。这种单衣的颜色，是用土靛染的，非常鲜艳，在山地名叫"月白"。因是女衣，在宿舍换衣服时，我犹豫了，这穿在身上像话吗？

忽然有两个女学生进来——我那时在华北联大高中班教书。她们带着剪刀针线，立即把这件女衣的大襟撕下，缝成一个翻领，然后把对襟部位缝好，变成了一件非常时髦的大翻领钻头衬衫。她们看着我穿在身上，然后拍手笑笑走了，也不知道是赞美她们的手艺，还是嘲笑我的形象。

然后，我们就在枣树林里站队出发。

这一队人马，走在去往革命圣地延安的漫长而崎岖的路上，朝霞晚霞映在我们鲜艳的服装上。如果叫现在城市的人看到，一定要认为是奇装异服了。或者只看我的描写，以为我在有意歪曲、丑化八路军的形象。但那时山地群众并不以为怪，因为他们在村里村外常常看到穿这种便衣的工作人员。

路经盂县，正在那里下乡工作的一位同志，在一个要道口上迎接我，给我送行。初春，山地的清晨，草木之上，还有霜雪。显然他已经在那里等了很久，浓黑的鬓发上，也挂有一些白霜。他在我们行进的队伍旁边，和我握手告别，说了很简短的话。

应该补充，在我携带的行李中间，还有他的一件日本军用皮大衣，是他过去随军工作时，获得的战利品。在当时，这是很难得的东西，大衣做得坚实讲究：皮领，雨布面，上身是丝绵，下身是羊皮，袖子是长毛绒。羊皮之上，还带着敌人的血迹。原来坚壁在房东家里，这次出发前，我考虑到延安天气冷，去找我那件皮衣，找不到，就把他的拿起来。

初夏，我们到绥德，休整了五天。我到山沟里洗了个澡。这是条向阳的山沟,小河的流水很温暖,水冲激着沙石,发出清越的声音。我躺在河中间一块平滑的大石板上,温柔的水,从我的头部胸部腿部流过去,细小的沙石常常冲到我的口中。我把女同学们给我做的衬衣,洗好晾在石头上,干了再穿。

　　我们队长到晋绥军区去联络,回来对我说:吕正操司令员要我到他那里去。一天上午,我就穿着这样一身服装,到了他那庄严的司令部。那件艰难携带了几千里路的大衣,到延安不久,就因为一次山洪暴发,同我所有的衣物,卷到延河里去了。

　　这次水灾以后,领导上给我发了新的装备,包括一套羊毛棉衣。这种棉衣当然不错,不过有个缺点,穿几天,里面的羊毛就往下坠,上半身成了夹的,下半身则非常臃肿。和我一同到延安去的一位同志,要随王震将军南下,他们发的是絮棉花的棉衣,他告诉我路过桥儿沟的时间,叫我披着我那件羊毛棉衣,在街口等他,当他在那里走过的时候,我们俩"走马换衣",他把那件难得的真正棉衣换给了我。因为既是南下,越走天气越暖和的。

　　这年冬季,女同学们又把我的一条棉褥里的棉花取出来,把我的棉裤里的羊毛换进去,于是我又有了一条名副其实的棉裤。她们又给我打了一双羊毛线袜和一条很窄小的围巾,使我温暖愉快地过了这一个冬天。

　　这时,一位同志新从敌后到了延安,他身上穿的竟是我那件狗皮袄,说是另一位同志先穿了一阵,然后转送给他的。

　　一九四五年八月,日本投降,我们又从延安出发,我被派作前站,给女同志们赶了很长一段时间的毛驴。那些婴儿们,装在两个荆条筐里,挂在母亲们的两边。小毛驴一走一颠,母亲们的身体一摇一摆,孩子们像燕雏一样,从筐里探出头来,呼喊着,玩闹着,和母亲们爱抚的声音混在一起,震荡着漫长的欢乐的旅途。

　　冬季我们到了张家口,晋察冀的老同志们开会欢迎我们,穿戴都很整齐。一位同志看我还是只有一身粗布棉袄裤,就给我一些钱,叫我到小市去添补一些衣物。后来我回冀中,到了宣化,又从一位同志的床上,扯走一件日本军官的黄呢斗篷,走了整整十四天,到了老家,披着这件奇形怪状的衣服,与久别的家人见了面。这仅仅是记得起来的一些,至于战争年代里房东老大娘、大嫂、姐妹们为我做鞋做袜,缝缝补补,那就更是一时说不完了。

我们在和日本帝国主义、蒋帮作战的时候,穿的就是这样。但比起上一代的老红军战士,我们的物质条件就算好得多了。

穿着这些单薄的衣服,我们奋勇向前。现在,那些刺骨的寒风,不再吹在我的身上,但仍然吹过我的心头。其中有雁门关外挟着冰雪的风,在冀中平原卷着黄沙的风,有延河两岸虽是严冬也有些温暖的风。我们穿着这些单薄的衣服,在冰冻石滑的山路上攀登,在深雪中滚爬,在激流中强渡。有时夜雾四塞,晨霜压身,但我们方向明确,太阳一出,歌声又起。

一九七七年十一月二十六日改完

悼画家马达

孙犁散文

听到马达终于死去了,脑子又像被击中一棒,半夜醒来,再也不能入睡了。青年时代结交的战斗伙伴,相继凋谢,实在使人感怆不已。

只是在今年初,随着党中央不断催促落实政策,流落在西郊一个生产大队的马达,被记忆了起来。报社也三番两次去找他采访,叫他写些受"四人帮"迫害的材料。报社同志回来对我说:

马达住在那个生产大队临大道的尘土飞扬、人声嘈杂、用破席支架起来的防震棚里,另有一间住房,也很残破。客人们去了,他只有一个小板凳,客人照顾他年老有病,让他坐着,客人们随手拾块破砖坐下来。

马达用两只手抱着头,半天不说话。最后,他说:

"我不能说话,我不能激动,让我写写吧。"

在临分别的时候,他问起了我:

"他还在原来的地方住吗?我就是和他谈得来,我到市里要去看他。"

我在延安住的时间很短,也就是一年半的时间。原来是调去学习的,很快日本投降了,就又随着工作队出来。在延安,我在鲁艺做一点工作,马达在美术系。虽说住在一个大院落里,我不记得到过他的窑洞,他也没有到过我的窑洞。听说他的窑洞修整得很别致,他利用土方,削成了沙发、茶几、盆架、炉灶等等。

我们同在一个小食堂里吃饭，每天要见三次面，有什么话也可以说清楚的。马达沉默寡言，认识这么些年，他没有什么名言谠论、有风趣的话或生动的表情，留在我的印象里。

从延安出发，到张家口的路上，我和马达是一个队。我因为是从敌后来的，被派作了先遣，每天头前赶路。我有一双从晋察冀穿到延安去的山鞋，现在又把它穿上，另外，还拿上我从敌后山上砍伐来的一根六道木棍。

这次行军，非常轻松，除去过同蒲路，并没有什么敌情。后来，我又兼给女同志们赶毛驴，每天跟在一队小毛驴的后面，迎着西北高原的瑟瑟秋风，听着骑在毛驴背上的女歌手们的抒情，可以想见我的心情之舒畅了。

我在延安是单身，自己生产也不行，没有任何积蓄。有些在延安住久的同志，有爱人和小孩，他们还自备了一些旅行菜。我在延安遇到一次洪水暴发，把所有的衣被，都冲到了延河里去，自己如果不是攀住拴马的桩子，也险些冲进去。组织上照顾我，发给我一套单衣。第二天早晨，水撤了，在一辆大车的车脚下，发见了我的衣包，拿到延河边一冲洗，这样我就有了两套单衣。行军途中，我走一程，就卖去一件单衣，补充一些果子和食物。这种情况当然也是一时的权宜之计，不很正规的。

中午到了站头，我们总是蹲在街上吃饭。马达也是单身，但我不记得和他蹲在一起、共进午餐的情景。只有要在一个地方停留几天，要休整了，我才有机会和他见面，留有印象的，也只有一次。

在晋、陕交界，是个上午，我从住宿的地方出来，要经过一个磨棚，我看到马达正站在那里，聚精会神地画速写。有两位青年妇女在推磨，我没有注意她们推磨的姿态，我只是站在马达背后，看他画画。马达用一支软铅笔在图画纸上轻轻地、敏捷地描绘着，只有几笔，就出现了一个柔婉生动，非常美丽的青年妇女形象。这是素描,就像在雨雾里见到的花朵,在晴空里望到的勾月一般。我确实惊叹画家的手艺了。

我很爱好美术,但手很笨,在学校时,美术一课,总是勉强交卷。从这一次,使我对美术家,特别是画家,产生了肃然起敬的感情。

马达最初,是在上海搞木刻的。那一时代的木刻,是革命艺术的一支突出的别动队。我爱好革命文学,也连带爱好了木刻,青年时曾买了不少这方面的作品。我一直认为在《鲁迅全集》里,鲁迅同一群青年木刻家的照相中,排在后面,胸前垂着西服领带,面型朴实厚重的,就是马达。但没有当面问过他。马达那时已是一个革命者,而那时的革命,并不是在保险柜里造反,是很危险的生涯。关于他那一段历史,我也没有和他谈起过。

行军到了张家口,我和一群画家,住在一个大院里。我因为一路赶驴太累了,有时间就躺下来休息。忽然有人在什么地方发现了一堆日本人留下的烂纸,画家们蜂拥而出,去捡可以用来画画的纸片。在延安,纸和颜料的困难,给画家带来了很大的不便。我写文章,也是用一种黄色的草纸。他们只好拿起木刻刀对着梨木板干,木刻艺术就应运而生地得到了长足的发展。他们见到了纸张,这般兴奋,正是表现了他们为了革命工作的热情。

在张家口住了几天,我就和在延安结交的文艺界的朋友们分道扬镳,回到冀中去了。

进天津之初,我常在多伦道一家小饭铺吃饭,在那里有时遇到马达。后来我的家口来了,他还到我住的地方来访一次,从那时起,我觉得马达,在交际方面,至少比我通达一些。又过了那么一段时间,领导上关心,在马场道一带找了一处房,以为我和马达性格相近,职业相当,要我们搬去住在一起。这一次,因为我犹豫不决，没有去成。不久，在昆明路，又给我们找了一处，叫我住楼上，马达住楼下。这一次，他先搬了进去。我的老伴把厨房厕所都打扫干净了，顺路去看望一个朋友，听到一些不利的话，回来又不想搬了。为了此事，马达曾找我动员两次，结果我还是没搬，他就和别人住在一起了。

　　我是从农村长大的，安土重迁。主要是我的惰性大，如果不是迫于形势，我会为自己画地为牢，在那里站着死去的。马达是在上海混过的，他对搬家好像很有兴趣。

　　从这一次，我真切地看到，马达是诚心实意愿意和我结为邻居的。古人说，百金买房，千金买邻，足见择邻睦邻的重要性。但是，马达对我恐怕还是不太了解，住在一起，他或者也会大感失望的。我在一切方面，主张调剂搭配。比如，一个好动的，最好配上一个好静的，住房如此，交朋友也是如此。如果两个人都好静，都孤独，那不是太寂寞了吗？当然这也只是我个人的看法。

　　他搬进新居，我没有到他那里去过。据老伴说，他那屋里尽是一些奇奇怪怪的东西，他也穿着奇怪的衣服，像老和尚一样。他那年轻的爱人，对我老伴称赞了他的画法。这可能是我老伴从农村来，少见多怪。她大概是走进了他的工作室，那种奇异的服装，我想是他的工作服吧。

　　在刚刚进城那些年，劝业场楼上还有很多古董铺，我常常遇见马达坐在里面。后来听说他在那里买了不少乌漆八黑的，确实说，是人弃我取，一般人不愿意要的东西。他花大价钱买了来。屋里摆满了这种什物，加上一个年老沉默的人，在其中工作，的确会给人一种不太爽朗的感觉。

　　在艺术风格上，进城以后，他爱上了砖刻。我外行地想，至少在工作材料上，比起木刻更原始一层。他刻出的一些人物形象，信而好古，好像并不为当代的广大群众所喜闻乐见。

　　他很少出来活动。从红尘十丈的长街上，退避到笼子一样的房间里,这中间,可能有他力不从心的难言之隐吧。对现实生活越来越陌生,越陌生就越不习惯。以为生活像田园诗似的,人都像维娜斯似的,笑都像蒙娜丽莎似的,一接触实际,就要碰壁。他结婚以后,青春作伴,可能改变了生活的气氛。

古往今来,一些伟大的画师,以怪僻的习性,伴随超人的成绩。但是,所谓独善其身或是洁身自好,只能说是一句空话,是与现实生活矛盾的,也是不可能的。你脱离现实,现实会去接近你。

一九六六年冬季,有一群人,闯进了他的住宅,翻箱倒柜。马达俯在他出生不久的儿子身上,安静地对进来的人说:

"你们,什么东西也可以拿去,不要吓着我的小孩!"

他在六十多岁时,才有了这个孩子。

接着就是全家被迫迁往郊区。"四人帮"善于巧立名目,借刀杀人,加给他的罪名是:资产阶级反动权威。

这十几年,当然我们没有见过面。就是最近,他也没得到我这里来过,市里的房子迟迟解决不了,他来办点事,还要赶回郊区。我因为身体不好,也没有能到医院看望他。这都算不得什么,谈不上什么遗憾的。

我一直相信,马达在郊区,即使生活多么困难和不顺利,他是可以过得去的。因为,他曾经长时期度过更艰难困苦的生活。听说他在农村教了几个徒弟,这些徒弟帮他做一些他力所不及的劳动。当然,他遭遇的是精神上的折磨和人格的被侮辱。我也断定,他可以活下来,因为他是能够置心澹定,自贵其生的。他确实活过来了,在农村画了不少画,并见到了"四人帮"及其体系的可耻破灭。

一九七八年四月二十二日

删去的文字

我在一九七七年一月间所写的回忆侯、郭的文章,现在看起来简直是空空如也,什么尖锐突出的内容也没有的。在有些人看来,是和他们的高大形象不相称的。这当然归罪于我的见薄识小。

就是这样的文章,在我刚刚写出以后,我也没有决定就拿去发表的。先是给自己的孩子看了看,以为新生一代是会有先进的见解的,孩子说,没写出人家的政治方面的大事情。基于同样原因,又请几位青年同事看了,意见和我的孩子差不多,只是有一位赞叹了一下纪郭文章中提到的名菜,这也很使我不能"神旺"。春节到了,老朋友们或挂拐,或相扶,哼唉不停地来看我了,我又拿出这些稿子给他们看,他们看过不加可否,大概深知我的敝帚自珍的习惯心理。

不甘寂寞。过了一些日子,终于大着胆子把稿子寄到北京一家杂志社去了。过了很久,退了回来,信中说:关于他们,决定只发遗作,不发纪念文章。

我以为一定有"精神",就把稿子放进抽屉里去了。

有一天,本地一个大学的学报来要稿,我就拿出稿子请他们看看,他们说用。我说北京退回来的,不好发吧,没有给他们。

等到我遇见了退稿杂志的编辑,他说就是个纪念规格问题,我才通知那个学报拿去。

你看,这时已经是一九七七年的春天了,揪出"四人帮"已经很久,我的精神枷锁还这样沉重。

尚不止此。稿子每经人看过一次,表现不满,我就把稿子再删一下,这样像砍树一样,谁知道我砍掉的是枝叶还是树干!

这样就发生了一点误会。学报的一位女编辑把稿子拿回去研究了一下,又拿回来了。领导上说,最好把纪侯文章中,提到的那位女的,少写几笔。她在传达这个意见的时候,嘴角上不期而然地带出了嘲笑。

她的意思是说:这是纪念死者的文章,是严肃的事。虽然你好写女人,已成公论,也得看看场合呀!

她没有这样明说,自然是怕我脸红。但我没有脸红,我惨然一笑。把她送走以后,我把那一段文字删除净尽,寄给《上海文艺》发表了。

在结集近作散文的时候,我把删去的文字恢复了一些。但这一段没有补进去。现在把有关全文抄录,另成一章。

在我养病其间,侯关照机关里的一位女同志,到车站接我,并送我到休养所。她看天气凉,还多带了一条干净的棉被。下车后,她抱着被子走了很远的路。休息下来,我只是用书包里的两个小苹果慰劳了她。在那几年里,我这样麻烦她,大概有好几次,对她非常感激。我对她说:我恳切地希望她能到天津玩玩,我要很好地招待她。她一直也没有来。

她爽朗而热情。她那沉稳的走路姿势,她在沉思中,偶尔把头一扬,浓密整齐的黑发向旁边一摆,秀丽的面孔,突然显得严肃的神情,给人留下特殊深刻的印象。

是一九六六年秋季吧。形势一天比一天紧张,我同中层以上干部,已经被集中到一处大院里去了。

这是一处很有名的大院,旧名张园,为清末张之洞部下张彪所建。宣统就是从这里逃去东北,就位"满洲国""皇帝"的。孙中山先生从南方到北方来和北洋军阀谈判,也在这里住过。大楼堂皇富丽,有一间房子,全用团龙黄缎裱过,是皇帝的卧室。

一天下午,管带我们的那个小个子,通知我有"外调"。这是我第一次接待外调。我向传达室走去,很远就望见,有一位女同志靠在大门旁的墙壁上,也在观望着我。我很快就认出是北京那位女同志。

我在她眼里变成了什么样子,我没有去想。她很削瘦,风尘仆仆,看见我走近,就转身往传达室走,那脚步已经很不像我们在公园的甬路上漫步时的样子了。同她来的还有一位男同志。

传达室里间,放着很多车子,有一张破桌,我们对面坐下来。

她低着头,打开笔记本,用一只手托着脸,好像还怕我认出来。

他们调查的是侯。问我在和侯谈话的时候,侯说过哪些反党的话。我说,他没有说过反党的话,他为什么要反党呢?

不知是为什么情绪所激动,我回答问题的时候,竟然慷慨激昂起来。在以后,我才体会到:如果不是她对我客气,人家会立刻叫我站起来,甚至会进行武斗。几个月以后,我在郊区干校,就遇到两个穿军服的非军人,调查田的材料,因为我抄着手站着,不回答他们提出的问题,就把我的手抓破了,不得不到医务室进行包扎。

现在,她只是默默地听着,然后把本子一合,望望那个男的,轻声对我说:

"那么,你回去吧。"

当天下午,在楼房走道上,又遇到她一次,她大概是到专案组去,谁也没有说话。

在天津,我和她就这样见了一面,不能尽地主之谊。这可以说是近年来一件大憾事。她同别人一起来,能这样宽恕地对待我,是使我难忘的,她大概还记得我的不健康吧。

在我处境非常困难的时候,每天那种非人的待遇,我常常想用死来逃避它。一天,我又接待一位外调的,是歌舞团的女演员。她只有十七八岁,不只面貌秀丽,而且声音动听。在一间小屋子里,就只我们两人,她对我很是和气。她调查的是方。我和她谈了很久,在她要走的时候,我竟恋恋不舍,禁不住问:

"你下午还来吗?"

回答虽然使我失望,但我想,像这位女演员,她以后在艺术上,一定能有很高的造诣。因为在这种非常时期,她竟然能够保持正常表情的面孔和一颗正常跳动的心,就证明她是一个非常不平凡的人物。

我也很怀念她。

或有人问:方彼数年间,林彪、"四人帮"倒行逆施,使夫妇生离,亲子死别者,以千万计。其所遭荼毒,与德高望重成正比例。你不从大处落笔,却喋喋于男女邂逅,朋友私情之间,所见不太涉小了吗?是的,林彪、"四人帮"伤天害理,事实今天自然已经大明。但在那些年月,我失去自由,处于荆天棘地之中,转身防有鬼伺,投足常遇蛇伤。昼夜苦思冥想:这是为了什么?为什么要这样做呢?这合乎马克思、恩格斯的阶级斗争学说吗?这是通向共产主义的正确途径吗?惶惑迷惘不得其解。深深有感于人与人关系的恶劣变化,所以,即使遇到一个歌舞演员的宽厚,也就像在沙漠跋涉中,遇到一处清泉,在噩梦缠绕时,听到一声鸡唱。感激之情,就非同一般了。

1978 年除夕

童　年　漫　忆

听　说　书

我的故乡的原始住户,据说是山西的移民,我幼小的时候,曾在去过山西的人家,见过那个移民旧址的照片,上面有一株老槐树,这就是我们祖先最早的住处。

我的家乡离山西省是很远的,但在我们那一条街上,就有好几户人家,以长年去山西做小生意,维持一家人的生活,而且一直传下好几辈。他们多是挑货郎担,春节也不回家,因为那正是生意兴隆的季节。他们回到家来,我记得常常是在夏秋忙季。他们到家以后,就到地里干活,总是叫他们的女人,挨户送一些小玩艺或是蚕豆给孩子们,所以我的印象很深。

其中有一个人,我叫他德胜大伯,那时他有四十岁上下。每年回来,如果是夏秋之间农活稍闲的时候,我们一条街上的人,吃过晚饭,坐在碾盘旁边去乘凉。一家大梢门两旁,有两个柳木门墩,德胜大伯常常被人们推请坐在一个门墩上面,给人们讲说评书,另一个门墩上,照例是坐一位年纪大辈数高的人,和他对称。我记得他在这里讲过《七侠五义》等故事,他讲得真好,就像一个专业艺人一样。

他并不识字,这我是记得很清楚的。他常年在外,他家的大娘,因为身材高,我们都叫她"大个儿大妈"。她每天挎着一个大柳条篮子,敲着小铜锣卖烧饼馃子。德胜大伯回来,有时帮她记记账,他把高粱的茎秆,截成笔帽那么长,用绳穿结起来,横挂在炕头的墙壁上,这就叫"账码",谁赊多少谁还多少,他就站在炕上,用手推拨那些茎秆儿,很有些结绳而治的味道。

他对评书记得很清楚,讲得也很熟练,我想他也不是花钱到娱乐场所听来的。他在山西做生意,长年住在小旅店里,同住的人,干什么的人也有,夜晚没事,也许就请会说评书的人,免费说两段,为长年旅行在外的人们消愁解闷,日子长了,他就记住了全部。

他可能也说过一些山西人的风俗习惯,因为我年岁小,对这些没兴趣,都忘记了。

德胜大伯在做小买卖途中,遇到瘟疫,死在外地的荒村小店里。他留下一个独生子叫铁锤。前几年,我回家乡,见到铁锤,一家人住在高爽的新房里,屋里陈设,在全村也是最讲究的。他心灵手巧,能做木工,并且能在玻璃片上画花鸟儿和山水,大受远近要结婚的青年农民的欢迎。他在公社担任会计,算法精通。

德胜大伯说的是评书,也叫平话,就是只凭演说,不加伴奏。在乡村,麦秋过后,还常有职业性的说书人,来到街头。其实,他们也多半是业余的,或是半职业性的。他们说唱完了以后,有的由经管人给他们敛些新打下的粮食;有的是自己兼做小买卖,比如卖针,在他说唱中间,由一个管事人,在妇女群中,给他卖完那一部分针就是了。这一种人,多是说快书,即不用弦子,只用鼓板。骑着一辆自行车,车后座做鼓架。他们不说整本,只说小段。卖完针,就又到别的村庄去了。

一年秋后,村里来了弟兄三个人,推着一车羊毛,说是会说书,兼有擀毡条的手艺。第一天晚上,就在街头说了起来,老大弹弦,老二说《呼家将》,真正的西河大鼓,韵调很好。村里一些

1964年　河北抱阳山

书影　（《风云初记》）

老年的书迷,大为赞赏。第二天就去给他们张罗生意,挨家挨户去动员:擀毡条。

他们在村里住了三四个月,每天夜晚说《呼家将》。冬天天冷,就把书场移到一家茶馆的大房子里。有时老二回老家运羊毛,就由老三代说,但人们对他的评价不高,另外,他也不会说《呼家将》。

眼看就要过年了,呼延庆的擂还没打成。每天晚上预告,明天就可以打擂了,第二天晚上,书中又出了岔子,还是打不成。人们盼呀、盼呀,大人孩子都在盼。村里娶儿聘妇要擀毡条的主,也差不多都擀了,几个老书迷,还在四处动员:

"擀一条吧,冬天铺在炕上多暖和呀!再说,你不擀毡条,呼延庆也打不了擂呀!"

直到腊月二十老几,弟兄三个看着这村里实在也没有生意可做了,才结束了《呼家将》。他们这部长篇,如果整理出版,我想一定也有两块大砖头那么厚吧。

第一个借给我《红楼梦》的人

我第一次读《红楼梦》,是十岁左右还在村里上小学的时候。我先在西头刘家,借到一部《封神演义》,读完了,又到东头刘家借了这部书。东西头刘家都是以屠宰为业,是一姓一家。刘姓在我们村里是仅次于我们姓的大户,其实也不过七八家,因为这是一个很小的村庄。

从我能记忆起,我们村里有书的人家,几乎没有。刘家能有一些书,是因为他们所经营的近似一种商业。农民读书的很少,更不愿花钱去买这些"闲书"。那时,我只能在庙会上看到书,书摊小贩支架上几块木板,摆上一些石印的,花纸或花布套的,字体非常细小,纸张非常粗黑的《三字经》、《玉匣记》,唱本、小说。

这些书可以说是最普及的廉价本子,但要买一部小说,恐怕也要花费一、两天的食用之需。因此,我的家境虽然富裕一些,也不能随便购买。我那时上学念的课本,有的还是母亲求人抄写的。

东头刘家有兄弟四人,三个在少年时期就被生活所迫,下了关东。其中老二一直没有回过家,生死存亡不知。老三回过一次家,还是不能生活,只在家过了一个年,就又走了,听说他在关东,从事的是一种非常危险的勾当。

家里只留下老大,他娶了一房童养媳妇,算是成了家。他的女人,个儿不高,但长得颇为端正俊俏,又喜欢说笑,人缘很好,家里长年设着一个小牌局,抽些油头,补助家用。男的还是从事屠宰,但已经买不起大牲口,只能剥个山羊什么的。

老四在将近中年时,从关东回来了,但什么也没有带回来。这人长得高高的个子,穿着黑布长衫,走起路来,"蛇摇担晃"。他这种走路的姿势,常常引起家长们对孩子的告诫,说这种走法没有根底,所以他会吃不上饭。

他叫四喜,论乡亲辈,我叫他四喜叔。我对他的印象很好。他从东头到西头,扬长地走在大街上,说句笑话儿,惹得他那些嫂子辈的人,骂他"贼兔子",他就越发高兴起来。他对孩子们尤其和气。有时,坐在他家那旷荡的院子里,拉着板胡,唱一段清扬悦耳的梆子,我们听起来很是入迷。他知道我好看书,就把他的一部《金玉缘》借给了我。

哥哥嫂子,当然对他并不欢迎,在家里,他已经无事可为,每逢集市,他就挟上他那把锋利明亮的切肉刀,去帮人家卖肉。他站在肉车子旁边,那把刀,在他手中熟练而敏捷地摇动着,那煮熟的牛肉、马肉或是驴肉,切出来是那样薄,就像木匠手下的刨花一样,飞起来并且有规律地落在那圆形的厚而又大的肉案边缘,这样,他在给顾客装进烧饼的时候,既出色又非常方便。他是远近知名的"飞刀刘四"。现在是英雄落魄,暂时又有用武之地。在他从事这种工作的时候，你可以看到，他高大的身材，在一层层顾客的包围下，顾盼神飞，谈笑自若。可以想到，如果一个人，能永远在这样一种状态中存在，岂不是很有意义，也很光荣？

等到集市散了，天也渐渐晚了，主人请他到饭铺吃一顿饱饭，还喝了一些酒。他就又挟着他那把刀回家去。集市离我们村只有三里路。在路上，他有些醉了，走起来，摇晃得更厉害了。

对面来了一辆自行车。他忽然对着人家喊：

"下来！"

"下来干什么？"骑自行车的人，认得他。

"把车子给我！"

"给你干什么？"

"不给，我砍了你！"他把刀一扬。

骑车子的人回头就走，绕了一个圈子，到集市上的派出所报了案。

他若无其事地回到家里，也许把路上的事忘记了。当晚睡得很香甜。第二天早晨，就被捉到县城里去。

那时正是冬季，农村很动乱，每天夜里，绑票的枪声，就像大年五更的鞭炮。专员正责成县长加强治安，县长不分青红皂白，就把他枪毙，作为成绩向上级报告了。他家里的人没有去营救，也不去收尸。一个人就这样完结了。

他那部《金玉缘》，当然也就没有了下落。看起来，是生活决定着他的命运，而不是书。而在我的童年时代，是和小小的书本同时，痛苦地看到了严酷的生活本身。

1978年春天

谈赵树理

山西自古以来,就是多才多艺之乡。在八年抗日战争期间,作为敌后的著名抗日根据地,在炮火烽烟中,绽放了一枝奇异的花,就是赵树理的小说创作。

赵树理的小说,以其故事的通俗性,人物性格的鲜明,特别是语言的地方色彩,引起了各个抗日根据地军民的注意。他的几种作品,不胫而走,油印、石印、铅印,很快传播。

抗日战争刚刚结束,我在冀中区读到了他的小说:《小二黑结婚》、《李有才板话》和《李家庄的变迁》。

我当即感到,他的小说,突破了前此一直很难解决的,文学大众化的难关。

在他以前,所有文学作者,无不注意通俗传远的问题。"五四"白话文学的革命,是破天荒地向大众化的一次进军。几经转战,进展好像并不太大,文学作品虽然白话了,仍然局限在少数读者的范围里。理论上的不断探讨,好像并不能完全解决大众化的实践问题。

文学作品能不能通俗传远,作家的主观愿望固然是一种动力,但是其他方面的条件,也很重要。多方面的条件具备了,才能实现大众化,主要是现实生活和现实斗争的需要,政治的需要。在这两项条件之外,作家的思想锻炼,生活经历,艺术修养和写作才能,都是缺一不可的必要条件。

我曾默默地循视了一下赵树理的学习、生活和创作的道路。

因为和他并不那么熟悉，有些只是以一个同时代人的猜测去进行的。

据王中青的一篇回忆记载：一九二六年赵树理"在长治县山西省立第四师范学校念书。他平易近人，说话幽默，是一个很有风趣的人。他勤奋好学，博览群书，向当时上海左翼作家的作品学习，向民间传统艺术学习。他那时就可谓是一位博学多识，多才多艺的青年文艺作者"。

这段回忆出自赵树理的幼年同学，后来的战友，当然是非常可信的。其中提到的许多史实，都对赵树理以后的创作，有直接的关系。但是，即使赵树理当时已具备这些特点，如果没有遇到抗日战争，没有能与这一伟大历史环境相结合，那么他的前途，他的创作，还是很难预料的。

在学校，他还是一个文艺爱好者，毕业以后，按照当时一般的规律，他可以沉没乡塾，也可以老死户牖。即使他才情卓异，能在文学上有所攀登，可以断言，在创作上的收获，也不会达到我们现在所能看到的高度。

创作上的真正通俗化，真正为劳苦大众所喜见乐闻，并不取决于文学形式上。如果只是那样，这一问题，早已解决了。也不单单取决于文学的题材。如果只是写什么的问题，那也很早就解决了。它也不取决于对文学艺术的见解，所学习的资料。在当时有见识，有修养的人材多得很，但并没有出现赵树理型的小说。

这一作家的陡然兴起，是应大时代的需要产生的，是应运而生，时势造英雄。

当赵树理带着一支破笔，几张破纸，走进抗日的雄伟行列时，他并不是一名作家。他同那些刚放下锄头，参加抗日的广大农民一样，并没有觉得自己有任何特异的地方。他觉得自己能为民族解放献出的，除去应该做的工作，就还有这一支笔。

他是大江巨河中的一支细流,大江推动了细流,汹涌前去。

他的思想,他的所恨所爱,他的希望,只能存在于这一巨流之中,没有任何分散或格格不入之处。

他同身边的战士,周围的群众,休戚与共,亲密无间。

他要写的人物,就在他的眼前;他要讲的故事,就在本街本巷。他要宣传、鼓动,就必须用战士和群众的语言,用他们熟悉的形式,用他们的感情和思想。而这些东西,就在赵树理的头脑里,就在他的笔下。

如果不是这样,作家是不会如此得心应手,唱出了时代要求的歌。

正当一位文艺青年需要用武之地的时候,他遇到了最广大的场所,最丰富的营养,最有利的条件。

是的,每个时代都有它自己的歌手。但是,歌手的时代,有时要成为过去。这一条规律,在中国文学史上,特别显著。

随着抗日战争的胜利,土地改革的胜利,解放战争的胜利,随着全国解放的胜利锣鼓,赵树理离开乡村,进了城市。

全国胜利,是天大的喜事。但对于一个作家来说,问题就不这样简单了。

从山西来到北京,对赵树理来说,就是离开了原来培养他的土壤,被移置到了另一处地方,另一种气候、环境和土壤里。对于花木,柳宗元说:"其土欲故"。

他的读者群也变了,不再完全是他的战斗伙伴。

这里对他表示了极大的推崇和尊敬,他被展览在这新解放的,急剧变化的,人物复杂的大城市里。

不管赵树理如何恬淡超脱,在这个经常遇到毁誉交于前,荣辱战于心的新的环境里,他有些不适应。就如同从山地和旷野移到城市来的一些花树,它们当年开放的花朵,颜色就有些暗淡了下来。

政治斗争的形势,也有变化。上层建筑领域,进入了多事之秋,不少人跌落下来。作家是脆弱的,也是敏感的。他兢兢业业,惟恐有什么过失,引来大的灾难。

渐渐也有人对赵树理的作品提出异议。这些批评者,不用现实生活去要求、检验作品,只是用几条杆棒去要求、检验作品。他们主观唯心地反对作家写生活中所有,写他们所知,而责令他们写生活中所无或他们所不知。于是故事越来越假,人物越来越空。他们批评赵树理写的多是落后人物或中间人物。吹捧者欲之升天,批评者欲之入地。对赵树理个人来说,升天入地都不可能。他所实践的现实主义传统,只要求作家创造典型的形象,并不要求写出"高大"的形象。他想起了在抗日根据地工作时,那种无忧无虑,轻松愉快的战斗心情。他经常回到山西,去探望那里的人们。

他的创作迟缓了,拘束了,严密了,慎重了。因此,就多少失去了当年的青春泼辣的力量。

很长时期,他专心致志地去弄说唱文学。赵树理从农村长大,他对于民间艺术是非常爱好,也非常精通的。他根据田间的长诗《赶车传》,改编的《石不烂赶车》鼓词,令人看出,他不只对赶车生活知识丰富,对鼓词这一形式,也运用自如。这是赵树理一篇得意的作品。

这一时期,赵树理对于民间文艺形式,热爱到了近于偏执的程度。对于"五四"以后发展起来的各种新的文学形式,他好像有比一比看的想法。这是不必要的。民间形式,只是文学众多形式的一个方面。它是因为长期封建落后,致使我国广大农民,文化不能提高,对城市知识界相对而言的。任何形式都不具有先天的优越性,也不是一成不变,而是要逐步发展,要和其他形式互相吸收、互相推动的。

流传民间的通俗文艺,也型类不一,神形各异。文艺固然应该通俗,但通俗者不一定皆得成为文艺。赵树理中后期的小说,读者一眼看出,渊源于宋人话本及后来的拟话本。作者对形式好像越来越执著,其表现特点为:故事行进缓慢,波澜激动幅度不广,且因过多罗列生活细节,有时近于卖弄生活知识。遂使整个故事铺摊琐碎,有刻而不深的感觉。中国古典小说的白描手法,原非完全如此。

进城不久,是一九五〇年的冬季吧,有一天清晨,赵树理来到了我在天津的狭小的住所。我们是初次见面,谈话的内容,现在完全忘记了,但他留给我的印象是很清楚的。他恂恂如农村老夫子,我认为他是一个典型的农民作家。

因为是同时代,同行业,加上我素来对他很是景仰,他的死亡,使我十分伤感。他是我们这一代的优秀人物。他的作品充满了一个作家对人民的诚实的心。

林彪、"四人帮"当然不会放过他。在林彪、"四人帮"兴妖作怪的那些年月,赵树理在没有理解他们的罪恶阴谋之前,最初一定非常惶惑。在既经理解之后,一定是非常痛恨的。他们不只侮辱了他,也侮辱了他多年来为之歌颂的,我们的党、国家和人民。

天生妖孽,残害生民。在林彪、"四人帮"鼓动起来的腥风血雨之中,人民长期培养和浇灌的这一株花树,凋谢死亡。这是文学艺术的悲剧。

经济、政治、文艺,自古以来,就形成了一种非常固定,非常自然的关系。任何改动其位置,或变乱其关系的企图,对文艺的自然生成,都是一种灾难。

文艺的自然土壤,只能是人民的现实生活和斗争,植根于这种土壤,文艺才能有饱满的生机。使它离开这个土壤,插进多么华贵的瓶子里,对它也只能是伤害。

林彪、"四人帮"这些政治野心家,用实用主义对待文艺。他们一时把文艺捧得太高,过分强调文艺的作用,几乎要和政治,甚至和经济等同起来。历史已经残酷地记载:在他们这样做的时候,常常是为他们在另一个时候,过分贬低文艺,惩罚文艺,甚至屠宰文艺,包藏下祸心。

1978年11月11日

谈柳宗元

在旧社会,朋友是五伦之一。这方面的道义,古人看得很重。因为人在社会上工作、生活,就有一个人与人的关系问题。这一关系,在决定一个人的工作和生活的成败利钝方面,较之家庭,尤为重要。所以,古往今来,有很多文章、戏曲,记述朋友之道,以教育后人,影响社会。

讲朋友故事的文学作品,在中国有相当大的数量。有些并不是一般人所能做得到的,也是很难学习的。这些故事,常常赋予人物以重大的矛盾冲突,其结局多带有悲剧的性质。有的表面看来,矛盾冲突并不那样严重,只是志同道合,报答知己,比如挂剑摔琴之类。

古代的友道,现在看来,似乎没有阶级性,现在新的概念是同志或战友。

中国古文中有一种文体,叫"诔"。在历代文集中,它占有相当的位置。字典上说,诔就是:哀死而述其行之辞。就是现在的悼念文章,都是生者怀念他的死去的同志的。此体而外,古文中还有悼诗、挽歌、碑文、墓志、行状、吊文、祭文等等。可见,中国文学用之于死人者,在过去实在是分量太大了。

纪念死者,主要是为了教育生者。如果不是这样,过去这些文章,就没有存在的价值了。

唐代韩愈写的《柳宗元墓志铭》,是作家悼念作家的文章。他真实而生动地记述和描写了当时文人相交的一些情况,文章写得很是精辟。在这篇文章里,我初次见到了"落井下石"一词和挤之落井的"挤"字。

"四人帮"把柳宗元拉入法家,我不懂历史,莫名其妙。大概是这些政治暴发户,看上了柳宗元的躁进这一特点吧。但无论如何,柳宗元也不会喜欢他们这种乱拜祖先的做法的。

我很喜欢柳宗元的文章。他的文章都写得很短,包含着很深的人生哲理。这种哲理,不是凭空设想,而是从现实生活中体验得来。我很少见到像他这样把哲理和现实生活,真正形成血肉一体的艺术功力。他还能把自然界、人的日常生活中的现象,和政治思想,社会组织联系起来。就是说,他能用自然规律、生活规律,表达他对政治、对社会的见解和理想。使天人互通,把天道和人道统一起来。他用以表达这样奥秘的道理的手段,却是活生生的,人人习见的现实生活的精细描绘。

例如《河间传》这篇纪事,后人是把它编入外集的,并不是柳文的典范之作。就是这样一篇文章,也充分显示了柳宗元对现实生活的深刻剖析的艺术能力,同时包含了一种可怕的人生几微。

柳宗元是很天真的。他原来是没经过什么挫折,一帆风顺地走上政治舞台的。一旦不幸,他就经不起风浪,表现得非常狼狈。连和他有同样遭遇的苏东坡,也说他不行。一流放到永州,他就丢魂落魄,头也不梳,脸也不洗,浑身泥垢,指甲很长。我没有到过永州,不熟悉那里的自然环境。据他自述:到野外散散步,消消愁闷吧,又怕遇见蛇咬他,又怕遇见大蜂蜇他,还怕水边有一种虫子,能含沙射向他的影子,使他生疮。遇到风景幽静的地方,他又不敢久停,急忙回家。嬉笑之怒,长歌之哀,看来是很有些神经衰弱了。

中国古代谚语:在东方失去的东西,会在西方得到。柳宗元到永州以后，他的生活视野，思想深度，大大扩展加强了。他认真地、系统地读了很多书，他对所闻所见的生活现象、自然景物，反复研究思考，然后加以极其深刻、极其传神的描画。他在这一时期的作品，登峰造极，辉煌地列入中国文学遗产的宝库。

中国封建社会的政治上的流放刑废，使历史上增加了很多伟大的作家。这些人，可能本来就不是政治上的而应该是文学上的大材。王安石论及八司马，有一段话十分透辟。

毕竟文人是很脆弱的。他付出的劳力过重，所经的忧患过深，所处的境遇过苦，在好容易盼到量移柳州之后不久，就死去了，仅仅四十七岁。

柳宗元死后，他的朋友刘禹锡一祭再祭，都有文章。朋友中间，以韩愈名望最重，所以请他写了墓志铭。这些文章，并不能达于幽冥，安慰死者，但流传下来，对于后代研究柳文者，却有知人论世之用。

这一非凡的生命的不正常的终结，当然不是"始以童子有奇名"，后"为名进士"，"以文章称首"的青年时代的柳宗元，所能预料到的。

柳宗元遭遇如此坎坷，是有自己的弱点，确实犯了错误，并非完全是无辜受害，或有功反受害，含冤而死。他自己说："立身一败，万事瓦裂，身残家破，为世大僇。"如果不是假检讨，那么就是"皆自所求取得之，又何怪也！"朋友们也说到他的缺点，韩愈说他"不自贵重"，刘禹锡说他是"疏隽少检"。

仔细想来，柳宗元在当时，对于国家，对于人民，并没有斩将搴旗、争城夺地的功劳。他所遭际的，不过是当时习见的官场失意。再说，司马虽小，但究竟还是官职，他可以携带家口，并有僮仆，还可以买地辟园，傲啸山水，读书作文，垂名后世，可以说是不幸之幸。

我从青年时期，列身战斗的行伍，对于旧的朋友之道，是不大讲求的。后来因为身体不好,不耐烦嚣,平时不好宾客,也很少外出交游。对于同志、战友,也不作过严的要求,以为自己也不一定做得到的事,就不要责备人家。

自从一九七六年,我开始能表达一点真实的情感的时候,我却非常怀念这些年死去的伙伴,想写一点什么来纪念我们过去那一段难得再有的战斗生活。这种感情,强烈而迫切,慨叹而戚怆,但拿起笔来,又茫然不知从何说起。我们习惯于听评书掉泪,替古人担忧,在揭示现实生活方面,其能力和胆量确是有逊于古人了。

1978 年 12 月 20 日

吃 粥 有 感

　　我好喝棒子面粥,几乎长年不断,晚上多煮一些,第二天早晨,还可以吃一顿。秋后,如果再加些菜叶、红薯、胡萝卜什么的,就更好吃了。冬天坐在暖炕上,两手捧碗,缩脖而啜之,确实像郑板桥说的,是人生一大享受。

　　有人向我介绍,胡萝卜营养价值很高,它所含的维生素,较之名贵的人参,只差一种,而它却比人参多一种胡萝卜素。我想,如果不是人们一向把它当成菜蔬食用,而是炮制成为药物,加以装潢,其功效一定可以与人参旗鼓相当。

　　是一九四二年的冬天吧,日寇又对晋察冀边区进行"扫荡",我们照例是化整为零,和敌人周旋。我记得我和诗人曼晴是一个小组,一同活动。曼晴的诗朴素自然,我曾写短文介绍过了。他的为人,和他那诗一样,另外多一种对人诚实的热情。那时以热情著称的青年诗人很有几个,陈布洛是最突出的一个,很久见不到他的名字了。

　　我和曼晴都在边区文协工作,出来打游击,每人只发两枚手榴弹。我们的武器就是笔,和手榴弹一同挂在腰上的还有一瓶蓝墨水。我们都负有给报社写战斗通讯的任务。我们也算老游击战士了,两个人合计了一下,先转到敌人的外围去吧。

　　天气已经很冷了。山路冻冰,很滑。树上压着厚霜,屋檐上挂着冰柱,山泉小溪都冻结了。好在我们已经发了棉衣,穿在身上了。

一路上,老乡也都转移了。第一夜,我们两人宿在一处背静山坳拦羊的圈里,背靠着破木栅板,并身坐在羊粪上,只能避避夜来寒风,实在睡不着觉的。后来,曼晴就用《羊圈》这个题目,写了一首诗。我知道,就当寒风刺骨、几乎是露宿的情况下,曼晴也没有停止他的诗的构思。

第二天晚上,我们游击到了一个高山坡上的小村庄,村里也没人,门子都开着。我们摸到一家炕上,虽说没有饭吃,却好好睡了一夜。

清早,我刚刚脱下用破军装改制成的裤衩,想捉捉里面的群虱,敌人的飞机就来了。小村庄下面是一条大山沟,河滩里横倒竖卧都是大顽石,我们跑下山,隐蔽在大石下面。飞机沿着山沟上空,来回轰炸。欺侮我们没有高射武器,它飞得那样低,好像擦着小村庄的屋顶和树木。事后传说,敌人从飞机的窗口,抓走了坐在炕上的一个小女孩。我把这一情节,写进一篇题为《冬天,战斗的外围》的通讯,编辑刻舟求剑,给我改得啼笑皆非。

飞机走了以后,太阳已经很高。我在河滩上捉完裤衩里的虱子,肚子已经咕咕地叫了。

两个人勉强爬上山坡,发现了一小片胡萝卜地。因为战事,还没有收获。地已经冻了,我和曼晴用木棍掘取了几个胡萝卜,用手擦擦泥土,蹲在山坡上,大嚼起来。事隔四十年,香美甜脆,还好像遗留在唇齿之间。

今晚喝着胡萝卜棒子面粥,忽然想到此事。即兴写出,想寄给自从一九六六年以来,就没有见过面的曼晴。听说他这些年是很吃了一些苦头的。

一九七八年十二月二十日夜

《红楼梦》杂说

清兵的入关,使中国封建社会的阶级关系,发生新的畸形的变化。民族压迫和阶级压迫交织在一起,相互促进,广大农民所受的剥削和压榨,更加深重了。汉人变成了旗人的奴隶,原来的地主阶级,把所受旗人的剥夺,转嫁给他们的奴隶——农民。"随龙入关"的,数以百万计的控弦之士,连同他们为数众多的家属,不劳而食,拥有庄园、商业、作坊。

统一全国后,上层统治者中间的矛盾斗争,愈演愈烈,父子兄弟之间,倾陷残杀。因此,就愈严等级之分,上下之别,层层统制,互相监视。政治方面的这种风气,由宫廷而官场,由官场而散布于社会,形成观念和风习。

《郎潜纪闻》一书中记载:在这一时期,每年只京城一地,旗人的奴仆,因不堪虐待,自杀身死,申报到刑部的,就数以千计。其隐瞒不报,或贫病而死的,还不知有多少。这一广大的奴隶群,身价之低贱,命运之悲惨,走投之无路,已经可见一斑。

旗人除强占土地、房屋、财产以外,还将大量的奴隶,收入他们的府内。其中包括大量的男女小孩,多数是京畿一带农民的子女。

这些奴隶,也把他们的社会关系,生活习惯,民间语言,民间传说,带进宫廷、官府,如此就大大丰富了像曹雪芹这些人的生活知识和语言仓库。

清代统治者,原来也设想,就保持他们的无文化或低文化状态,并在汉民中也推行这种愚民政策,以弓马的优势,统治中国。但这是不可能的。文化对于人民,如同菽粟,高级的进步的文化,必然要影响低级落后的文化,而促使其进步,必然要像水向低处流,填补其空白区。

雍、乾时期,旗人的文化生活,逐渐丰富起来。皇帝三令五申,也阻止不住它的飞速发展。皇帝愿意他的旗下奴隶,继续练习弓马,准备为朝廷效力(就像贾珍教训子弟那样)。限制他们与汉人文士交接往来,养成舞文弄墨的恶劣习惯。但他们却非要吟诗作赋,写字画画不可。他们不事生产,养尊处优,在中国文化的美丽奇幻的长江大河之中,畅游不息,充军杀头,也控制不住这种趋势。于是在很短的时间里,就出现了那么多的八旗名士。

这一部分人,对于他们面临的现实生活,政治设施,社会现象,有较深的观察能力和理解能力,也具备了一定的表现能力。而曹雪芹无疑是这些人中间的佼佼者。

当然,曹雪芹感受最深的,是他本阶级的飘摇以及他的家庭的突然中落。大家知道,在雍、乾两朝,像曹家这种遭遇,并不是个别少见,而是接踵而来,司空见惯的。雍正皇帝,以抄臣民的家,作为他主要的统治手段,并且直言不讳,得意洋洋,认为是一种杰作。他刻薄寡恩,利用奸民家奴,侦察倾陷大臣,用朱批谕旨,牵制封疆,用圣谕广训,禁锢人民思想,使朝野上下,日处于惊惶恐怖之中。曹家的亲友,就不断发生类似的飞灾横祸。

曹雪芹面对这种现实,他思考、探讨,并企图得到答案:什么是人生?人生为何如此?

他从现实生活中,归结出一个普遍的规律:生活在时刻变化,变化无常,并不断向相反的方面转化。决定人生命运的,不是自己,而是外界的一种力量。这种力量,有时可知,有时不可知。他痛感身不由主,"好""了"相寻,谋求解脱,而又处于无可奈何之中。

在命运的轮转推移中，遭逢不幸，并不限于底下层，也包括那些最上层——高官命妇，公子小姐。曹雪芹的思想是入世的，是热爱人生的，是赞美人生的。他认为世界上有如此众多的可爱的人物和性格，他为他们的不幸，流下了热泪，以至泪尽而逝。

是的，只有完全体验了人生的各种滋味，即经历了生离死别，悲欢离合，兴衰成败，贫富荣辱，才能了解全部人生。否则，只能说是知道人生的一半。曹雪芹是知道全部人生的，这就是"红"书上所谓"过来人"。

历史上"过来人"是那样多，可以说是恒河沙数，为什么历史上的伟大作品，却寥若晨星，很不相称呢？这是因为"过来人"经过一番浩劫之后，容易产生消极思想，心有余悸，不敢正视现实。或逃于庄，或遁于禅，自南北朝以后，尤其如此。而曹雪芹虽亦有些这方面的影子，总的说来，振奋多了，所以极为可贵。

因此，《红楼梦》绝不是出世的书，也不是劝诫的书，也不是暴露的书，也不是作者的自传。它是经历了人生全过程之后，在丰富的生活基础上，产生了现实主义，而严肃的现实主义，产生了完全创新的艺术。

我们可以用陈旧的话说：《红楼梦》是为人生的艺术，它的主题思想，是热望解放人生，解放个性。

1979年2月4日重写

《方纪散文集》序

轻易不得见面的曾秀苍同志,今天早晨带了一包东西,到我这里来,说:

"方纪同志委托我,把他的一部散文集的清样送给你,请你给他写篇序。"

我当即回答:

"请你回去告诉方纪同志,我很愿意做这件工作,并且很快就可以写出来,请他放心。"

我这种义不容辞的慷慨态度,对熟悉我的疏懒性格的人来说,简直有些突如其来,一反常态了。

我要说明其中原委,共有三点:

一,我和方纪同志,是"同时代的人"。他曾经计划写一部长篇小说,题目就是这几个字。每一个时代,都有它特殊的风貌,以区别于历史长河的其他时期。每一个时代的人,也有他们特殊的经历,知识分子的特色,尤其显著。我们所经历的时代,并非自诩,我以为是很不平凡的。我们经历了中国革命进展的重大阶段。我们把青春献给了祖国和人民的解放事业。我们的共同之点还有,我们都是爱好文学艺术,从而走进革命的队伍,这可以说是为革命而文学,也可以说是为文学而革命。

二,我和方纪同志,可以说是老朋友了。一九四五年,我在延安,并不认识他。一九四六年冬天,他从热河到冀中,在河间的一个小村庄,我见到了他。他是从热河赶着一匹小毛驴来的,风尘仆仆,在一家农舍,他的多情的爱人黄人晓同志,正烧水为他洗脚。此后,我们在《冀中导报》,土改运动中,以及进城后在《天津日报》,都生活工作在一起。

三,现在我们都老了,他的健康情况,尤其不好。一九六六年以来,我一直没有见到他,最近在两次集会上,我见到了他,搀扶了他,看到他那样吃力地走路、签名,我都忍不住流下眼泪。

我心里想,方是多么精明强干的人,多么热情奔放的人,他有很大的抱负,他为党和人民,做了很多很重要的工作,现在竟被摧残成了这个状态!当然,我的状态,也不会在他心灵中,引起完全是欣慰的感觉。

我和方在青年时期,即解放战争时期,经常一同骑着自行车,在冀中平原,即我们的故乡,红高粱夹峙的大道上,竞相驰骋。在他的老家,吃过他母亲为我们做的束鹿县特有的豆豉捞面。在驻地农村的黄昏,豆棚瓜架下,他操胡琴,我唱京戏。同到刚刚解放的石家庄开会,夜晚,冒着敌机轰炸的危险,迷恋地去听一位唐姓女演员的地方戏曲。天津解放之前,我同方先到美丽的小镇胜芳,在一家临河小院,一条炕上,抵足而眠,将近一个月。进城时,因为我们的自由主义,离开了大队,几乎遭到国民党散兵的冷枪。

这些情景,都一去不返了,难得再遇。就是那些因为工作或因为生活而发生的争吵,恐怕也难得再有,值得怀念。即使还有机会争吵,我身旁也没有了兼顾情义的老伴,听不到她的劝诫了。

我和方,性格方面,有很大的差异,我看到了他的优点,也看到了他的一些缺点。他对我也是这样。在我们共事期间,常常有争吵,甚至面红耳赤,口出不逊,拍案而起。但事过以后,还是朋友。我死去的爱人,当时曾对他和我说:"你们就像兄弟一样。"她是农民,她的见解是质朴可信的。

方的才气很大,也外露。他的文章,不拘一格,文无定法,有时甚至文无定见。他常常是党之所需,时之所尚,意之所适,情之所钟,就执笔为文,洋洋洒洒。

他的胆量也大,别人不敢说的,他有时冲口而出,别人不敢表现的,他有时抢先写成作品。这样,就有几次站在危险深渊的边缘,幸而没有跌下去。

他的兴趣,方面很广,他好做事,不甘寂寞。大量的行政交际工作,帮助他了解人生现实,在某些方面,也影响了他的艺术进展和锤炼。

文如其人,对方来说,尤其明显。他的散文,视野很广阔,充满真实和热烈的情感。他的文字流畅而美丽,给人以淙淙流水的音响。

时至今日,对于我们这一代老同志,一切客套,我想都不必说了。我珍惜我们之间的友情,也珍惜方的文字。一九六六年以前,我曾把司马光的两句格言:顿足而后起,杖地而后行,告诉了方。他反其意,吟成四句诗,第三句是"为了革命故",第四句是什么也可以不管。原话我忘记了。他从南方旅行回来,送给我一个竹笔筒,就把他这四句诗,刻在上面,算是对我的激励。这个笔筒,后来被抄走,诗当然成为一条罪状。他寄怀我的其他诗文,也被家人送进了火炉,笔筒不知流落在何家的案头。

党和人民,都在认真总结我们时代的惨痛的经验教训。我们也在总结自己的成败得失。我们的作品,自有当代和后世的读者,作出实事求是的评价。方的文章,是可以传世的。

方很顽强,也很乐观,他一定能战胜疾病,很快恢复健康。

1979年2月9日

书 的 梦

孙犁散文

到市场买东西,也不容易。一要身强体壮,二要心胸宽阔。因为种种原因,我足不入市,已经有很多年了。这当然是因为有人帮忙,去购置那些生活用品。夜晚多梦,在梦里却常常进入市场。在喧嚣拥挤的人群中,我无视一切,直奔那卖书的地方。

远远望去,破旧的书床上好像放着几种旧杂志或旧字帖。顾客稀少,主人态度也很和蔼。但到那里定睛一看,却往往令人失望,毫无所得。

按照弗洛伊德的学说,这种梦境,实际上是幼年或青年时代,残存在大脑皮质上的一种印象的再现。

是的,我梦到的常常是农村的集市景象:在小镇的长街上,有很多卖农具的,卖吃食的,其中偶尔有卖旧书的摊贩。或者,在杂乱放在地下的旧货中间,有几本旧书,它们对我最富有诱惑的力量。

这是因为,在童年时代,常常在集市或庙会上,去光顾那些出售小书的摊贩。他们出卖各种石印的小说、唱本。有时,在戏台附近,还会遇到陈列在地下的,可以白白拿走的,宣传耶稣教义的各种圣徒的小传。

在保定上学的时候,天华市场有两家小书铺,出卖一些新书。在大街上,有一种当时叫做"一折八扣"的廉价书,那是新旧内容的书都有的,印刷当然很劣。

有一回,在紫河套的地摊上,买到一部姚鼐编的《古文辞类纂》，是商务印书馆的铅印大字本，花了一圆大洋。这在我是破天荒的慷慨之举，又买了二尺花布，拿到一家裱画铺去做了一个书套。但保定大街上，就有商务印书馆的分馆，到里面买一部这种新书，所费也不过如此，才知道上了当。

后来又在紫河套买了一本大字的夏曾佑撰写的《中国历史教科书》(就是后来的《中国古代史》)，也是商务排印的大字本，共两册。

最后一次逛紫河套，是一九五二年。我路过保定，远千里同志陪我到"马号"吃了一顿童年时爱吃的小馆，又看了"列国"古迹，然后到紫河套。在一家收旧纸的店铺里，远买了一部石印的《李太白集》。这部书，在远去世后，我在他的夫人于雁军同志那里还看见过。

中学毕业以后，我在北平流浪着。后来，在北平市政府当了一名书记。这个书记，是当时公务人员中最低的职位，专事抄写，是一种雇员，随时可以解职的，每月有二十元薪金。在那里，我第一次见到了旧官场、旧衙门的景象。那地方倒很好，后门正好对着北平图书馆。我正在青年，富于幻想，很不习惯这种职业。我常常到图书馆去看书。到北新桥、西单商场、西四牌楼、宣武门外去逛旧书摊。那时买书，是节衣缩食，所购完全是革命的书。我记得买过六期《文学月报》，五期《北斗》杂志，还有其他一些革命文艺期刊，如《奔流》、《萌芽》、《拓荒者》、《世界文化》等。有时就带上这些刊物去"上衙门"。我住在石驸马大街附近，东太平街天仙庵公寓。那里的一位老工友，见我出门，就如此恭维。好在科里都是一些混饭吃、不读书的人，也没人过问。

我们办公的地方，是在一个小偏院的西房。这个屋子里最高的职位，是一名办事员，姓贺。他的办公桌摆在靠窗的地方，而且也只有他的桌子上有块玻璃板。他的对面也是一位办事员，姓李，好像和市长有些瓜葛，人比较文雅。家就住在府右街，他结婚的时候,我随礼去过。

我的办公桌放在西墙的角落里,其实那只是一张破旧的板桌,根本不是办公用的,桌子上也没有任何文具,只堆放着一些杂物。桌子两旁,放了两条破板凳,我对面坐着一位姓方的青年,是破落户子弟。他写得一手好字,只是染上了严重的嗜好,整天坐在那里打盹,睡醒了就和我开句玩笑。

那位贺办事员,好像是南方人,一上班嘴里的话是不断的,他装出领袖群伦的模样,对谁也不冷淡。他见我好看小说,就说他认识张恨水的内弟。

很久我没有事干,也没人分配给我工作。同屋有位姓石的山东人,为人诚实,他告诉我,这种情况并不好,等科长来考勤,对我很不利。他比较老于官场,他说,这是因为朝中无人的缘故。我那时不知此中的利害,还是把书本摆在那里看。

我们这个科是管市民建筑的。市民要修房建房,必须请这里的技术员,去丈量地基,绘制蓝图,看有没有侵占房基线。然后在窗口那里领照。

我们科的一位股长,是一个胖子,穿着蓝绸长衫,和下僚谈话的时候,老是把一只手托在长衫的前襟下面,做撩袍端带的姿态。他当然不会和我说话的。

有一次,我写了一个请假条寄给他。我虽然看过《酬世大观》,在中学也读过陈子展的《应用文》,高中时的国文老师,还常常把他替要人们拟的公文,发给我们当做教材。但我终于在应用时把"等因奉此"的程式用错了。听姓石的说,股长曾拿到我们屋里,朗诵取笑。股长有一个干儿,并不在我们屋里上班,却常常到我们屋里瞎串。这是一个典型的京华恶少,政界小人。他也好把一只手托在长衫下面,不过他的长衫,不是绸的,而是蓝布,并且旧了。有一天,他又拿那件事开我的玩笑,激怒了我,我当场把他痛骂一顿,他就满脸赔笑地走了。

当时我血气方刚,正是一语不合拔剑而起的时候,更何况初入社会,就到了这样一处地方,满腹怨气,无处发作,就对他来了。

我是由志成中学的体育教师介绍到那里工作的。他是当时北方的体育明星,娶了一位宦门小姐。他的外兄是工务局的局长。所以说,我官职虽小,来头还算可以。不到一年,这位局长下台,再加上其他原因,我也就"另候任用"了。

我被免职以后,同事们照例是在东来顺吃一次火锅,然后到娱乐场所玩玩。和我一同免职的,还有一位家在北平附近的人,脸上有些麻子,忘记了他的姓。他是做外勤的,他的为人和他的破旧自行车上的装备,给人一种商人小贩的印象,失业对他是沉重的打击。走在街上,他悄悄地对我说:

"孙兄,你是公子哥儿吧,怎么你一点也不在乎呀!"

我没有回答。我想说:我的精神支柱是书本,他当然是不能领会的。其实,精神支柱也不可靠,我所以不在意,是因为这个职位,实在不值得留恋。另外,我只身一人,这里没有家口,实在不行,我还可以回老家喝粥去。

和同事们告别以后,我又一个人去逛西单商场的书摊。渴望已久的,鲁迅先生翻译的《死魂灵》一书,已经陈列在那里了。用同事们带来的最后一次薪金,购置了这本名著,高高兴兴回到公寓去了。

第二天在清晨,挟着这本书,出西直门,路经海淀,到离北平有五、六十里路的黑龙潭,去看望在那里山村小学教书的一个朋友。他是我的同乡,又是中学同学。这人为人热情,对于比他年纪小的同乡同学,情谊很深。到他那里,正是深秋时节,黄叶飘落,潭水清冷,我不断想起曹雪芹在这一带著书的情景。住了两天,我又回到了北平。

我在朝阳大学同学处住几天,又到中国大学同学处住几天。

后来,感到肚子有些饿,就写了一首诗,投寄《大公报》的《小公园》副刊。内容是:我要离开这个大城市,回到农村去了,因为我看到:在这里,是一部分人正在输血给另一部分人!

诗被采用,给了五角钱。

整理了一下,在北平一年所得的新书旧书,不过一柳条箱,就回到农村,去教小学了。

我的书籍,一损失于抗日战争之时,已在别一篇文章中略记,一损失于土地改革之时。

我的家庭成分是富农。按照当时党的政策,凡是有人在外参加革命,在政治上稍有照顾。关于书,是属于经济,还是属于政治,这是不好分的。贫农团以为书是钱买来的,这当然也是属于财产,他们就先后拿去了。其实也不看。当时,我们那里的农民,已普遍从八路军那里学会裁纸卷烟。在乡下,纸张较之布片还难得,他们是拿去卷烟了。

这时,我在饶阳县一个小区参加土改工作。大概是冀中区党委所在之地吧,发了一个通知,要各村贫农团,把斗争果实中的书籍,全部上缴小区,由专人负责清查保存。大概因为我是知识分子吧,我们的小区区长,把这个责任交给了我。

书籍也并不太多,堆在一间屋子的地下,而且多是一些古旧破书,可以用来卷烟的已经不多。我因家庭成分不好,又由于"客里空"问题,正在《冀中导报》受到公开批判,谨小慎微,对这些书籍,丝毫不敢染指,全部上缴县委了。

我的受批判,是因为那一篇《新安游记》。是个黄昏,我从端村到新安城墙附近绕了绕,那里地势很洼,有些雾气,我把大街的方向弄错了。回去仓促写了一篇抗日英雄故事,在《冀中导报》发表了。土改时被作为"客里空"典型。

在家乡工作期间,已经没有购买书籍的机会,携带也不方便。如果能遇到书本的话,只是用打游击的方式,走到哪里,就看到哪里。

但也有时得到书。我在蠡县工作时,有一次在县城大集上,从一个地摊上,买到一本商务印书馆出版的,铅印精装的《西厢记》。我带着看了一程子,后来送给蠡县一位书记了。

《冀中导报》在饶阳大张岗设立了一处造纸厂。他们收买一些旧书,用牲口拉的大碾,轧成纸浆。有一间棚子,堆放着旧书。我那时常到这家纸厂吃住。从棚子里,我捡到一本石印的《王圣教》和一本石印的《书谱》。

在河间工作的时候,每逢集日,在一处小树林里,有推着小车贩卖烂纸书本的。有一次,我从车上买到一部初版的《孽海花》。一直保存着,进城后,送给一位新婚燕尔、出国当参赞的同志了。

1979 年 4 月

画 的 梦

孙犁散文

在绘画一事上，我想，没有比我更笨拙的了。和纸墨打了一辈子交道，也常常在纸上涂抹，直到晚年，所画的小兔、老鼠等等小动物，还是不成样子，更不用说人体了。这是我屡屡思考，不能得到解答的一个谜。

我从小就喜欢画。在农村，多么贫苦的人家，在屋里也总有一点点美术。人天生就是喜欢美的。你走遍多少人家，便可以欣赏到多少形式不同的、零零碎碎、甚至残缺不全的画。那或者是窗户上的一片红纸花，或者是墙壁上的几张连续的故事画，或者是贴在柜上的香烟盒纸片，或者是人已经老了，在青年结婚时，亲朋们所送的麒麟送子"中堂"。

这里没有画廊，没有陈列馆，没有画展。要得到这种大规模的，能饱眼福的欣赏机会，就只有年集。年集就是新年之前的集市。赶年集和赶庙会，是童年时代最令人兴奋的事。在年集上，买完了鞭炮，就可以去看画了。那些小贩，把他们的画张挂在人家的闲院里，或是停放大车的门洞里。看画的人多，买画的人少，他并不见怪，小孩们他也不撵，很有点开展览会的风度。他同时卖神像，例如"天地"、"老爷"、"灶马"之类。神画销路最大，因为这是每家每户都要悬挂供奉的。

我在童年时，所见的画，还都是木板水印，有单张的，有联四的。稍大时，则有了石印画，多是戏剧，把梅兰芳印上去，还有娃娃京戏，精彩多了。等我离开家乡，到了城市，见到的多是所谓月份牌画,印刷技术就更先进了,都是时装大美人儿。

在年集上,一位年岁大的同学,曾经告诉我:你如果去捅一下卖画人的屁股,他就会给你拿出一种叫做"手卷"的秘画,也叫"山西灶马",好看极了。

我听来,他这些说法,有些不经,也就没有去尝试。

我没有机会欣赏更多的、更高级的美术作品,我所接触的,只能说是民间的、低级的。但是,千家万户的年画,给了我很多知识,使我知道了很多故事,特别是戏曲方面的故事。

后来,我学习文学,从书上,从杂志上,看到一些美术作品。就在我生活最不安定、最困难的时候,我的书籍里,我的案头,我的住室墙壁上,也总有一些画片。它们大多是我从杂志上裁下的。

对于我钦佩的人物,比如托尔斯泰、契诃夫、高尔基,比如鲁迅,比如丁玲同志,比如阮玲玉,我都保存了他们的很多照片或是画像。

进城以后,本来有机会去欣赏一些名画,甚至可以收集一些名人的画了。但是,因为我外行,有些吝啬,又怕和那些古董商人打交道,所以没有做到。有时花很少的钱,在早市买一两张并非名人的画,回家挂两天,厌烦了,就卖给收破烂的,于是这些画就又回到了早市去。

一九六一年,黄胄同志送给我一张画,我托人拿去裱好了,挂在房间里,上面是一个维吾尔少女牵着一匹毛驴,下面还有一头大些的驴,和一头驴驹。一九六二年,我又转请吴作人同志给我画了三头骆驼,一头是近景,两头是远景,题曰《大漠》。也托人裱好,珍藏起来。

一九六六年,运动一开始,黄胄同志就受到"批判"。因为他的作品,家喻户晓,他的"罪名",也就妇孺皆知。家里人把画摘下来了。一天,我出去参加学习,机关的造反人员来抄家,一见黄胄的毛驴不在墙上了,就大怒,到处搜索。搜到一张画,展开不到半截,就摔在地下,喊:"黑画有了!"其实,那不是毛驴,而是骆驼,真是驴唇不对马嘴。就这样把吴作人同志画的三头骆驼牵走了,三匹小毛驴仍留在家中。

　　运动渐渐平息了。我想念过去的一些友人。我写信给好多年不通音讯的彦涵同志,问候他的起居,并请他寄给我一张画。老朋友富于感情,他很快就寄给我那幅有名的木刻《老羊倌》,并题字用章。

　　我求人为这幅木刻做了一个镜框,悬挂在我的住房的正墙当中。

　　不久,"四人帮"在北京举办了别有用心的"黑画展览",这是他们继小靳庄之后发动的全国性展览。

　　机关的一些领导人,要去参观,也通知我去看看,说有车,当天可以回来。

　　我有十二年没有到北京去了,很长时间也看不到美术作品,就答应了。

　　在路上停车休息时,同去的我的组长,轻声对我说:"听说彦涵的画展出的不少哩!"我没有答话。他这是知道我房间里挂有彦涵的木刻,对我提出的善意警告。

　　到了北京美术馆门前,真是和当年的小靳庄一样,车水马龙,人山人海。"四人帮"别无能为,但善于巧立名目,用"示众"的方式蛊惑人心。人们像一窝蜂一样往里面拥挤。这种场合,这种气氛,我都不能适应。我进去了五分钟,只是看了看彦涵同志那些作品,就声称头痛,钻到车里去休息了。

　　夜晚,我们从北京赶回来,车外一片黑暗。我默默地想:彦涵同志以其天赋之才,在政治上受压抑多年,这次是应国家需要,出来画些画。他这样努力、认真、精心地工作,是为了对人民有所贡献,有所表现。"四人帮"如此对待艺术家的良心,就是直接侮辱了人民之心。回到家来,我面对着那幅木刻,更觉得它可珍贵了。上面刻的是陕北一带的牧羊老人,他手里抱着一只羊羔,身边站立着一只老山羊。牧羊人的呼吸,与塞外高原的风云相通。

这幅木刻,一直悬挂着,并没有摘下。这也是接受了多年的经验教训:过去,我们太怯弱了,太驯服了,这样就助长了那些政治骗子的野心,他们以为人民都是阿斗,可以玩弄于他们的股掌之上。几乎把艺术整个毁灭,也几乎把我们全部葬送。

我是好做梦的,好梦很少,经常是噩梦。有一天夜晚,我梦见我把自己画的一幅画,交给中学时代的美术老师,老师称赞了我,并说要留作成绩,准备展览。

那是一幅很简单的水墨画:秋风败柳,寒蝉附枝。

我很高兴,叹道:我的美术,一直不及格,现在,我也有希望当个画家了。随后又有些害怕,就醒来了。

其实,按照弗洛伊德学说,这不过是一连串零碎意识、印象的偶然的组合,就像万花筒里出现的景象一样。

1979 年 5 月

戏 的 梦

　　大概是一九七二年春天吧，我"解放"已经很久了，但处境还很困难，心情也十分抑郁。于是决心向领导打一报告，要求回故乡"体验生活，准备写作"。幸蒙允准。一担行囊，回到久别的故乡，寄食在一个堂侄家里。乡亲们庆幸我经过这么大的"运动"，安然生还，亲戚间也携篮提壶来问。最初一些日子，心里得到不少安慰。

　　这次回老家，实际上是像鲁迅说的，有一种动物，受了伤，并不嚎叫，挣扎着回到林子里，倒下来，慢慢自己去舔那伤口，求得痊愈和平复。

　　老家并没有什么亲人，只有叔父，也八十多岁了。又因为青年时就远离乡土，村子里四十岁以下的人，对我都视若陌生。

　　这个小村庄，以林木著称，四周大道两旁，都是钻天杨，已长成材。此外是大片大片柳杆子地，以经营农具和编织副业。靠近村边，还有一些果木园。

　　侄子喂着两只山羊，需要青草。烧柴也缺。我每天背上一个柳条大筐，在道旁砍些青草，或是拣些柴棒。有时到滹沱河的大堤上去望望，有时到附近村庄的亲戚家走走。

　　又听到了那些小鸟叫；又听到了那些草虫叫；又在柳林里拣到了鸡腿蘑菇；又看到了那些黄色紫色的野花。

　　一天中午，我从野外回来，侄子告诉我，镇上传来天津电话，要我赶紧回去，电话听不清，说是为了什么剧本的事。

1980年 天津

1983年 天津

侄子很紧张,他不知大伯又出了什么事。我一听是剧本的事,心里就安定下来,对他说:

"安心吃饭吧,不会有什么变故。剧本,我又没发表过剧本,不会再受批判的。"

"打个电话去问问吗?"侄子问。

"不必了。"我说。

隔了一天,我正送亲戚出来,街上开来一辆吉普车,迎面停住了。车上跳下一个人,是我的组长。他说,来接我回天津,参加创作一个京剧剧本。各地都有"样板戏"了,天津领导也很着急。京剧团原有一个写抗日时期白洋淀的剧本,上不去。因我写过白洋淀,有人推荐了我。

组长在谈话的时候,流露着一种神色,好像是为我庆幸:领导终于想起你来了。老实讲,我没有注意去听这些。剧本上不去找我,我能叫它上去?我能叫它成了样板戏?

但这是命令,按目前形势,它带有半强制的性质。第二天我们就回天津了。

回到机关,当天政工组就通知我,下午市里有首长要来,你不要出门。这一通知,不到半天,向我传达三次。我只好在办公室呆呆坐着。首长没有来。

第二天,工作人员普遍检查身体。内、外科,脑系科,耳鼻喉科,楼上楼下,很费时间。我正在检查内科的时候,组里来人说:市文教组负责同志来了,在办公室等你。我去检查外科,又来说一次,我说还没检查牙。他说快点吧,不能叫负责同志久等。我说,快慢在医生那里,我不能不排队呀。

医生对我的牙齿很夸奖了一番,虽然有一颗已经叫虫子吃断了。医生向旁边几个等着检查的人说:

"你看,这么大的年岁,牙齿还这样整齐,卫生工作一定做得好。运动期间,受冲击也不太大吧?"

戏的梦

139

"唔。"我不知道牙齿整齐不整齐,和受冲击大小,有何关联,难道都要打落两颗门牙,才称得上脱胎换骨吗?我正惦着楼上有负责同志,另外,嘴在张着,也说不清楚。

回到办公室,组长已经很着急了。我一看,来人有四五位。其中有一位熟人老王,向一位正在翻阅报纸的年轻人那里努努嘴。暗示那就是负责同志。

他们来,也是告诉我参加剧本创作的事。我说,知道了。

过了两天,市里的女文教书记,真的要找我谈话了,只是改了地点,叫我到市委机关去。这当然是隆重大典,我们的主任不放心,亲自陪我去。

在一间不大不小的会议室里,我坐了下来。先进来一位穿军装的,不久女书记进来了。我和她在延安做过邻居,过去很熟,现在地位如此悬殊,我既不便放肆,也不便巴结。她好像也有点矛盾,架子拿得太大,固然不好意思,如果一点架子也不拿,则对于旁观者,起码有失威信。

总之,谈话很简单,希望我帮忙搞搞这个剧本。我说,我没有写过剧本。

"那些样板戏,都看了吗?"她问。

"唔。"我回答,其实,罪该万死,虽然在这些年,样板戏以独霸中夏的热焰,充斥在文、音、美、剧各个方面,直到目前,我还没有正式看过一出、一次。因为我已经有十几年不到剧场去了,我有一个收音机,也常常不开。这些年,我特别节电。

一天晚上,去看那个剧本的试演。见到几位老熟人,也没有谈什么,就进了剧场。剧场灯光暗淡,有人扶持了我。

这是一本写白洋淀抗日斗争的京剧。过去,我是很爱好京剧的,在北京当小职员时,经常节衣缩食,去听富连成小班。有些年,也很喜欢唱。

今晚的印象是:两个多小时,在舞台上,我既没有能见到白洋淀当年抗日的情景,也没有听到我所熟悉的京戏。

这是"京剧革命"的产物。它追求的,好像不是真实地再现历史,也不是忠实地继承京剧的传统,包括唱腔和音乐。它所追求的,是要和样板戏"形似",即模仿"样板"。它的表现特点为:追求电影场面,采取电影手法,追求大的、五光十色的、大轰大闹、大哭大叫的群众场面。它变单纯的音乐为交响乐队,瓦釜雷鸣。它的唱腔,高亢而凄厉,冗长而无味,缺乏真正的感情。演员完全变成了政治口号的传声筒,因此,主角完全是被动的,矫揉造作的,是非常吃力,也非常痛苦的。繁重的唱段,连续的武打,使主角声嘶力竭,假如不是青年,她会不终曲而当场晕倒。

戏剧演完,我记不住整个故事的情节,因为它的情节非常支离;也唤不起我有关抗日战争的回忆,因为它所写的抗日战争,完全不是那么回事,甚至可以说是不着边际。整个戏锣鼓喧天,枪炮齐鸣,人进人出,乱乱哄哄。不知其何以开始,也不知其何以告终。

第二天,在中国大戏院休息室,开座谈会,我准备了一个发言提纲。参加会的人很不少,除去原有创作组长,主要演员,剧团负责人,还有文化局负责人,文化口军管负责人。《天津日报》还派去了一位记者。

我坐在那里,斟酌我的发言提纲。忽然,坐在我旁边的文化局负责人,推了我一下。我抬头一看,女书记进来了,全场的人都站了起来,我也跟着站了起来。女书记在我身边坐下,会议开始。

在会上,我谈了对这个戏的印象,说得很缓和,也很真诚。并谈了对修改的意见,详细说明当时冀中区和白洋淀一带,抗日战争的形势,人民斗争的特点,以及敌人对这一地区残酷"扫荡"

的情况。

　　大概是因为我讲的时间长了一些,别的人没有再讲什么,女书记作了一些指示,就散会了。

　　后来我才知道,昨天没有人讲话,并不是同意了我的意见。在以后只有创作组人员参加的讨论会上,旧有成员,开始提出了反对意见,并使我感到,这些反对意见,并不纯粹属于创作方面,而是暗示:一、他们为这个剧本,已经付出了很长的时间和很大的精力,如果按照我的主张,他们的剧本就要从根本上推翻。二、不要夺取他们创作样板戏可能得到的功劳。三、我是刚刚受过批判的人物,能算老几。

　　我从事文艺工作,已经有几十年。所谓名誉,所谓出风头,也算够了。这些年,所遭凌辱,正好与它们抵消。至于把我拉来写剧本,我也认为是修废利旧,并不感到委屈。因此,我对这些富于暗示性的意见,并不感到伤心,也不感到气愤。它使我明白了文艺创作的现状。使我奇怪的是,这个创作组,曾不只一次到白洋淀一带,体验生活,进行访问,并从那里弄来一位当年的游击队长,长期参与他们的创作活动。为什么如此无视抗日战争的历史和现实呢?这位游击队长,战斗英雄,为什么也尸位素餐,不把当年的历史情况和自己的亲身经历,告诉他们呢?

　　后来我才明白,一些年轻人,一些"文艺革命"战士,只是一心要"革命",一心创造样板,已经迷了心窍,是任何意见也听不进去的。

　　不知为了什么,军管人员在会上支持我的工作,因此,剧本讨论仍在进行。

　　这就是目前大为风行的集体创作:每天大家坐在一处开会,今天你提一个方案,明天他提一个方案,互相抵消,一事无成。积年累月,写不出什么东西,就不足为怪了。

夏季的时候,我们到白洋淀去。整个剧团也去,演出现在的剧本。

我们先到新安,后到王家寨,这是淀边上一个比较大的村庄。我住在村南头(也许不准确,因为我到了白洋淀,总是转向,过去就发生过方向错误。)一间新盖的、随时可以放眼水淀的、非常干净的小房里。

房东是个老实的庄稼人。他的爱人,比他年轻好多,非常精明。他家有几个女儿,都长得秀丽,又都是编席快手,一家人生活很好。但是,大姑娘已经年近三十,还没有订婚,原因是母亲不愿失去她这一双织席赚钱的巧手。大姑娘终日默默不语。她的处境,我想会慢慢影响下面那几个逐年长大的妹妹。母亲固然精明,这个决策,未免残酷了一点。

在这个村庄,我还认识了一位姓魏的干部。他是专门被派来招呼剧团的,在这一带是有名的"瞎架"。起先,我不知道这个词儿,后来才体会到,就是好揽事管事的人。凡是大些的村庄,要见世面,总离不开这种人。因为村子里的猪只到处跑,苍蝇到处飞,我很快就拉起痢来,他对我照顾得很周到。

住了一程子,我们又到了郭里口。这是淀里边的一个村庄,当时在生产上,好像很有点名气,经常有人参观。

在大队部,村干部为我们举行了招待会,主持会的是村支部宣传委员刘双库。这个小伙子,听说在新华书店工作过几年,很有口才,还有些派头。

当介绍到我,我就要向他学习时,他大声说:"我们现在写的白洋淀,都是从你的书上抄来的。"使我大吃一惊。后来一想,他的话恐怕有所指吧。

当天下午,我们坐船去参观了他们的"围堤造田"。现在,白洋淀的水,已经很浅了,湖面越来越小。芦苇的面积,也有很大缩减,荷花淀的规模,也大不如从前了。正是荷花开放的季节,我们的船从荷丛中穿过去。淀里的水,不像过去那样清澈,水草依然在水里浮荡,水禽不多,鱼也很少了。

确是用大堤围起了一片农场。据说,原是同口陈调元家的苇荡。

实际上是苇荡遭到了破坏。粮食的收成,不一定抵得上苇的收成,围堤造田,不过是个新鲜名词。所费劳力很大,肯定是得不偿失的。

随后,又组织了访问。因为剧本是女主角,所以访问了抗日战争时期的几位妇救会员,其中一位名叫曹真。她已经四十多岁了。她的穿着打扮,还是三十年代式:白夏布短衫,长发用一只卡子束拢,搭在背后。抗日时,她是一位十八九岁的姑娘,在芦苇淀中的救护船上,她曾多次用嘴哺养那些伤员。她的相貌,现在看来,也可以说是冀中平原的漂亮人物,当年可想而知。

她在二十岁时,和一个区干部订婚,家里常常掩护抗日人员。就在这年冬季,敌人抓住了她的丈夫,在冰封的白洋淀上,砍去了他的头颅。她,哭喊着跑去,收回丈夫的尸首掩埋了。她还是做抗日工作。

全国胜利以后,她进入中年,才和这村的一个人结了婚。她和我谈过往事,又说:胜利以后,村里的宗派斗争,一直很厉害,前些年,有二十六名老党员,被开除党籍,包括她在内。现在,她最关心的,是什么时候才能解决她们的组织问题。她知道,我是无能为力的,她是知道这些年来老干部的处境的。但是,她愿意和我谈谈,因为她知道我曾经是抗日战士,并写过这一带的抗日妇女。

在她面前,我深感惭愧。自从我写过几篇关于白洋淀的文章,各地读者都以为我是白洋淀人,其实不是,我的家离这里还很远。

另外,很多读者,都希望我再写一些那样的小说。读者同志们,我向你们抱歉,我实在写不出那样的小说来了。这是为什么?我自己也说不出。我只能说句良心话,我没有了当年写作那些小说时的感情,我不愿用虚假的感情,去欺骗读者。那样,我就对不起坐在对面的曹真同志。她和她的亲人,在抗日战争时期,是流过真正的血和泪的。

这些年来,我见到的和听到的,亲身体验到的,甚至刻骨镂心的,是另一种现实,另一种生活。它与抗日战争时期的现实生活,大不一样,甚至相反。抗日战争,是中国共产党领导的一种神圣的战争。人民作出了重大的牺牲。他们的思想、行动升到无比崇高的境界。生活中极其细致的部分,也充满了可歌可泣的高尚情操。

这些年来,林彪等人,这些政治骗子,把我们的党,我们的国家,我们的干部和人民,践踏成了什么样子!他们的所作所为,反映到我脑子里,是虚伪和罪恶。这种东西太多了,他们排挤、压抑,直至销毁我头脑中固有的,真善美的思想和感情。这就像风沙摧毁了花树,粪便污染了河流,鹰枭吞噬了飞鸟。善良的人们,不要再责怪花儿不开、鸟儿不叫吧!它受的伤太重了,它要休养生息,它要重新思考,它要观察气候,它要审视周围。

我重游白洋淀,当然想到了抗日战争。但是这一战争,在我心里好像是很久很久以前的事了。它好像是在前一生经历的,也好像是在昨夜梦中经历的。许多兄弟,在战争中死去了,他们或者要渐渐被人遗忘。另有一部分兄弟,是在前几年含恨死去的,他们临死之前,一定也想到过抗日战争。

世事的变化,常常是出于人们意料之外的。每个时代,有每个时代的血和泪。

坐在我面前的女战士,她的鬓发已经白了,她的脸上,有很深的皱纹,她的心灵之上,有很重的创伤。

假如我把这些感受写成小说,那将是另一种面貌,另一种风格。我不愿意改变我原来的风格,因此,我暂时决定不写小说。

但是现在,我身不由主,我不得不参加这个京剧脚本的讨论。我们回到天津,又讨论了很久,还是没有结果。我想出一个金蝉脱壳之计:自己写一个简单脚本,交上去,声明此外已无能为力。

我对京剧是外行,又从不礼拜甚至从不理睬那企图支配整个民族文化的"样板戏",剧团当然一字一句也没有采用我的剧本。

1979 年 5 月 25 日

夜　　思

最近为张冠伦同志开追悼会,我只送了一个花圈,没有去。近几年来,凡是为老朋友开追悼会,我都没有参加。知道我的身体、精神情况的死者家属,都能理解原谅,事后,还都带着后生晚辈,来看望我。这种情景,常常使我热泪盈眶。

这次也同样。张冠伦同志的家属又来了,他的儿子和孙子,还有他的妻妹。

一进门,这位白发的老太太就说:

"你还记得我吗?"

"呵,要是走在街上……"我确实一时想不起来,只好嗫嚅着回答。

"常智,你还记得吧?"

"这就记起来了,这就记起来了!"我兴奋起来,热情地招扶她坐下。

她是常智同志的爱人。一九四三年,我在山地华北联大高中班教书时,常智是数学教员。这一年冬天,我们在繁峙高山上,坚持了整整三个月的反"扫荡"。第二年初,刚刚下得山来,就奉命做去延安的准备。

我在出发前一天的晚上,忽然听说常智的媳妇来了,我也赶去看了看。那时她正在青春,又是通过敌占区过来,穿着鲜艳,容貌美丽。我们当时都惋惜,我们当时所住的,山地农民家的柴草棚子,床上连张席子也没有,怎样来留住这样花朵般的客人。

女客人恐怕还没吃晚饭,我们也没有开水,只是从老乡那里买了些红枣,来招待她。

第二天,当我们站队出发时,她居然也换上我们新发的那种月白色土布服装,和女学生们站在一起,跟随我们出发了。一路上,她很能耐劳苦,走得很好。她是冀中平原的地主家庭出身吧,从小娇生惯养,这已经很不容易了。

比翼而飞,对常智来说,老婆赶来,一同赴圣地,这该是很幸福的了。但在当时,同事们并不很羡慕他。当时确实顾不上这些,以为是累赘。

这些同事,按照当时社会风习,都已结婚,但因为家庭、孩子的拖累,是不能都带家眷的,虽然大家并不是不思念家乡的。

这样,我们就一同到了延安,她同常智在那里学自然科学。现在常智同她在武汉工作,也谈了谈这些年来经历的坎坷。

至于张冠伦同志,则是我一九四五年抗日战争结束后,回到冀中认识的。当时,杨循同志是《冀中导报》的秘书长,我常常到他那里食宿,因此也认识了他手下的人马。在他领导下,报社有一个供销社,还有一个造纸厂,张冠伦同志是厂长。

纸厂设在饶阳县张岗。张冠伦同志是一位热情、厚道的人,在外表上又像农民又像商人,又像知识分子,三者优点兼而有之,所以很能和我接近。我那时四下游击,也常到他的纸厂住宿吃饭。管理伙食的是张翔同志。

他的纸厂是一个土纸厂,专供《冀中导报》用。在一家大场院里,设有两盘高大的石碾,用骡拉。收来的烂纸旧书,堆放在场院西南方向的一间大厦子里。

我对破书烂纸最有兴趣,每次到那里,我都要蹲在厦子里,刨拣一番。我记得在那里我曾得到一本石印的《王圣教》和一本石印的《书谱》。

解放战争后期,是在河间吧,张冠伦同志当了冀中邮政局的负责人。他告诉我,土改时各县交上的书,堆放在他们的仓库里面。我高兴地去看了看,书倒不少,只是残缺不全。我只拣了几本亚东印的小说,都是半部。

这次来访的张冠伦的儿子,已经四十多岁了,他说:

"在张岗,我上小学,是孙伯伯带去的。"

这可能是在土改期间。那时,我们的工作组驻在张岗,我和小学的校长、教师都很熟。

土改期间,我因为家庭成分,又因为所谓"客里空"问题,在报纸上受过批判,在工作组并不负重要责任,有点像后来的靠边站。土改会议后,我冒着风霜,到了张岗。我先到理发店,把长头发剪了去。理发店胖胖的女老板很是奇怪,不明白我当时剪去这一团烦恼丝的心情。后来我又在集市上,买了一双大草鞋,向房东老大娘要了两块破毡条垫在里面,穿在脚下。每天蹒跚漫步于冰冻泥泞的张岗大街之上,和那里的农民,建立了非常难能可贵的情谊。

农村风俗淳厚,对我并不歧视。同志之间,更没有像后来的所谓划清界限之说。我在张岗的半年时间里,每逢纸厂请客、过集日吃好的,张冠伦同志,总是把我叫去解馋。

现在想来,那时的同志关系,也不过如此。我觉得这样也就可以了,留下的印象是很深的,值得追念的。进城以后,相互之间的印象,就淡漠了。"文化大革命"期间,我们的命运大致相同。他后来死去了。

看到有这么多好同志死去,不知为何,我忽然感慨起来:在那些年月,我没有贴出一张揭发检举老战友的大字报,这要感谢造反派对我的宽容。他们也明白:我足不出户,从我这里确实挖不出什么新的材料。我也不想使自己舒服一些,去向造反派投递那种卖友求荣的小报告,也不曾向我曾经认识的当时非常煊赫的权威、新贵,请求他们的援助与哀怜。我觉得那都是可耻的,没有用处的。

我忍受自己在劫的种种苦难,只是按部就班地写我自己的检查,写得也很少很慢。现在,有些文艺评论家,赞美我在文字上惜墨如金。在当时却不是这样,因为我每天只交一张字大行稀的交代材料,屡遭管理人的大声责骂,并扯着那一页稿纸,当场示众。后来干脆把我单独隔离,面前放一马蹄表,计时索字。

古人说,一死一生,乃见交情。其实,这是不够的。又说,使生者死,死者复生,大家相见,能无愧于心,能不脸红就好了。朋友之道,此似近之。我对朋友,能做到这一点吗?我相信,我的大多数朋友,对我是这样做了。

我曾告诉我的孩子们:

"你们看见了,我因为身体不好,不能去参加朋友们的追悼会,等我死后,人家不来,你们也不要难过。朋友之交,不在形式。"

新近,和《文艺报》的记者谈了一次话,很快就收到一封青年读者来信,责难我不愿回忆和不愿意写"文化大革命"的事,是一种推诿。文章是难以写得周全的,果真是如此吗?我的身体、精神的条件,这位远地的青年,是不能完全了解的。我也想到,对于事物,认识相同,因为年纪和当时处境的差异,有些感受和想法,也不会完全相似的。很多老年人,受害最深,但很少接触这一重大主题,我是能够理解的。我也理解,接触这一主题最多的青年同志们的良好用心。

但是,年老者逐渐凋谢,年少者有待成熟,这一历史事件在文学史上的完整而准确的反映,恐怕还需要一段时间吧?

1980年1月30日夜有所思,凌晨起床写讫

悼念李季同志

已经是春天了,忽然又飘起雪来。十日下午,我一个人正在后面房间,对存放的柴米油盐,作季节性的调度。外面送来了电报。我老眼昏花,脑子迟钝,看到电报纸上李季同志的名字,一刹那间,还以为是他要到天津来,像往常一样,预先通知我一下。

绝没想到,他竟然逝去了。前不久,冯牧同志到舍下,我特别问起他的身体,冯还说:有时不好,工作一忙,反倒好起来了。我当时听了很高兴。

李季同志死于心脏病,诗人患有心脏病,这就是致命所在。患心脏病的人,不一定都是热情人;而热情人最怕得这种病。特别是诗人。诗人的心,本来就比平常的人跳动得快速、急骤、多变、失调。如果自己再不注意控制,原是很危险的。

一九七八年秋季,李季同志亲自到天津来,邀我到北京去参加一个会。我有感于他的热情,不只答应,而且坚持一个星期,把会开了下来。当我刚到旅馆,还没有进入房间,已经是晚上八点多钟了,就听到李季同志在狭窄嘈杂的旅馆走道里,边走边大声说:

"我把孙犁请了来,不能叫他守空房啊,我来和他做伴!"

他穿着一件又脏又旧的军大衣,右腿好像有了些毛病,但走路很快,谈笑风生。

在会议期间,我听了他一次发言。内容我现在忘了,他讲话的神情,却深深印在我的记忆里。他很激动,好像和人争论什么,忽然,他脸色苍白,要倒下去。他吞服了两片药,还是把话讲完了。

第二天,他就病了。

在会上,他还安排了我的发言。我讲得很短,开头就对他进行规劝。我说,大激动、大悲哀、大兴奋、大欢乐,都是对身体不利的。但不如此,又何以作诗?

在我离京的前一天晚上,他还带病到食堂和我告别,我又以注意身体为赠言。

这竟成最后一别。李季同志是死于工作繁重,易动感情的。

李季同志的诗作《王贵与李香香》,开一代诗风,改编为唱词剧本,家喻户晓,可以说是不朽之作。他开辟的这一条路,不能说后继无人,但没有人能超越他。他后来写的很多诗,虽也影响很大,但究竟不能与这一处女作相比拟。这不足为怪,是有很多原因,也可以说是有很多条件使然的。

《王贵与李香香》,绝不是单纯的陕北民歌的编排,而是李季的创作,在文学史上,这是完全新的东西,是长篇乐府。这也绝不是单凭采风所能形成的,它包括集中了时代精神和深刻的社会面貌。李季幼年参加革命,在根据地,是真正与当地群众,血肉相连,呼吸相通的。是认真地研究了民间文学的内容和形式的。他不是天生之才,而是地造之才,是大地和人民之子。

很多年来,他主要是担任文艺行政工作,而且逐渐提级,越来越繁重。这对工作来说,自然是需要,是不得已;对文艺来说,总是一个损失。当然,各行各业,都要有领导,并且需要精通业务的人去领导。不过,实践也证明,长期以来,把作家放在行政岗位,常常是得不偿失的。当然,这也只是一种估计。李季同志,是能做行政工作,成绩显著,颇孚众望的。在文艺界,号称郭、李。郭就是郭小川同志。

据我看来，无论是小川，还是李季同志，他们的领导行政，究竟还是一种诗人的领导，或者说是天才的领导。他的出任领导，并不一定是想，把自己的"道"或"志"，布行于天下。只是当别人都推托不愿干时，担负起这个任务来。而诗人气质不好改，有时还是容易感情用事。适时应变的才干，究竟有限。

因为文艺行政工作，是很难做好，使得人人满意的。作家、诗人，自己虽无领导才干，也无领导兴趣，却常常苛求于人，评头论足。热心人一旦参加领导行列，又多遇理论是非之争，欲罢不能，愈卷愈脱不出身来，更无法进行创作。当然也有人，拿红铅笔，打电话惯了，尝到了行政的甜头，也就不愿再去从事那种消耗神经，煎熬心血，常常费力不讨好的创作了。如果一帆风顺，这些人也就正式改行，从文途走上仕途。有时不顺利，也许就又弃官重操旧业。这都是正常现象。

李季做得还算够好的，难能可贵的。他的特点是，心怀比较开朗，少畛域观念，十分热情，能够团结人，在诗这一文艺领域里，有他自己广泛的影响。

自得噩耗，感情抑郁，心区也时时感到压迫和疼痛。为了驱赶这种悲伤，我想回忆一下同李季在青年时期的交往。

可惜，我同他是在五十年代初期，一次集体出国时，才真正熟起来。那时，我已经是中年了。对于出国之行，我既没有兴趣，并感到非常劳累。那种紧张，我曾比之于抗日战争时期的反"扫荡"。特别是一早起，团部传出：服装、礼节等等应注意事项。起床、盥洗、用饭，都很紧迫。我生性疏懒，动作迟缓，越紧张越慌乱。而李季同志，能从容不迫，好整以暇。他能利用蹲马桶时间：刷牙，刮脸，穿袜子，结鞋带。有一天，忽然通知：一律西服，我却不会结领带，早早起来，面对镜子，正在为难之际，李季同志忽然推门进来，衣冠楚楚，笑着说：

"怎么样,我就知道你弄不好这个。"

然后熟练地代我结好了,就像在战争时代,替一个新兵打好被包一样。

人之相知,贵相知心。对于李季同志,我不敢说是相知,更不敢说是知己。但他对于我,有一点最值得感念,就是他深深知道我的缺点和弱点。我一向不怕别人不知道我的长处,因为这是无足轻重的。我最担心的是别人不知道我的短处,因为这就谈不上真正的了解。在国外,有时不外出参观,他会把旅馆的房门一关,向同伴们提议:请孙犁唱一段京戏。在这个代表团里,好像我是唯一能唱京戏的人。

每逢有人要我唱京戏,我就兴奋起来,也随之而激动起来。李季又说:

"不要激动,你把脸对着窗外。"

他如此郑重其事,真是欣赏我的唱腔吗?人要有自知之明,直到现在我也不敢这样相信。他不过是看着我,终日一言不发,落落寡合,找机会叫我高兴一下,大家也跟着欢笑一场而已。

他是完全出于真诚的,正像他前年要我去开会时说的:

"非我来,你是不肯出山的!"

难道他这是访求山野草泽,志在举逸民吗?他不过是要我出去活动活动,与多年不见面的朋友们会会而已。

在会上,他又说:

"你不常参加这种场合,人家不知道你是什么观点,讲一讲吧。"

也是这个道理。

他是了解我的,了解我当时的思想、感情的,他是真正关心我的。

他有一颗坚强的心,他对工作是兢兢业业的,对创作是孜孜不倦的。他有一颗热烈的心,对同志,是视如手足,亲如兄弟的。他所有的,是一颗诗人的赤子之心,天真无邪之心。这是他幼年参加革命时的初心,是他从根据地的烽烟炮火里带来的。因此,我可以说,他的这颗心从来没有变过,也是永远不会停止跳动的。

1980 年 3 月 14 日

乡里旧闻

孙犁散文

> 梦中每迷还乡路,
> 愈知晚途念桑梓。
> ——书衣文录

度 春 荒

我的家乡,邻近一条大河,树木很少,经常旱涝不收。在我幼年时,每年春季,粮食很缺,普通人家都要吃野菜树叶。春天,最早出土的,是一种名叫老鸹锦的野菜,孩子们带着一把小刀,提着小篮,成群结队到野外去,寻觅剜取像铜钱大小的这种野菜的幼苗。

这种野菜,回家用开水一泼,搀上糠面蒸食,很有韧性。

与此同时出土的是苣苣菜,就是那种有很白嫩的根,带一点苦味的野菜。但是这种菜,不能当粮食吃。

以后,田野里的生机多了,野菜的品种,也就多了。有黄须菜,有扫帚苗,都可以吃。春天的麦苗,也可以救急,这是要到人家地里去偷来。

到树叶发芽,孩子们就脱光了脚,在手心吐些唾沫,上到树上去。榆叶和榆钱,是最好的菜。柳芽也很好。在大荒之年,我吃过杨花。就是大叶杨春天抽出的那种穗子一样的花。这种东西,是不得已而吃之,并且很费事,要用水浸好几遍,再上锅蒸,味道是很难闻的。

在春天,田野里跑着无数的孩子们,是为饥饿驱使,也为新的生机驱使,他们漫天漫野地跑着,寻视着,欢笑并打闹,追赶和竞争。

春风吹来,大地苏醒,河水解冻,万物孳生,土地是松软的,把孩子们的脚埋进去,他们仍然欢乐地跑着,并不感到跋涉。

清晨,还有露水,还有霜雪,小手冻得通红,但不久,太阳出来,就感到很暖和,男孩子们都脱去了上衣。

为衣食奔波,而不大感到愁苦,只有童年。

我的童年,虽然也常有兵荒马乱,究竟还没有遇见大灾荒,像我后来从历史书上知道的那样。这一带地方,在历史上,特别是新旧五代史上记载,人民的遭遇是异常悲惨的。因为战争,因为异族的侵略,因为灾荒,一连很多年,在书本上写着:人相食;析骨而焚;易子而食。

战争是大灾荒、大瘟疫的根源。饥饿可以使人疯狂,可以使人死亡,可以使人恢复兽性。曾国藩的日记里,有一页记的是太平天国战争时,安徽一带的人肉价目表。我们的民族,经历了比噩梦还可怕的年月!

日本帝国主义的侵略,以战养战,三光政策,是很野蛮很残酷的。但是因为共产党记取历史经验,重视农业生产,村里虽然有那么多青年人出去抗日,每年粮食的收成,还是能得到保证。党在这一时期,在农村实行合理负担的政策。地主富农,占有大部分土地,虽然对这种政策,心里有些不满,他们还是积极经营的。抗日期间,我曾住在一家地主家里,他家的大儿子对我说:"你们在前方努力抗日,我们在后方努力碾米。"

在八年抗日战争中,我们成功地避免了"大兵之后,必有凶年"的可怕遭遇,保证了抗日战争的胜利。

1979 年 12 月

村　长

　　这个村庄本来很小,交通也不方便,离保定一百二十里,离县城十八里。它有一个村长,是一家富农。我不记得这村长是民选的,还是委派的。但他家的正房里,悬挂着本县县长一个奖状,说他对维持地方治安有成绩,用镜框装饰着。平日也看不见他有什么职务,他照样管理农事家务,赶集卖粮食。村里小学他是校董,县里督学来了,中午在他家吃饭。他手下另有一个"地方",这个职务倒很明显,每逢征收钱粮,由他在街上敲锣呼喊。

　　这个村长个子很小,脸也很黑,还有些麻子。他的穿著,比较讲究,在冬天,他有一件羊皮袄,在街上走路的时候,他的右手总是提起皮袄右面的开襟地方,步子也迈得细碎些,这样,他以为势派。

　　他原来和"地方"的老婆姘靠着。"地方"出外很多年,回到家后,村长就给他一面铜锣,派他当了"地方"。

　　在村子的最东头,有一家人卖油炸馃子,有好几代历史了。这种行业,好像并不成全人,每天天不亮,就站在油锅旁。男人们都得了痨病,很早就死去了。但女人就没事,因此,这一家有好几个寡妇。村长又爱上了其中一个高个子的寡妇,就不大到"地方"家去了。

　　可是,这个寡妇,在村里还有别的相好,因为村长有钱有势,其他人就不能再登上她家的门边。

　　一九三七年,"七七事变",国民党政权南逃。这年秋季,地方大乱。一到夜晚,远近枪声如度岁。有绑票的,有自卫的。

　　一天晚上,村长又到东头寡妇家去,夜深了才出来,寡妇不放心,叫她的儿子送村长回家。走到东街土地庙那里,从庙里出来几个人,用撅枪把村长打死在地,把寡妇的儿子也打死了。寡妇就这一个儿子,还是她丈夫的遗腹子。把他打死,显然是怕他走漏风声。

村长头部中了数弹,但他并没有死,因为撅枪和土造的子弹,都没有准头和力量。第二天早上苏醒了过来。儿子把他送到县城医治枪伤,并指名告了村里和他家有宿怨的几个农民。当时的政权是维持会,土豪劣绅管事,当即把几个农民抓到县里,并带了镣。八路军到了,才释放出来。

村长回到村里,五官破坏,面目全非。深居简出,常常把一柄大铡刀放在门边,以防不测。一九三九年,日本人占据县城,地方又大乱。一个夜晚,村长终于被绑架到村南坟地,割去生殖器,大卸八块。村长之死,从政治上说,是打击封建恶霸势力。这是村庄开展阶级斗争的序幕。

那个寡妇,脸上虽有几点浅白麻子,长得却有几分人才,高高的个儿,可以说是亭亭玉立。后来,村妇救会成立,她是第一任的主任,现在还活着。死去的儿子,也有一个遗腹子,现在也长大成人了。

村长的孙子孙女,也先后参加了八路军,后来都是干部。

1979 年 12 月

凤　池　叔

凤池叔就住我家的前邻。在我幼年时,他盖了三间新的砖房。他有一个叔父,名叫老亭。在本地有名的联庄会和英法联军交战时,他伤了一只眼,从前线退了下来,小队英国兵追了下来,使全村遭了一场浩劫,有一名没有来得及逃走的妇女,被鬼子轮奸致死。这位妇女,死后留下了不太好的名声,村中的妇女们说:她本来可以跑出去,可是她想发洋人的财,结果送了命。其实,并不一定是如此的。

老亭受了伤,也没有留下什么英雄的称号,只是从此名字上加了一个字,人们都叫他瞎老亭。

瞎老亭有一处宅院,和凤池叔紧挨着,还有三间土坯北房。他为人很是孤独,从来也不和人们来往。我们住得这样近,我也不记得在幼年时,到他院里玩耍过,更不用说到他的屋子里去了。我对他那三间住房,没有丝毫的印象。

但是,每逢从他那低矮颓破的土院墙旁边走过时,总能看到,他那不小的院子里,原是很吸引儿童们的注意的。他的院里,有几棵红枣树,种着几畦瓜菜,有几只鸡跑着,其中那只大红公鸡,特别雄壮而美丽,不住声趾高气扬地啼叫。

瞎老亭总是一个人坐在他的北屋门口。他呆呆地直直地坐着,坏了的一只眼睛紧紧闭着,面容愁惨,好像总在回忆着什么不愉快的事。这种形态,儿童们一见,总是有点害怕的,不敢去接近他。

我特别记得,他的身旁,有一盆夹竹桃,据说这是他最爱惜的东西。这是稀有植物,整个村庄,就他这院里有一棵,也正因为有这一棵,使我很早就认识了这种花树。

村里的人,也很少有人到他那里去。只有他前邻的一个寡妇,常到他那里,并且半公开的,在夜间和他做伴。

这位老年寡妇,毫不隐讳地对妇女们说:

"神仙还救苦救难哩,我就是这样,才和他好的。"

瞎老亭死了以后,凤池叔以亲侄子的资格,继承了他的财产。拆了那三间土坯北房,又添上些钱,在自己的房基上,盖了三间新的砖房。那时,他的母亲还活着。

凤池叔是独生子,他的父亲是怎样一个人,我完全不记得,可能死得很早。凤池叔长得身材高大,仪表非凡,他总是穿着整整齐齐的长袍,步履庄严地走着。我时常想,如果他的运气好,在军队上混事,一定可以带一旅人或一师人。如果是个演员,扮相一定不亚于武生泰斗杨小楼那样威武。

可是他的命运不济。他一直在外村当长工。行行出状元,他是远近知名的长工:不只力气大,农活精,赶车尤其拿手。他赶几套的骡马,总是有条不紊,他从来也不像那些粗劣的驭手,随便鸣鞭、吆喝,以至虐待折磨牲畜。他总是若无其事地把鞭子抱在袖筒里,慢条斯理地抽着烟,不动声色,就完成了驾驭的任务。这一点,是很得地主们的赏识的。

但是,他在哪一家也呆不长久,最多二年。这并不是说他犯有那种毛病:一年勤,二年懒,三年就把当家的管。主要是他太傲慢,从不低声下气。另外,车马不讲究他不干,哪一个牲口不出色,不依他换掉,他也不干。另外,活当然干得出色,但也只是大秋大麦之时,其余时间,他好参与赌博,交结妇女。

因此,他常常失业家居。有一年冬天,他在家里闲着,年景又不好,村里的人都知道他没有吃的了,有些本院的长辈,出于怜悯,问他:

"凤池,你吃过饭了吗?"

"吃了!"他大声地回答。

"吃的什么?"

"吃的饺子!"

他从来也不向别人乞求一口饭,并绝对不露出挨饥受饿的样子,也从不偷盗,穿著也从不减退。

到过他的房间的人,知道他是家徒四壁,什么东西也卖光了的。

不知从哪里来了一个女的,藏在他的屋里,最初谁也不知道。一天夜间,这个妇女的本夫带领一些乡人,找到这里,破门而入。凤池叔从炕上跃起,用顶门大棍,把那个本夫,打了个头破血流,一群人慑于威势,大败而归,沿途留下不少血迹。那个妇女也呆不住,从此不知下落。

凤池叔不久就卖掉了他那三间北房。土改时,贫民团又把这房分给了他。在他死以前,他又把它卖掉了,才为自己出了一个体面的、虽属光棍但谁都乐于帮忙的殡,了此一生。

1979年12月

干 巴

在这个小小的村庄里,干巴要算是最穷最苦的人了。他的老婆,前几年,因为产后没吃的死去了,留下了一个小孩。最初,人们都说是个女孩,并说她命硬,一下生就把母亲克死了。过了两三年,干巴对人们说,他的孩子不是女孩,是个男孩,并给他起了个名字,叫小变儿。

干巴好不容易按照男孩子把他养大,这孩子也渐渐能帮助父亲做些事情了。他长得矮弱瘦小,可也能背上一个小筐,到野地里去拾些柴禾和庄稼了。其实,他应该和女孩子们一块去玩耍、工作。他在各方面,都更像一个女孩子。但是,干巴一定叫他到男孩子群里去。男孩子是很淘气的,他们常常跟小变儿起哄,欺侮他:

"来,小变儿,叫我们看看,又变了没有?"

有时就把这孩子逗哭了。这样,他的性情、脾气,在很小的时候,就发生了变态:孤僻、易怒。他总是一个人去玩,到其他孩子不乐意去的地方拾柴,拣庄稼。

这个村庄,每年夏天,好发大水,水撤了,村边一些沟里、坑里,水还满满的。每天中午,孩子们好聚到那里凫水,那是非常高兴和热闹的场面。

每逢小变儿走近那些沟坑,在其中游泳的孩子们,就喊:

"小变儿,脱了裤子下水吧!来,你不敢脱裤子!"

小变儿就默默地离开了那里。但天气实在热,他也实在愿意到水里去洗洗玩玩。有一天,人们都回家吃午饭了,他走到很少有人去的村东窑坑那里,看看四处没有人,脱了衣服跳进去。这个坑的水很深,一下就灭了顶,他喊叫了两声,没有人听见,这个孩子就淹死了。

这样,干巴就剩下孤身一人,没有了儿子。

他现在什么也没有了,他没有田地,也可以说没有房屋,他那间小屋,是很难叫做房屋的。他怎样生活?他有什么职业呢?

冬天,他就卖豆腐,在农村,这几乎可以不要什么本钱。秋天,他到地里拾些黑豆、黄豆,即使他在地头地脑偷一些,人们都知道他寒苦,也都睁一个眼,闭一个眼,不忍去说他。

他把这些豆子,做成豆腐,每天早晨挑到街上,敲着梆子,顾客都是拿豆子来换,很快就卖光了。自己吃些豆腐渣,这个冬天,也就过去了。

在村里,他还从事一种副业,也可以说是业余的工作。那时代,农村的小孩子,死亡率很高。有的人家,连生五、六个,一个也养不活。不用说那些大病症,比如说天花、麻疹、伤寒,可以死人;就是这些病症,比如抽风、盲肠炎、痢疾、百日咳,小孩子得上了,也难逃个活命。

母亲们看着孩子死去了,掉下两点眼泪,就去找干巴,叫他帮忙把孩子埋了去。干巴赶紧放下活计,背上铁铲,来到这家,用一片破炕席或一个破席锅盖,把孩子裹好,挟在腋下,安慰母亲一句:

"他婶子,不要难过。我把他埋得深深的,你放心吧!"

就走到村外去了。

其实,在那些年月,母亲们对死去一个不成年的孩子,也不很伤心,视若平常。因为她们在生活上遇到的苦难太多,孩子们累得她们也够受了。

事情完毕,她们就给干巴送些粮食或破烂衣服去,酬谢他的帮忙。

这种工作,一直到干巴离开人间,成了他的专利。

1979 年 12 月

木匠的女儿

这个小村庄的主要街道,应该说是那条东西街,其实也不到半里长。街的两头,房舍比较整齐,人家过的比较富裕,接连几户都是大梢门。

进善家的梢门里,分为东西两户,原是兄弟分家,看来过去的日子,是相当势派的,现在却都有些没落了。进善的哥哥,幼年时念了几年书,学得文不成武不就,种庄稼不行,只是练就一笔好字,村里有什么文书上的事,都是求他。也没有多少用武之地,不过红事喜帖,白事丧榜之类。进善幼年就赶上日子走下坡路,因此学了木匠,在农村,这一行业也算是高等的,仅次于读书经商。

他是在束鹿旧城学的徒。那里的木匠铺,是远近几个县都知名的,专做嫁妆活。凡是地主家聘姑娘,都先派人丈量男家居室,陪送木器家具。只有内间的叫做半套;里外两间都有的,叫做全套。原料都是杨木,外加大漆。

学成以后,进善结了婚,就回家过日子来了。附近村庄人家有些零星木活,比如修整梁木,打做门窗,成全棺材,就请他去做,除去工钱,饭食都是好的,每顿有两盘菜,中午一顿还有酒喝。闲时还种几亩田地,不误农活。

可是,当他有了一儿一女以后,他的老婆因为过于劳累,得肺病死了。当时两个孩子还小,请他家的大娘带着,过不了几年,这位大娘也得了肺病,死去了。进善就得自己带着两个孩子,这样一来,原来很是精神利索的进善,就一下变得愁眉不展,外出做活也不方便,日子也就越来越困难了。

女儿是头大的,名叫小杏。当她还不到十岁,就帮着父亲做事了,十四五岁的时候,已经出息得像个大人。长得很俊俏,眉眼特别秀丽,有时在梢门口大街上一站,身边不管有多少和她年岁相仿的女孩儿们,她的身条容色,都是特别引人注目的。

贫苦无依的生活,在旧社会,只能给女孩子带来不幸。越长得好,其不幸的可能就越多。她们那幼小的心灵,先是向命运之神应战,但多数终归屈服于它。在绝望之余,她从一面小破镜中,看到了自己的容色,她现在能够仰仗的只有自己的青春。

她希望能找到一门好些的婆家,但等她十七岁结了婚,不只丈夫不能叫她满意,那位刁钻古怪的婆婆,也实在不能令人忍受。她上过一次吊,被人救了下来,就长年住在父亲家里。

虽然这是一个不到一百户的小村庄,但它也是一个社会。它有贫穷富贵,有尊荣耻辱,有士农工商,有兴亡成败。

进善常去给富裕人家做活,因此结识了那些人家的游手好闲的子弟。其中有一家在村北头开油坊的少掌柜,他常到进善家来,有时在夜晚带一瓶子酒和一只烧鸡,两个人喝着酒,他撕一些鸡肉叫小杏吃。不久,就和小杏好起来。赶集上庙,两个人约好在背静地方相会,少掌柜给她买个烧饼裹肉,或是买两双袜子送给她。虽说是少女的纯洁,虽说是廉价的爱情,这里面也有倾心相与,也有引诱抗拒,也有风花雪月,也有海誓山盟。

女人一旦得到依靠男人的体验,胆子就越来越大,羞耻就越来越少。就越想去依靠那钱多的,势力大的,这叫做一步步往上依靠,灵魂一步步往下堕落。

她家对门有一位在县里当教育局长的,她和他靠上了,局长回家,就住在她家里。

一九三七年,这一带的国民党政府逃往南方,局长也跟着走了。成立了抗日县政府,组织了抗日游击队。抗日县长常到这村里来，有时就在进善家吃饭住宿。日子长了，和这一家人都熟识了，小杏又和这位县长靠上，她的弟弟给县长当了通讯员，背上了盒子枪。

一九三八年冬天，日本人占据了县城。屯集在河南省的国民党军队张荫梧部，正在实行曲线救国，配合日军，企图消灭八路军。那位局长，跟随张荫梧多年了，有一天，又突然回到了村里。他回到村庄不多几天，县城的日军和伪军，"扫荡"了这个村庄，把全村的男女老少集合到大街上，在街头一棵槐树上，烧死了抗日村长。日本人在各家搜索时，在进善的女儿房中，搜出一件农村少有的雨衣，就吊打小杏，小杏说出是那位局长穿的，日本人就不再追究，回县城去了。日本人走时，是在黄昏，人们惶惶不安地刚吃过晚饭，就听见街上又响起枪来。随后，在村东野外的高沙岗上，传来了局长呼救的声音。好像他被绑了票，要乡亲们快凑钱搭救他。深夜，那声音非常凄厉。这时，街上有几个人影，打着灯笼，挨家挨户借钱，家家都早已插门闭户了。交了钱，并没得买下局长的命，他被枪毙在高岗之上。

有人说，日军这次"扫荡"，是他勾引来的，他的死刑是"老八"执行的。他一回村，游击组就向上级报告了。可是，如果他不是迷恋小杏，早走一天，可能就没事……

日本人四处安插据点，在离这个村庄三里地的子文镇，盖了一个炮楼，形势一天比一天紧张，我们的主力西撤了。汉奸活跃起来，抗日政权转入地下，抗日县长，只能在夜间转移。抗日干部被捕的很多，有的叛变了。有人在夜里到小杏家，找县长，并向他劝降。这位不到二十岁的县长，本来是个纨袴子弟，经不起考验，但他不愿明目张胆地投降日本，通过亲戚朋友，到敌占区北平躲身子去了。

小杏的弟弟，经过一些坏人的引诱怂恿，带着县长的两支枪，投降了附近的炮楼，当了一名伪军。他是个小孩子，每天在炮楼下站岗,附近三乡五里,都认识他,他却坏下去的很快,敲诈勒索,以至奸污妇女。他那好吃懒做的大伯,也仗着侄儿的势力,在村中不安分起来。在一九四三年以后,根据地形势稍有转机时,八路军夜晚把他掏了出来,枪毙示众。

小杏在二十几岁上,经历了这些生意感情上的走马灯似的动乱、打击,得了她母亲那样致命的疾病,不久就死了。她是这个小小村庄的一代风流人物。在烽烟炮火的激荡中,她几乎还没有来得及觉醒,她的花容月貌,就悄然消失,不会有人再想到她。

进善也很快就老了。但他是个乐天派,并没有倒下去。一九四五年,抗日战争胜利,县里要为死难的抗日军民,兴建一座纪念塔,在四乡搜罗能工巧匠。虽然他是汉奸家属,但本人并无罪行。村里推荐了他,他很高兴地接受了雕刻塔上飞檐门窗的任务。这些都是木工细活,附近各县,能有这种手艺的人,已经很稀少了。塔建成以后,前来游览的人,无不对他的工艺啧啧称赞。

工作之暇,他也去看了看石匠们,他们正在叮叮当当,在大石碑上,镌刻那些抗日烈士的不朽芳名。

回到家来,他孤独一人,不久就得了病,但人们还常见他挂着一根木棍出来,和人们说话。不久,村里进行土地改革,他过去相好那些人,都被划成地主或富农,他也不好再去找他们。又过了两年,才死去了。

1980 年 9 月 21 日晨

老　刁

老刁,河北深县人,他从小在外祖父家长大,外祖父家是安平县。他在保定育德中学读书时,就把安平人引为同乡,我比他低两年级,他对幼小同乡,尤其热情。他有一条腿不大得劲,长得又苍老,那时人们就都叫他老刁。

他在育德中学的师范班毕业以后,曾到安新冯村,教过一年书,后来到北平西郊的黑龙潭小学教书。那时我正在北平失业,曾抱着一本新出版的《死魂灵》,到他那里住了两天。

有一年暑假,我们为了找职业都住在保定母校的招待楼里,那是一座碉堡式的小楼。有一天,他同另一位同学出去,回来时,非常张皇,说是看见某某同学被人捕去了。那时捕去的学生,都是共产党。

过了几年,爆发了抗日战争。一九三九年春天,我同陈肇同志,要过路西去,在安平县西南地区,遇到了他。当听说他是安平县的"特委"时,我很惊异。我以为他还在北平西郊教书,他怎么一下子弄到这么显赫的头衔。那时我还不是党员,当然不便细问。因为过路就是山地,我同老陈把我们骑来的自行车交给他,他给了我们一人五元钱,可见他当时经济上的困难。

那一次,我只记得他说了一句:

"游击队正在审人打人,我在那里坐不住。"

敌人占了县城,我想可能审讯的是汉奸嫌疑犯吧。

一九四一年,我从山地回到冀中。第二年春季,我又要过路西去,在七地委的招待所,见到了他。当时他好像很不得意,在我的住处坐了一会儿就走了。这也使我很惊异,怎么他一下又变得这么消沉?

一九四六年夏天,抗日战争早已结束,我住在河间临街的一间大梢门洞里。有一天下午,我正在街上闲立着,从西面来了一辆大车,后面跟着一个人,脚一拐一拐的,一看正是老刁。我把他拦请到我的床位上,请他休息一下。记得他对我说,要找一个人,给他写个历史证明材料。他问我知道不知道安志诚先生的地址,安先生原是我们在中学时的图书馆管理员。我说,我也不知道他的住处,他就又赶路去了,我好像也忘记问他,是要到哪里去?看样子,他在一直受审查吗?

又一次我回家,他也从深县老家来看我,我正想要和他谈谈,正赶上我母亲那天叫磨扇压了手,一家不安,他匆匆吃过午饭就告辞了。我往南送他二三里路,他的情绪似乎比上两次好了一些。他说县里可能分配他工作。后来听说,他在县公安局三股工作,我不知道公安局的分工细则,后来也一直没有见过他。没过两年,就听说他去世了。也不过四十来岁吧。

我的老伴对我说过,抗日战争时期,我不在家,有一天老刁到村里来了,到我家看了看,并对村干部们说,应该对我的家庭,有些照顾。他带着一个年轻女秘书,老刁在炕上休息,头枕在女秘书的大腿上。老伴说完笑了笑。一九四八年,我到深县县委宣传部工作。县里开会时,我曾托区干部,对老刁的家庭,照看一下。我还曾路过他的村庄,到他家里去过一趟。院子里空荡荡的,好像并没有找到什么人。

事隔多年,我也行将就木,觉得老刁是个同学又是朋友,常常想起他来。但对他参加革命的前前后后,总是不大清楚,像一个谜一样。

1980 年 9 月 21 日晚

菜　　虎

东头有一个老汉,个儿不高,膀乍腰圆,卖菜为生。人们都叫他菜虎,真名字倒被人忘记了。这个虎字,并没有什么恶意,不过是说他以菜为衣食之道罢了。他从小就干这一行,头一天推车到滹沱河北种菜园的村庄趸菜,第二天一早,又推上车子到南边的集市上去卖。因为南边都是旱地种大田,青菜很缺。

那时用的都是独木轮高脊手推车,车两旁捆上菜,青枝绿叶,远远望去,就像一个活的菜畦。

　　一车水菜分量很重,天暖季节他总是脱掉上衣,露着油黑的身子,把绊带套在肩上。遇见沙土道路或是上坡,他两条腿叉开,弓着身子,用全力往前推,立时就是一身汗水。但如果前面是硬整的平路,他推得就很轻松愉快了,空行的人没法赶过他去。也不知道他怎么弄的,那车子发出连续的有节奏的悠扬悦耳的声音,——吱扭——吱扭——吱扭扭——吱扭扭。他的臀部也左右有节奏地摆动着。这种手推车的歌,在我幼年的记忆中,留下了深刻的印象。这是田野里的音乐,是道路上的歌,是充满希望的歌。有时这种声音,从几里地以外就能听到。他的老伴,坐在家里,这种声音从离村很远的路上传来。有人说,菜虎一过河,离家还有八里路,他的老伴就能听见他推车的声音,下炕给他做饭,等他到家,饭也就熟了。在黄昏炊烟四起的时候,人们一听到这声音,就说:"菜虎回来了。"

　　有一年七月,滹沱河决口,这一带发了一场空前的洪水,庄稼全都完了,就是半生半熟的高粱,也都冲倒在地里,被泥水浸泡着。直到九、十月间,已经下过霜,地里的水还没有撤完,什么晚庄稼也种不上,种冬麦都有困难。这一年的秋天,颗粒不收,人们开始吃村边树上的残叶,剥下榆树的皮,到泥里水里捞泥高粱穗来充饥,有很多小孩到撤过水的地方去挖地梨,还挖一种泥块,叫做"胶泥沉儿",是比胶泥硬,颜色较白的小东西,放在嘴里吃。这原是营养植物的,现在用来营养人。

　　人们很快就干黄干瘦了,年老有病的不断死亡,也买不到棺木,都用席子裹起来,找干地方暂时埋葬。

　　那年我七岁,刚上小学,小学也因为水灾放假了。我也整天和孩子们到野地里去捞小鱼小虾,捕捉蚂蚱、蝉和它的原虫,寻找野菜,寻找所有绿色的、可以吃的东西。常在一起的,就有菜虎家的一个小闺女,叫做盼儿的。因为她母亲有痨病,长年喘

大道低回　大味必淡

海潮吾兄一笑

庚午冬季孙轶书于翱堂

墨迹

文艺之道,忘我无私,人心所系,孜孜求之

秀琪同志属书

一九八三年一月 孙轶青

墨迹

嗽,这个小姑娘长得很瘦小,可是她很能干活,手脚利索,眼快;在这种生活竞争的场所,她常常大显身手,得到较多较大的收获,这样就会有争夺,比如一个蚂蚱、一棵野菜,是谁先看见的。

孩子们不懂事,有时问她:

"你爹叫菜虎,你们家还没有菜吃?还挖野菜?"

她手脚不停地挖着土地,回答:

"你看这道儿,能走人吗?更不用说推车了,到哪里去趸菜呀?一家人都快饿死了!"

孩子们听了,一下子就感到确实饿极了,都一屁股坐在泥地上,不说话了。

忽然在远处高坡上,出现了几个外国人,有男有女,男的穿着中国式的长袍马褂,留着大胡子,女的穿着裙子,披着金黄色的长发。

"鬼子来了。"孩子们站起来。

作为庚子年这一带义和团抗击洋人失败的报偿,外国人在往南八里地的义里村,建立了一座教堂,但这个村庄没有一家在教。现在这些洋人是来视察水灾的。他们走了以后,不久在义里村就设立了一座粥厂。村里就有不少人到那里去喝粥了。

又过了不久,传说菜虎一家在了教。又有一天,母亲回到家来对我说:

"菜虎家把闺女送给了教堂,立时换上了洋布衣裳,也不愁饿死了。"

我当时听了很难过,问母亲:

"还能回来吗?"

"人家说,就要带到天津去呢,长大了也可以回家。"母亲回答。

可是直到我离开家乡,也没见这个小姑娘回来过。我也不知道外国人一共收了多少小姑娘,但我们这个村庄确实就只有她一个人。

菜虎和他多病的老伴早死了。

现在农村已经看不到菜虎用的那种小车,当然也就听不到它那种特有的悠扬悦耳的声音了。现在的手推车都换成了胶皮轱辘,推动起来,是没有多少声音的。

1980年9月29日晚

光　棍

幼年时,就听说大城市多产青皮、混混儿,斗狠不怕死,在茫茫人海中成为谋取生活的一种道路。但进城后,因为革命声势,此辈已销声敛迹,不能见其在大庭广众之中,行施其伎俩。十年动乱之期,流氓行为普及里巷,然已经"发迹变态",似乎与前所谓混混儿者,性质已有悬殊。

其实,就是在乡下,也有这种人物的。十里之乡,必有仁义,也必有歹徒。乡下的混混儿,名叫光棍。一般的,这类人幼小失去父母,家境贫寒,但长大了,有些聪明,不甘心受苦。他们先从赌博开始,从本村赌到外村,再赌到集市庙会。他们能在大戏台下,万人围聚之中,吆三喝四,从容不迫,旁若无人,有多大的输赢,也面不改色。当在赌场略略站住脚步,就能与官面上勾结,也可能当上一名巡警或是衙役。从此就可以包办赌局,或窝藏娼妓。这是顺利的一途。其在赌场失败者,则可以下关东,走上海,甚至报名当兵,在外乡流落若干年,再回到乡下来。

我的一个远房堂兄,幼年随人到了上海,做织布徒工。失业后,没有饭吃,他趸了几个西瓜到街上去卖,和人争执起来,他手起刀落,把人家头皮砍破,被关押了一个月。出来后,在上海青红帮内,也就有了小小的名气。但他究竟是一个农民,家里还有一点点恒产,不到中年就回家种地,也娶妻生子,在村里很是安分。这是偶一尝试,又返回正道的一例,自然和他的祖祖辈辈的"门风"有关。

在大街当中,有一个光棍名叫老索,他中年时官至县城的巡警,不久废职家居,养了一笼画眉。这种鸟儿,在乡下常常和光棍做伴,可能它那种霸气劲儿,正是主人行动的陪衬。

老索并不鱼肉乡里,也没人去招惹他。光棍一般的并不在本村为非作歹,因为欺压乡邻,将被人瞧不起,已经够不上光棍的称号。但是,到外村去闯光棍,也不是那么容易。相隔一里地的小村庄,有一个姓曹的光棍,老索和他有些输赢账。有一天,老索喝醉了,拿了一把捅猪的长刀,找到姓曹的门上。声言:"你不还账,我就捅了你。"姓曹的听说,立时把上衣一脱,拍着肚脐说:"来,照这个地方。"老索往后退了一步,说:"要不然,你就捅了我。"姓曹的二话不说,夺过他的刀来就要下手。老索转身往自己村里跑,姓曹的一直追到他家门口。乡亲拦住,才算完事。从这一次,老索的光棍,就算"栽了"。

他雄心不死,他把希望寄托在下一代,他生了三个儿子,起名虎、豹、熊。姓曹的光棍穷得娶不上妻子,老索希望他的儿子能重新建立他失去的威名。

三儿子很早就得天花死去了,少了一个熊。大儿子到了二十岁,娶了一门童养媳,二儿子长大了,和嫂子不清不楚。有一天,弟兄两个打起架来,哥哥拿着一根粗大杠,弟弟用一把小鱼刀,把哥哥刺死在街上。在乡下,一时传言,豹吃了虎。村里怕事,仓促出了殡,民不告,官不究,弟弟到关东去躲了二年,赶上抗日战争,才回到村来。他真正成了一条光棍。那时村里正在成立农会,声势很大,村两头闹派性,他站在西头一派,有一天,在大街之上,把新任的农会主任,撞倒在地。在当时,这一举动,完全可以说成是长地富的威风,但一查他的三代,都是贫农,就对他无可奈何。我们有很长时期,是以阶级斗争代替法律的。

他和嫂嫂同居,一直到得病死去。他嫂子现在还活着,有一年我回家,清晨路过她家的小院,看见她开门出来,风姿虽不及当年,并不见有什么愁苦。

这也是一种门风,老索有一个堂房兄弟名叫五湖。我幼年时,他在街上开小面铺,兼卖开水。他用竹簪把头发盘在头顶上,就像道士一样。他养着一匹小毛驴,就像大个山羊那么高,但鞍镫铃铛齐全,打扮得很是漂亮。我到外地求学,曾多次向他借驴骑用。

面铺的后边屋子里,住着他的寡嫂。那是一位从来也不到屋子外面的女人,她的房间里,一点光线也没有。她信佛,挂着红布围裙的迎门桌上,长年香火不断。这可能是避人耳目,也可能是忏悔吧。

据老年人说,当年五湖也是因为这个女人把哥哥打死的,也是到关东躲了几年,小毛驴就是从那里骑回来的。五湖并不像是光棍,他一本正经,神态岸然,倒像经过修真养性的人。乡人尝谓:如果当时有人告状,五湖受到法律制裁,就不会再有虎豹间的悲剧。

1980 年 10 月 5 日

同口旧事

——《琴和箫》代序

一

我是一九三六年暑假后,到同口小学教书的。去以前,我在老家失业闲住。有一天,县邮政局,送来一封挂号信,是中学同学黄振宗和侯士珍写的。信中说:已经给我找到一个教书的位子,开学在即,希望刻日赴保定。并说上次来信,寄我父亲店铺,因地址不确被退回,现从同学录查到我的籍贯。我于见信之次日,先到安国,告知父亲,又次日雇骡车赴保定,住在南关一小店内。当晚见到黄侯二同学。黄即拉我到娱乐场所一游,要我请客。

在保定住了两日,即同侯和他的妻子,还有新聘请的两位女教员,雇了一辆大车到同口。侯的职务是这个小学的教务主任,他的妻子和那两位女性,在同村女子小学教书。

二

黄振宗是我初中时同班,保定旧家子弟,长得白皙漂亮,人亦聪明。在学校时,常演话剧饰女角,文章写得也不错,有时在校刊发表。并能演说,有一次,张继到我校讲演,讲毕,黄即上台,大加驳斥,声色俱厉。他那时,好像已经参加共产党。有一天晚上，他约我到操场散步，谈了很久，意思是要我也参加。我那时觉悟不高，一心要读书，又记着父亲嘱咐的话：不要参加任何党派，所以没有答应，他也没有表示什么不满。又对我说，读书要读名著，不要只读杂志报刊，书本上的知识是完整的、系统的，而报纸杂志上的文章，是零碎的、纷杂的。他的这一劝告，我一直记在心中，受到益处。当时我正埋头在报纸文学副刊和社会科学的杂志里。有一种叫《读书杂志》，每期都很厚，占去不少时间。

他毕业后，考入北平中国大学，住在西安门外一家公寓里面，我在东城象鼻子中坑小学当事务员，时常见面。他那时好喝酒，讲名士风流，有时喝醉了，居然躺在大街上，我们只好把他拉起来。大学没有毕业，他回到保定培德中学教国文，风流如故，除经常去妓院，还交接着天华商场说大鼓书的一位女艺人。

一九三九年，我在晋察冀通讯社工作。冬季，李公朴到边区参观，黄是他的秘书，骑着瞎了一只眼的日本大洋马，走在李公朴的前面。在通讯社我和他见了面。那时不知李公朴来意，机关颇有戒心，他也没有和我多谈。我见他口袋里插的钢笔不错，很想要了他的，以为他回到大后方，钢笔有的是。他却不肯给。下午，我到他的驻地看望他，他却自动把钢笔给了我。以后就没有见过面。

解放以后，我只是在一个京剧的演出广告上，见到他的笔名，好像是编剧。不知为什么，我现在总感觉他已经不在人世了。他体质不好，又很放纵。交游也杂乱。至于他当初不肯给我钢笔，那不能算吝啬，正如太平年月，千金之子，肥马轻裘之赠，不能算作慷慨一样。那时物质条件困难，为一支蘸水钢笔尖，或一个不漏水的空墨水瓶，也发生过争吵、争夺。

三

侯士珍，定县人，育德中学师范专修班毕业。在校时，任平民学校校长，与一女生恋爱结婚。毕业后，由育德中学校方介绍到保定第二女子师范当职员。后又到南方从军，不久回保定，失业，募捐办一小报。记得一年暑假，我们同住在育德中学的小招待楼里，他时常给我们唱《国际歌》和《少年先锋歌》。

到同口小学后，他兼音乐课和体操课。他在校外租了一间房，闲时就和同事们打小牌。他精于牌术，赢一些钱，补助家用。我是一次也没有参加过的。我住在校内，有一天中午，我从课堂上下来，在我的宿舍里，他正和一位常到学校卖书的小贩谈话。小贩态度庄严，侯肃然站立在他的面前聆听着。抗日以后，这位书贩，当了区党委的组织部长。使我想起，当时在我的屋子里，他大概是在向侯传达党的任务吧。侯在同口有了一个女孩，要我给起个名儿，我查了查字典，取了"茜茜"二字。

侯为人聪明外露，善于交际，读书不求甚解，好弄一些小权术，颇得校长信任。一天夜里，有人在院中贴了一张大传单，说侯是共产党。侯说是姓陈的训育主任陷害他，要求校长召集会议，声称有姓陈的就没有姓侯的。我忘记校长是怎样处置这个事件的，好像是谁也没有离开吧。不知为什么，我当时颇有些不相信是那位姓陈的干的，倒觉得是侯的一种先发制人的权谋。不久，学校也就放暑假，芦沟桥事变也发生了。

暑假以后，因为天下大乱，家乡又发了大水，我就没有到学校去。侯在同口、冯村一带，同孟庆山，组织抗日游击队，成立河北游击军，侯当了政治部主任。听说他扣押了同口二班的一个地主，随军带着，勒索军饷。

冬季，由我县抗日政府转来侯的一封信，叫我去肃宁看看。

家里不放心,叫堂弟同我去。我在安平县城,见到县政指导员李子寿,他说司令部电话,让我随新收编的杨团长的队伍去。杨系土匪出身,队伍更不堪言,长袍、袖手、无枪者甚众。杨团长给了我一匹马。一路上队伍散漫无章,至晚才到了肃宁,其实只有七十里路。司令部有令:杨团暂住城外。我只好只身进城,被城门岗兵用刺刀格住。经联系,先见到政治部宣传科刘科长。很晚才见到侯。那时的肃宁城内大街,灯火明亮,人来人往,抗日队伍歌声雄壮,饭铺酒馆,家家客满,锅勺相击,人声喧腾。

侯同他的爱人带着茜茜,住在一家地主很深的宅子里,他把盒子枪上好子弹,放在身边。

第二天,他对我说:"这里太乱,你不习惯。"正好有人民自卫军司令部的一辆卡车,要回安国,他托吕正操的阎参谋长,把我带去。上车时风很大,他又去取了一件旧羊皮军大衣,叫我路上御寒。到了安国,我见到阎素、陈乔、李之琏等过去的同学同事,他们都在吕的政治部工作。

一九三八年春天,人民自卫军司令部,驻扎安平一带,我参加了抗日工作。一天,侯同家属、警卫,骑着肥壮高大的马匹来到安平,说是要调到山里学习,我尽地主之谊,请他们到家里吃了一顿饭。侯没有谈什么,他的妻子精神有些不佳。

一九三九年,我调到山里,不久就听说,侯因政治问题,已经不在人间。详细情形,谁也说不清楚。

今年,有另一位中学同学的女儿从保定来,是为她的父亲谋求平反的。说侯的妻子女儿,也都不在了。他的内弟刘韵波,是在晋东南抗日战场上牺牲的。这人我曾在保定见过,在同口,侯还为他举行过音乐会,美术方面也有才能。

当时代变革之期,青年人走在前面,充当搏击风云的前锋。时代赖青年推动而前,青年亦乘时代风云冲天高举。从事政治、军事活动者,最得风气之先。但是,我们的国家,封建历史的黑暗影响,积压很重。患难相处时,大家一片天真,尚能共济,一旦有了名利权势之争,很多人就要暴露其缺点,有时就死非其命或死非其所了。热心于学术者,表现虽稍落后,但就保全身命来说,所处境地,危险还小些。当然遇到"文化大革命",虽是不问政治的书呆子,也就难以逃脱其不幸了。

四

一九四七年,我又到白洋淀一行。我虽然在《冀中导报》吃饭,并不是这家报纸的正式记者。到了安新县,就没有按照采访惯例,到县委宣传部报到,而是住在端村冀中隆昌商店。商店的经理是刘纪,原是新世纪剧社的指导员,为人忠诚热情,是个典型的农村知识分子。在他那里,我写了几篇关于席民生活的文章,因为是商店,吃得也比较好。

刘纪在"三反"、"五反"运动中,受到批评,也受到一些委屈,精神有很长时间失常。现在完全好了,家在天津,还是不忘旧交,常来看我。他好写诗,有新有旧,订成许多大本子,也常登台朗诵。

他的记忆力,自从那次运动以来,显然是很不好,常常丢失东西。"文化大革命"后期,我在佟楼谪所,他从王林处来看我,坐了一会走了,随即有于雁军追来,说是刘纪错骑了她的车子。我说他已经走了老半天,你快去追吧。于雁军刚走,刘纪的儿子又来了,说他爸爸的眼镜丢了,是不是在我这里。我说:"你爸爸在我这里,他携带什么东西,走时我都提醒他,眼镜确实没丢在这里,你到王林那里去找吧!"他儿子说:"你提醒他也不解决问题,他前些日子去北京,住在刘光人叔叔那里,都知道他丢三落四,临走叔叔阿姨都替他打点什物,送他出门,在路上还不断问他落下东西没有,他说,这次可带全了,什么也没落下。到了车站,才发现他忘了带车票!"

　　我一直感念刘纪,对我那段生活和工作,热情的帮助和鼓励。那次在佟楼见面,我送了他三部书:一、石印《授时通考》,二、石印《南巡大典》,三、影印《云笈七签》。其实都不是什么贵重之物。那时发还了抄家物品,我正为书多房子小发愁,也担心火警。每逢去了抽烟的朋友,我总是手托着烟盘,侍立在旁边,以免火星飞到破烂的旧书上。送给他一些书,是减去一些负担,也减去一些担惊受怕。但他并不嫌弃这些东西,表示很高兴要。在那时,我的命运尚未最后定论,书也还被认为是四旧之一,我上竿送别人几本,有时也会遭到拒绝。所以我觉得刘确是个忠厚的人。

　　这就使我联想到另一个忠厚的人,刘纪的高小老师,名叫刘通庸。抗日时我认识了他,教了一辈子书,读了一辈子进步的书,教出了许多革命有为的学生,本身朴实得像个农民,对人非常热情、坦率。

　　我在蠡县的时候,常常路过他的家,他那时已经患了神经方面的病症,我每次去看他,他总不在家,不是砍草拾粪,就是放羊去了。他的书很多,堆放在东间炕头上,我每次去了,总要上炕去翻看一阵子,合适的就带走。他的老伴,在西间纺线,知道是我,从来也不闻不问,只管干她的活。

五

　　既然到了安新,我就想到同口去看看,说实在话,我想去那里,并不是基于什么怀旧之情。到了那里,也没有找过去的同事熟人,我知道很多人到外面工作去了。我投宿在老朋友陈乔的家里,这也是抗日战争期间养成的习惯,住在有些关系的户,在生活上可以得到一些特殊照顾。抗日期间,是统一战线政策,找房子住,也不注意阶级成分,住在地主、富农家里,房间、被褥、饮食,也方便些。

但这一次却因为我在《一别十年同口镇》这篇文章的结尾,说了几句朋友交情的话,其实也是那时党的政策,连同《新安游记》等篇,在同年冬季土地会议上,受到了批判。这两篇文章,前者的结尾,后者的开头,后来结集出版时,都作过修改。此次淮舟从报纸复制编入,一字未动,算是复其旧观。也看不出有什么问题,这是因为时过境迁,人的观点就随着改变了。当时弄得那么严重,主要是因为我的家庭成分,赶上了时候,并非文字之过。同时,山东师范学院,也发现了《冀中导报》上的批判文章,也函请他们复制寄来,以存历史实际。

我是老冀中,认识人也不少,那里的同志们,大体对我还算是客气的。有时受批,那是因为我不知趣。土改以后,我在深县工作半年,初去时还背着一点黑锅,但那时同志间,毕竟是宽容的,在我离开那里的时候,县委组织部长穆涛,给我的鉴定是:知识分子与工农干部相结合的模范!这绝不是我造谣,穆涛还健在。

当然,我不能承担这么高的评语。但我在战争年代,和群众相处,也确实还合得来。在那种环境,如果像目前这样生活,我就会吃不上饭,穿不上鞋袜,也保全不住性命。这么说,也有些可以总结的经验吗?有的。对工农干部的团结接近,我的经验有两条:一、无所不谈;二、烟酒不分。在深县时,县长、公安局长、妇联主任都和我谈得来。对于群众,到了一处,我是先从接近老太太们开始,一旦使她们对我有了好感,全村的男女老少,也就对我有了好感。直到现在,还有人说我善于拍老太太们的马屁。此外,因为我一向不是官儿,不担任具体职务,群众就会对我无所要求，也无所顾忌。对他们来说，我就像山水花鸟画一样，无益也无害。这样说个家长里短的，就很方便。此外，为人处世，就没有什么好的经验可以总结了。对于领导我的人，我都是很尊重的，但又不愿多去接近；对于和文艺工作有些关系的人，虽不一定是领导，文化修养也不一定高，却有些实权，好摆点官架，并能承上启下，汇报情况的人，我却常常应付不得其当。

六

话已经扯得很远，还是回到同口来吧。听说，我教书的那所小学校，楼房拆去了上层，下层现在是公社的仓库。当年同事，有死亡，也有健在的。在天津，近几年，发见两个当年的学生，一个是六年级的刘学海，现任水利局局长，前几天给我送来一条很大的鱼。一个是五年级的陈继乐，在军队任通讯处长，前些时给我送来一瓶香油。刘学海还说，我那时教国文，不根据课本，是讲一些革命的文艺作品。对于这些，我听起来很新鲜，但都忘记了。查《善闇室纪年》，关于同口，还有这样的记载："'五四'纪念，作讲演。学生演出之话剧，系我所作，深夜突击，吃冷馒头、熬小鱼，甚香。"

淮舟在编我的作品目录时，忽然想编一本书，包括我写的关于白洋淀的全部作品。最初，我是一点兴趣也没有的，也不好打他的兴头。又要我写序，因此联想起很多旧事，写起来很吃力，有时也并不是很愉快的。因为对于这一带人民的贡献和牺牲来说，在文艺作品中的反映，是太薄弱了。

1981年6月17日雨后写讫

新年悬旧照

我在年轻的时候，也是很爱照相的。中学读书时，同学同乡，每年送往迎来，总是要摄影留念。都是到照相馆去照，郑重其事，题字保存。

抗日战争时期，日本人一到村庄，对于学生，特别注意。凡是留有学生头，穿西式裤的人，见到就杀。于是保留了学生形象的相片，也就成了危险品。我参加了抗日，保存在家里的照片，我的妻，就都放进灶火膛里把它烧了。

我岳父家有一张我的照片，因为岳父去世，家里都是妇孺，没人知道外面的事，没有从墙上摘下来。叫日本鬼子看到，非要找相片上的人不可；家里找不到，在街上遇到一个和我容貌相仿的青年，不分青红皂白，打了个半死，经村里人左说右说，才算保住了一条性命。

这是抗战胜利以后，我刚刚到家，妻对我讲的一段使人惊心动魄的故事。她说："你在外头，我们想你。自从出了这件事，我就不敢想了，反正在家里不能呆，不管到哪里去飞吧！"

一九八一年编辑文集，苦于没有早期的照片，李湘洲同志提供了他在一九四六年给我照的一张。当时，我从延安回到冀中，在蠡县下乡体验生活，是在蠡县县委机关院里照的。我戴的毡帽系延安发给。棉袄则是到家以后，妻为我赶制的。当时经过八年战争，家中又无劳力，家用已经很是匮乏，这件棉袄，是她用我当小学教员时所穿的一件大夹袄改制而成。里面的衬衣，则是我路过张家口时，邓康同志从小市上给我买的。时值严冬，我穿上这件新做的棉衣，觉得很暖和，和家人也算是团聚一起了。

晚年见此照相，心里有很多感触，就像在冬季见到了春草春花一样。这并非草木可贵，而是时不再来。妻亡故已有十年，今观此照，还隐约可以看见她的针线，她在深夜小油灯下，为我缝制冬装的辛劳情景。这不能不使我回忆起入侵敌寇的残暴，以及我们这一代人所度过的艰难岁月。

1981 年 12 月

报纸的故事

一九三五年的春季，我失业家居。在外面读书看报惯了，忽然想订一份报纸看看。这在当时确实近于一种幻想，因为我的村庄，非常小又非常偏僻，文化教育也很落后。例如村里虽然有一所小学校，历来就没有想到订一份报纸。村公所就更谈不上了。而且，我想要订的还不是一种小报，是想要订一份大报，当时有名的《大公报》。这种报纸，我们的县城，是否有人订阅，我不敢断言，但我敢说，我们这个区，即子文镇上是没人订阅过的。

我在北京住过，在保定学习过，都是看的《大公报》。现在我失业了，住在一个小村庄，我还想看这份报纸。我认为这是一份严肃的报纸，是一些有学问的，有事业心的，有责任感的人，编辑的报纸。至于当时也是北方出版的报纸，例如《益世报》、《庸报》，都是不学无术的失意政客们办的，我是不屑一顾的。

我认为《大公报》上的文章好，它的社论是有名的，我在中学时，老师经常选来给我们当课文讲。通讯也好，有长江等人写的地方通讯，还有赵望云的风俗画。最吸引我的还是它的副刊，它有一个文艺副刊，是沈从文编辑的，经常登载青年作家的小说和散文。还有小公园，还有艺术副刊。

说实在的，我是想在失业之时，给《大公报》投投稿，而投了稿子去，又看不到报纸，这是使人苦恼的。因此，我异想天开地想订一份《大公报》。

我首先，把这个意图和我结婚不久的妻子说了说。以下是

我们的对话实录:

"我想订份报纸。"

"订那个干什么?"

"我在家里闲着很闷,想看看报。"

"你去订吧。"

"我没有钱。"

"要多少钱?"

"订一月,要三块钱。"

"啊!"

"你能不能借给我三块钱?"

"你花钱应该向咱爹去要,我哪里来的钱?"

谈话就这样中断了。这很难说是愉快,还是不愉快,但是我不能再往下说了。因为我的自尊心,确实受了一点损伤。是啊,我失业在家里呆着,这证明书就是已经白念了。白念了,就安心在家里种地过日子吧,还要订报。特别是最后这一句:"我哪里来的钱?"这对于作为男子汉大丈夫的我,确实是千钧之重的责难之词!

其实,我知道她还是有些钱的,作个最保守的估计,她可能有十五元钱。当然她这十五元钱,也是来之不易的。是在我们结婚的大喜之日,她的"拜钱"。每个长辈,赏给她一元钱,或者几毛钱,她都要拜三拜,叩三叩。你计算一下,十五元钱,她一共要起来跪下,跪下起来多少次啊。

她把这些钱,包在一个红布小包里,放在立柜顶上的陪嫁大箱里,箱子落了锁。每年春节闲暇的时候,她就取出来,在手里数一数,然后再包好放进去。

在妻子面前碰了钉子,我只好硬着头皮去向父亲要,父亲沉吟了一下说:

"订一份《小实报》不行吗?"

我对书籍、报章,欣赏的起点很高,向来是取法乎上的。《小实报》是北平出版的一种低级市民小报,属于我不屑一顾之类。我没有说话,就退出来了。

父亲还是爱子心切,晚上看见我,就说:

"愿意订就订一个月看看吧,集晌多粜一斗麦子也就是了。长了可订不起。"

在镇上集日那天,父亲给了我三块钱,我转手交给邮政代办所,汇到天津去。同时还寄去两篇稿子。我原以为报纸也像取信一样,要走三里路来自取的,过了不久,居然有一个专人,骑着自行车来给我送报了,这三块钱花得真是气派。他每隔三天,就骑着车子,从县城来到这个小村,然后又通过弯弯曲曲的,两旁都是黄土围墙的小胡同,送到我家那个堆满柴草农具的小院,把报纸交到我的手里。上下打量我两眼,就转身骑上车走了。

我坐在柴草上,读着报纸。先读社论,然后是通讯、地方版、国际版、副刊,甚至广告、行情,都一字不漏地读过以后,才珍重地把报纸叠好,放到屋里去。

我的妻子,好像是因为没有借给我钱,有些过意不去,对于报纸一事,从来也不闻不问。只有一次,带着略有嘲弄的神情,问道:

"有了吗?"

"有了什么?"

"你写的那个。"

"还没有。"我说。其实我知道,她从心里是断定不会有的。

直到一个月的报纸看完,我的稿子也没有登出来,证实了她的想法。

这一年夏天雨水大,我们住的屋子,结婚时裱糊过的顶棚、壁纸,都脱落了。别人家,都是到集上去买旧报纸,重新糊一下。那时日本侵略中国,无微不至,他们的旧报,如《朝日新闻》、《读

卖新闻》,都倾销到这偏僻的乡村来了。妻子和我商议,我们是不是也把屋子糊一下,就用我那些报纸,她说:

"你已经看过好多遍了,老看还有什么意思?这样我们就可以省下块数来钱,你订报的钱,也算没有白花。"

我听她讲的很有道理,我们就开始裱糊房屋了,因为这是我们的幸福的窝巢呀。妻刷浆糊我糊墙。我把报纸按日期排列起来,把有社论和副刊的一面,糊在外面,把广告部分糊在顶棚上。

这样,在天气晴朗,或是下雨刮风不能出门的日子里,我就可以脱去鞋子,上到炕上,或仰或卧,或立或坐,重新阅读我的所喜爱的文章了。

1982年2月9日

亡人逸事

一

旧式婚姻,过去叫做"天作之合",是非常偶然的。据亡妻言,她十九岁那年,夏季一个下雨天,她父亲在临街的梢门洞里闲坐,从东面来了两个妇女,是说媒为业的,被雨淋湿了衣服。她父亲认识其中的一个,就让她们到梢门下避避雨再走,随便问道:

"给谁家说亲去来?"

"东头崔家。"

"给哪村说的?"

"东辽城。崔家的姑娘不大般配,恐怕成不了。"

"男方是怎么个人家?"

媒人简单介绍了一下,就笑着问:

"你家二姑娘怎样?不愿意寻吧?"

"怎么不愿意。你们就去给说说吧,我也打听打听。"她父亲回答得很爽快。

就这样,经过媒人来回跑了几趟,亲事竟然说成了。结婚以后,她跟我学认字,我们的洞房喜联横批,就是"天作之合"四个字。她点头笑着说:

"真不假,什么事都是天定的。假如不是下雨,我就到不了你家里来!"

二

虽然是封建婚姻,第一次见面却是在结婚之前,定婚后,她们村里唱大戏,我正好放假在家里。她们村有我的一个远房姑姑,特意来叫我去看戏,说是可以相相媳妇。开戏的那天,我去了,姑姑在戏台下等我。她拉着我的手,走到一条长板凳跟前。板凳上,并排站着三个大姑娘,都穿得花枝招展,留着大辫子。姑姑叫着我的名字,说:

"你就在这里看吧,散了戏,我来叫你家去吃饭。"

姑姑的话还没有说完,我看见站在板凳中间的那个姑娘,用力盯了我一眼,从板凳上跳下来,走到照棚外面,钻进了一辆轿车。那时姑娘们出来看戏,虽在本村,也是套车送到台下,然后再搬着带来的板凳,到照棚下面看戏的。

结婚以后,姑姑总是拿这件事和她开玩笑,她也总是说姑姑会出坏道儿。

她礼教观念很重。结婚已经好多年,有一次我路过她家,想叫她跟我一同回家去,她严肃地说:

"你明天叫车来接我吧,我才走。"我只好一个人走了。

三

她在娘家,因为是小闺女,娇惯一些,从小只会做些针线活;没有下场下地劳动过。到了我们家,我母亲好下地劳动,尤其好打早起,麦秋两季,听见鸡叫,就叫起她来做饭。又没个钟表,有时饭做熟了,天还不亮。她颇以为苦。回到娘家,曾向她父亲哭诉。她父亲问:

"婆婆叫你早起,她也起来吗?"

"她比我起得更早。还说心痛我,让我多睡了会儿哩!"

"那你还哭什么呢?"

我母亲知道她没有力气,常对她说:

"人的力气是使出来的,要伸懒筋。"

有一天,母亲带她到场院去摘北瓜,摘了满满一大筐。母亲问她:

"试试,看你背得动吗?"

她弯下腰,挎好筐系猛一立,因为北瓜太重,把她弄了个后仰,沾了满身土,北瓜也滚了满地。她站起来哭了。母亲倒笑了,自己把北瓜一个个拣起来,背到家里去了。

我们那村庄,自古以来兴织布,她不会。后来孩子多了,穿衣困难,她就下决心学。从纺线到织布,都学会了。我从外面回来,看到她两个大拇指,都因为推机杼,顶得变了形,又粗、又短,指甲也短了。

后来,因为闹日本,家境越来越不好,我又不在家,她带着孩子们下场下地。到了集日,自己去卖线卖布。有时和大女儿轮换着背上二斗高粱,走三里路,到集上去粜卖。从来没有对我叫过苦。

几个孩子,也都是她在战争的年月里,一手拉扯成人长大的。农村少医药,我们十二岁的长子,竟以盲肠炎不治死亡。每逢孩子发烧,她总是整夜抱着,来回在炕上走。在她生前,我曾对孩子们说:

"我对你们,没负什么责任。母亲把你们弄大,可不容易,你们应该记着。"

四

一位老朋友、老邻居,近几年来,屡次建议我写写"大嫂"。

因为他觉得她待我太好,帮助太大了。老朋友说:

"她在生活上,对你的照顾,自不待言。在文字工作上的帮助,我看也不小。可以看出,你曾多次借用她的形象,写进你的小说。至于语言,你自己承认,她是你的第二源泉。当然,她瞑目之时,冰连地结,人事皆非,言念必不及此,别人也不会作此要求。但目前情况不同,文章一事,除重大题材外,也允许记些私事。你年事已高,如果仓促有所不讳,你不觉得是个遗憾吗?"

我唯唯,但一直拖延着没有写。这是因为,虽然我们结婚很早,但正像古人常说的:相聚之日少,分离之日多;欢乐之时少,相对愁叹之时多耳。我们的青春,在战争年代中抛掷了。以后,家庭及我,又多遭变故,直至最后她的死亡。我衰年多病,实在不愿再去回顾这些。但目前也出现一些异象:过去,青春两地,一别数年,求一梦而不可得。今老年孤处,四壁生寒,却几乎每晚梦见她,想摆脱也做不到。按照迷信的说法,这可能是地下相会之期,已经不远了。因此,选择一些不太使人感伤的断片,记述如上。已散见于其他文字中者,不再重复。就是这样的文字,我也写不下去了。

我们结婚四十年,我有许多事情,对不起她,可以说她没有一件事情是对不起我的。在夫妻的情分上,我做得很差。正因为如此,她对我们之间的恩爱,记忆很深。我在北平当小职员时,曾经买过两丈花布,直接寄至她家。临终之前,她还向我提起这一件小事,问道:

"你那时为什么把布寄到我娘家去啊?"

我说:

"为的是叫你做衣服方便呀!"

她闭上眼睛,久病的脸上,展现了一丝幸福的笑容。

1982年2月12日晚

芸斋琐谈

谈　妒

"文人相轻",是曹丕说的话。曹丕是皇帝、作家、文艺评论家,又是当时文坛的实际领导人,他的话自然是有很大的权威性。他并且说,这种现象是"自古而然",可见文人之间的相轻,几几乎是一种不可动摇的规律了。

但是,虽然他有这么一说,在他以前以后,还是出了那么多伟大的作家和作品,终于使我国有了一本厚厚的琳琅满目的文学史。就在他的当时,建安文学也已经巍然形成了一座艺术的高峰。

这说明什么呢?只能说明文人之相轻,只是相轻而已,并不妨碍更不能消灭文学的发展。文人和文章,总是不免有可轻的地方,互相攻磨,也很难说就是嫉妒。记得一位大作家,在回忆录中,记述了托尔斯泰对青年作家的所谓妒,并不当作恶德,而是作为美谈和逸事来记述的。

妒、嫉,都是女字旁,在造字的圣人看来,在女性身上,这种性质,是于兹为烈了。中国小说,写闺阁的妒嫉的很不少,《金瓶梅》写得最淋漓尽致,可以说是生命攸关、你死我活。其实这只能表示当时妇女生存之难,并非只有女人才是这样。

据弗洛伊德学派分析,嫉妒是一种心理状态,是人人都具有的,从儿童那里也可以看到。这当然是一种缺陷心理,是由于羡慕一种较高的生活,想获得一种较好的地位,或是想得到一种较贵重的东西产生的。自己不能得到心理的补偿,发现身边的人,或站在同等位置的人先得到了,就会产生嫉妒。

按照达尔文的生物学说以及遗传学说,这种心理,本来是不足奇怪,也无可厚非的。这是生物界长期在优胜劣败、物竞天择这一规律下生存演变,自然形成的,不分圣贤愚劣,人人都有份的一种本能。

它并不像有些理学家所说的,只有别人才会有,他那里没有。试想:性的嫉妒,可以说是一种典型的"妒",如果这种天生的正人君子,涉足了桃色事件,而且做了失败者,他会没有一点妒心,无动于衷吗?那倒是成了心理的大缺陷了。有的理论家把嫉妒归咎于"小农经济",把意识形态甚至心理现象简单地和物质基础联系起来,好像很科学。其实,"大农经济",资本主义经济,也没有把这种心理消灭。

蒲松龄是伟大的。他在一篇小说里,借一个非常可爱的少女的口说:"幸灾乐祸,人之常情,可以原谅。"幸灾乐祸也是一种嫉妒。

当然,这并不是一种可贵的心理,也不是不能克服的。人类社会的教育设施、道德准则,都是为了克服人的固有的缺陷,包括心理的缺陷,才建立起来并逐渐完善的。

嫉妒心理的一个特征是:它的强弱与引之发生的物象的距离,成为正比。就是说,一个人发生妒心,常常是由于只看到了近处,比如家庭之间、闺阁之内、邻居朋友之间,地位相同,或是处境相同,一旦别人较之上升,他就发生了嫉妒。

如果,他增加了文化知识,把眼界放开了,或是他经历了更多的社会磨炼,他的妒心,就会得到相应的减少与克服。

人类社会的道德准则,对这种心理,是排斥的,是认为不光彩的。这样有时也会使这种心理，变得更阴暗，发展为阴狠毒辣，驱使人去犯罪，造成不幸的事件。如果当事人的地位高，把这种心理加上伪装，其造成的不幸局面，就会更大，影响的人，也就会更多。

由嫉妒造成的大变乱，在中国历史上，是不乏例证的。远的不说，即如"文化大革命"，"四人帮"的所作所为，其中就有很大的嫉妒心理在作祟。他们把这种心理，加上冠冕堂皇的伪装，称之为"革命"，并且用一切办法，把社会分成无数的等级、差别，结果造成社会的大动乱。

革命的动力，是经济和政治主导的、要求的，并非仅凭嫉妒心理，泄一时之忿，可以完成的。以这种缺陷心理为主导，为动力，是不能支持长久的，一定要失败的。

最不容易分辨清楚的是：少数人的野心，不逞之徒的非分之想，流氓混混儿的趁火打劫，和广大群众受压迫，所表现的不平和反抗。

项羽看见秦始皇，大言曰："彼可取而代也。"猛一听，其中好像有嫉妒的成分。另一位英雄所喊的："帝王将相，宁有种乎？"乍一看也好像是一个人的愤愤不平，其实他们的声音是和时代，和那一时代的广大群众的心相连的，所以他们能取得一时的成功。

一九八一年十二月二十八日

谈　才

六十年代之末，天才二字，绝迹于报章。那是因为从政治上考虑，自然与文学艺术无关。

近年来，这两个字提到的就多了，什么事一多起来，也就有许多地方不大可信，也就与文学艺术关系不大了。例如神童之说,特异功能之说等等,有的是把科学赶到迷信的领地里去,有的却是把迷信硬拉进科学的家里来。

我在年幼时,对天才也是很羡慕的。天才是一朵花,是一种果实,一旦成熟,是很吸引人的注意的。及至老年,我的态度就有了些变化。我开始明白:无论是花朵或果实,它总是要有根的,根下总要有土壤的。没有根和土壤的花和果,总是靠不住的吧。因此我在读作家艺术家的传记时,总是特别留心他们还没有成为天才之前的那一个阶段,就是他们奋发用功的阶段,悬梁刺股的阶段;他们追求探索,四顾茫然的阶段;然后才是他们坦途行进,收获日丰的所谓天才阶段。

现在已经没有人空谈曹雪芹的天才了,因为历史告诉人们,曹除去经历了一劫人生,还在黄叶山村,对文稿披阅了十载,删改了五次。也没有人空谈《水浒传》作者的天才了,因为历史也告诉人们,这一作者除去其他方面的修养准备,还曾经把一百零八名人物绘成图样,张之四壁,终日观摩思考,才得写出了不同性格的英雄。也没有人空谈王国维的天才了,因为他那种孜孜以求,有根有据,博大精深的治学方法,也为人所熟知了。海明威负过那么多次致命的伤,中了那么多的弹片,他才写得出他那种有关生死的小说。

所以我主张,在读天才的作品之前,最好先读读他们的可靠的传记。说可靠的传记,就是真实的传记,并非一味鼓吹天才的那种所谓传记。

天才主要是有根,而根必植在土壤之中。对文学艺术来说,这种土壤,就是生活,与人民有关的,与国家民族有关的生活。从这里生长起来,可能成为天才,也可能成不了天才,但终会成为有用之材。如果没有这个根柢,只是从前人或国外的文字成品上,模仿一些,改装一些,其中虽也不乏一些技巧,但终不能成为天才的。

谈　名

名之为害,我国古人已经谈得很多,有的竟说成是"殉名",就是因名致死,可见是很可怕的了。

但是,远名之士少,近名之士还是多。因为在一般情况下,名和利又常常联系在一起,与生活或者说是生计有关,这也就很难说了。

习惯上,文艺工作中的名利问题,好像就更突出。

余生也晚,旧社会上海滩上文坛的事情,知道得少。我发表东西,是在抗日战争时期和解放战争时期。这两个时期,在敌后根据地,的的确确没有稿费一说。战士打仗,每天只是三钱油三钱盐,文人拿笔写点稿子,哪里还能给你什么稿费?虽然没有利,但不能说没有名,东西发表了,总是会带来一点好处的。不过,冷静地回忆起来,所谓"争名夺利"中的两个动词,在那个时代,是要少一些,或者清淡一些。

进城以后,不分贤与不肖,就都有了这个问题,或多或少。每个人也都有不少经验教训,事情昭然,这里也就不详谈了。

文人好名,这是个普遍现象,我也不例外,曾屡次声明过。有一点点虚名,受过不少实害,也曾为之发过不少牢骚。对文与名的关系,或者名与利的关系,究竟就知道得那么详细?体会得那么透彻吗?也不尽然。

就感觉所得,有的人是急于求名,想在文学事业上求得发展。大多数是青年,他们有的在待业,有的虽有职业,而不甘于平凡工作的劳苦,有的考大学未被录取,有的是残疾。他们把文学事业想得很简单,以为请一个名师,读几本小说,订一份杂志,就可以了。我有时也接到这些青年人的来信,其中有不少是很朴实诚笃的人,他们确是把文章成名看做是一种生活理想,一种摆脱困难处境的出路。我读了他们的信，常常感到心里很沉重，甚至很难过。但如果我直言不讳，说这种想法太天真，太简单，又恐怕扫他们的兴，增加他们的痛苦。

也有一种幸运儿，可以称之为"浪得名"的人。这在五十年代末至七十年代末，几十年间，是常见的，是接二连三出现的。或以虚报产量，或以假造典型，或造谣言，或交白卷，或写改头换面的文章，一夜之间，就可以登名报纸，扬名宇内。自然，这种浪来之名，也容易浪去，大家记忆犹新，也就不再多说了。

还有一种，就是韩愈说的"动辄得咎，名亦随之"的名。在韩愈，他是总结经验，并非有意投机求名。后来之士，却以为这也是得名的一个好办法。事先揣摩意旨，观察气候，写一篇小说或报告，发人所不敢言者。其实他这样做，也是先看准现在是政治清明，讲求民主，风险不大之时。如果在阶级斗争不断扩大化的年代，弄不好，会戴帽充军，他也就不一定有这般勇气了。

总之，文人之好名——其实也不只文人，是很难说也难免的，不可厚非的。只要求出之以正，靠努力得来就好了。江青不许人谈名利，不过是企图把天下的名利集结在她一人的身上。文优而仕，在我们国家，是个传统，也算是仕途正路。虽然如什么文联、协会之类的官，古代并没有，今天来说，也不上仕版，算不得什么官，但在人们眼里，还是和名有些关联，和生活有些关联。因此，有人先求文章通显，然后转入宦途，也就不奇怪了。

戴东原曰：仆数十年来……其得于学者，不以人蔽己，不以己自蔽。不为一时之名，亦不期后世之名。凡求名之弊有二，非掊击前人以自表襮；即依傍昔儒，以附骥尾。二者不同，而鄙吝之心同。是以君子务在闻道也。

他的话，未免有点高谈阔论吧！但道理还是有的。

一九八二年四月二十五日晨

谈 谀

字典:逢迎之言曰谀,谓言人之善不实也。

谀,是一向当作不好的表现的。其实,在生活之中,是很难免的。我不知道,有没有一生之中,从来也没有谀过人的人。我回想了一下,自己是有过的。主要是对小孩、病人、老年人。

关于谀小孩,还有个过程。我们乡下,有个古俗,孩子缺的人家,生下女孩,常起名"丑"。孩子长大了,常常是很漂亮的。人们在逗弄这个小孩时,也常常叫"丑闺女,丑闺女",她的父母,并不以为怪。

进入城市以后,长年居住在大杂院之中,邻居生了一个女孩,抱了出来叫我看。我仍然按照乡下的习惯,摸着小孩的脸蛋说:"丑闺女,丑闺女",孩子的母亲非常不高兴,脸色难看极了,引起我的警惕。后来见到同院的人,抱出小孩来,我就总是说:"漂亮,这孩子真漂亮!"漂亮不漂亮,是美学问题,含义高深,因人而异,说对说错,向来是没有定论的。但如果涉及胖瘦问题,即近于物质基础的问题,就要实事求是一些,不能过谀了。有一次,有一位妈妈,抱一个孩子叫我看,我当时心思没在那上面,就随口说:"这孩子多胖,多好玩!"孩子妈妈又不高兴了,抱着孩子扭身走去。我留神一看,才发现孩子瘦成了一把骨。又是一次经验教训。

对于病人,我见了总好说:"好多了,脸色不错。"有的病人听了,也不一定高兴,当然也不好表示不高兴,因为我并无恶意。对老年人,常常是对那些好写诗的老年人,我总说他的诗写得好,至于为了什么,我在这里就不详细交代了。

但我自信,对青年人,我很少谀。过去如此,现在仍然如此。既非谀,就是直言(其实也常常拐弯抹角,吞吞吐吐)。因此,就有人说我是好"教训"人。当今之世,吹捧为上,"教训"二字,可是要常常得罪人,并有时要招来祸害的。

不过,我可以安慰自己的,是自己也并不大愿意听别人对我的谀,尤其是青年人对我的谀。听到这些,我常常感到惭愧不安,并深深为说这种话的人惋惜。

至于极个别的,谀他人(多是老一辈)的用心,是为了叫他人投桃报李,也回敬自己一个谀,而当别人还没有来得及这样去做,就急急转过身去,不高兴,口出不逊,以表示自己敢于革命,想从另一途径求得名声的青年,我对他,就不只是惋惜了。

附记:

我平日写文章,只能作一题。听说别人能于同时进行几种创作,颇以为奇。今晨于写作"谈名"之时,居然与此篇交插并进,系空前之举。盖此二题,有相通之处,本可合成一篇之故也。

谈　谅

古代哲人、伟大的教育家孔子,在教人交友时特别强调一个"谅"字。

孔子的教学法,很少照本宣科,他总是把他的人生经验作为活的教材,去告诉他的弟子们,交友之道,就是其一。

是否可以这样说呢,人类社会之所以能维持下来,不断进步,除去革命斗争之外,有时也是互相谅解的结果。

谅,就是在判断一个人的失误时,能联系当时当地的客观条件,加以分析。

三十年代初,日本的左翼文学,曾经风起云涌般的发展,但很快就遭到政府镇压,那些左翼作家,又风一般向右转,当时称做"转向"。有人对此有所讥嘲。鲁迅先生说:这些人忽然转向,当然不对,但那里——即日本——的迫害,也实在残酷,是我们在这里难以想象的。他的话,既有原则性,也有分析,并把仇恨引到法西斯制度上去。

十年动乱,"四人帮"的法西斯行为,其手段之残忍,用心之卑鄙,残害规模之大,持续时间之长,是中外历史没有前例的,使不少优秀的,正当有为之年的,甚至是聪明乐观的文艺工作者自裁了。事后,有人为之悲悼,也有人对之责难,认为是"软弱",甚至骂之为"浑"为"叛","世界观有问题"。这就很容易使人们想起,有些造反派把某人迫害致死后,还指着尸体骂他是自绝于人民,死不改悔等等,同样是令人难以索解的奇异心理。如果死者起身睁眼问道:"你又是怎样活过来的呢?十年中间,你的言行都那么合乎真理正义吗?"这当然就同样有失于谅道了。

死去的是因为活不下去,于是死去了。活着的,是因为不愿意死,就活下来了。这本来都很简单。

王国维的死,有人说是因为病,有人说是因为钱(他人侵吞了他的稿费),有人说是被革命所吓倒,有人说是殉葬清朝。

最近我读到了他的一部分书札。在治学时,他是那样客观冷静,虚怀若谷,左顾右盼,不遗毫发。但当有人"侵犯"了一点点皇室利益,他竟变得那样气急败坏,语无伦次,强词夺理,激动万分。他不过是一个逊位皇帝的"南书房行走",他不重视在中外学术界的权威地位,竟念念不忘他那几件破如意,一件上朝用的旧披肩,我确实为之大为惊异了。这样的性格,真给他一个官儿,他能做得好吗?现实可能的,他能做的,他不安心去做,而去追求迷恋他所不能的,近于镜花水月的事业,并以死赴之。这是什么道理呢?但终于想,一个人的死,常常是时代的悲剧。这一悲剧的终场,前人难以想到,后人也难以索解。他本人也是不太明白的,他只是感到没有出路,非常痛苦,于是就跳进了昆明湖。长期积累的,耳习目染的封建帝制余毒,在他的心灵中,形成了一个致命的大病灶。心理的病加上生理的病,促使他死亡。

他的学术是无与伦比的。我上中学的时候,就买了一本商务印的带有圈点的《宋元剧曲史》,对他非常崇拜。现在手下又有他的《流沙坠简》,《观堂集林》等书,虽然看不大懂,但总想从中看出一点他治学的方法,求知的道路。对他的糊里糊涂的死亡,也就有所谅解,不忍心责难了。

还有罗振玉,他是善终的。溥仪说他在大连开古董铺,卖假古董。这可能是事实。这人也确是个学者,专门做坟墓里的工作。且不说他在甲骨文上的研究贡献,就是抄录那么多古碑,印那么多字帖,对后人的文化生活,提供了多少方便呀!了解他的时代环境,处世为人,同时也了解他的独特的治学之路,这也算是对人的一种谅解吧。他印的书,价虽昂,都是货真价实,精美绝伦的珍品。

谅,虽然可以称做一种美德,但不能否认斗争。孔子在谈到谅时,是与直和多闻相提并论的。直就是批评,规劝,甚至斗争。多闻则是指的学识。有学有识,才有比较,才有权衡,才能判断:何者可谅,何者不可谅。一味去谅,那不仅无补于世道,而且会被看成呆子,彻底倒霉无疑了。

一九八二年五月十五日

谈　　慎

人到晚年,记忆力就靠不住了。自恃记性好,就会出错。记得鲁迅先生,在晚年和人论战时,就曾经因把《颜氏家训》上学鲜卑语的典故记反了,引起过一些麻烦。我常想,以先生之博闻强记,尚且有时如此,我辈庸碌,就更应该随时注意。我目前写作,有时提笔忘字,身边有一本过去商务印的学生字典给我帮了不少忙。用词用典,心里没有把握时,就查查《辞海》,很怕晚年在

20世纪70年代初　河北白洋淀

20世纪70年代末　天津

文字上出错，此生追悔不及。

　　这也算是一种谨慎吧。在文事之途上，层峦叠嶂，千变万化，只是自己谨慎还不够，别人也会给你插一横杠。所以还要勤，一时一刻也不能疏忽。近年来，我确实有些疏懒了，不断出些事故，因此，想把自己的书斋，颜曰"老荒"。

　　新写的文章，我还是按照过去的习惯，左看右看，两遍三遍地修改。过去的作品这几年也走了运，有人把它们东编西编，名目繁多，重复杂遝不断重印。不知为什么，我很没兴趣去读。我认为是炒冷饭，读起来没有味道。这样做，在出版法上也不合适，可也没有坚决制止，采取了任人去编的态度。校对时，也常常委托别人代劳。文字一事，非同别个，必须躬亲。你不对自己的书负责，别人是无能为力，或者爱莫能助的。

　　最近有个出版社印了我的一本小说选集，说是自选，我是让编辑代选的。她叫我写序，我请她摘用我和吴泰昌的一次谈话，作为代序。清样寄来，正值我身体不好，事情又多，以为既是摘录旧文章，不会有什么错，就请别人代看一下寄回付印了。后来书印成了，就在这个关节上出了意想不到的毛病。原文是我和吴泰昌的谈话，编辑摘录时，为了形成一篇文章，把吴泰昌说的话，都变成了我的话。什么在我的创作道路上，一开始就燃烧着人道主义的火炬呀。什么形成了一个大家公认的有影响的流派呀。什么中长篇小说，普遍受到好评呀。别人的客气话，一变而成了自我吹嘘。这不能怪编辑，如果我自己能把清样仔细看一遍，这种错误本来是可以避免的。此不慎者一。

　　近年来，有些同志到舍下来谈后，回去还常常写一篇文字发表，其中不少佳作，使我受到益处。也有用报告文学手法写的，添枝加叶，添油加醋。对此，直接间接，我也发表过一些看法。最近又读到一篇，已经不只是报告文学，而是近似小说了。作者来到我家，谈了不多几句话，坐了不到一刻钟，当时有旁人在座，可以做证。但在他的访问记里,我竟变成了一个讲演家,大道理滔滔不绝地出自我的口中,他都加上了引号,这就使我不禁为之大吃一惊了。

当然,他并不是恶意,引号里的那些话,也都是好话,都是非常正确的话,并对当前的形势,有积极意义。千百年后,也不会有人从中找出毛病来的。可惜我当时并没有说这种话,是作者为了他的主题,才要说的,是为了他那里的工作,才要说的。往不好处说,这叫"造作语言",往好处说,这是代我"立言"。什么是访问记的写法,什么是小说的写法,可能他分辨不清吧。

如果我事先知道他要写这篇文章,要来看看就好了,就不会出这种事了。此不慎者二。

我是不好和别人谈话的,一是因为性格,二是因为疾病,三是因为经验。目前,我的房间客座前面,压着一张纸条,上面就有一句:谈话时间不宜过长。

写文章,自己可以考虑,可以推敲,可以修改,尚且难免出错。言多语失,还可以传错、领会错,后来解释、补充、纠正也来不及。有些人是善于寻章摘句,捕风捉影的。他到处寻寻觅觅,捡拾别人的话柄,作为他发表评论的资本。他评论东西南北的事物,有拓清天下之志。但就在他管辖的那个地方,就在他的肘下,却常常发生一些使天下为之震惊的奇文奇事。

这种人虽然还在标榜自己一贯正确,一贯坚决,其实在创作上,不过长期处在一种模仿阶段,在理论上,更谈不上有什么一贯的主张。今日宗杨,明日师墨,高兴时,鹦鹉学舌,不高兴,反咬一口。根子还是左右逢迎,看风使舵。

和这种人对坐,最好闭口。不然,就"离远一点"。

《水浒传》上描写:汴梁城里,有很多"闲散官儿"。为官而闲在,幼年读时,颇以为怪。现在不怪了。这些人,没有什么实权,也没有多少事干,但又闲不住。整天价在三瓦两舍,寻欢取乐,也在诗词歌赋上，互相挑剔，寻事生非。他们的所作所为，虽不一定能影响整个社会的安定团结，但"文苑"之长期难以平静无事，恐怕这也是一个原因吧？此应慎者三。

一九八二年五月二十八日晨再改一次

谈 赠 书

青年时，每出一本书，我总是郑重其事，签名赠给朋友们，同事们，师长们。这是青年时的一种兴致，一种想法，一种情谊。后来我病了，无书可赠，经过"文化大革命"，这种赠书的习惯，几乎断绝。

这几年，我的书接连印了不少，我很少送人。除去出版社送我的二十本，我很少自己预定。我想：我所在地方的党政领导，文化界名流，出版社早就送去了，我用不着再送，以免重复。朋友们都上了年岁，视力不佳，兴趣也不在这上面，就不必送了。我的书大都是旧作，他们过去看过，新写的文章，没有深意，他们也不会去看的。

当然也有例外。近些年来有的同志，把书看成一种货物，一种交换品，或者说是流通品。我有一位老战友，从外地调到本市，正赶上《白洋淀纪事》重印出版。他先告诉我，给他在北京的小姨子寄一本，我照地址寄去了。他要我再送他一本，他住招待所，他把书送给了服务员。他再要一本，我又在书上签了名。他拿着书到街上去了。年纪大了尿频，他想找个地方小便。正好路过我所在的机关，他把书交给传达室说："我刚从某某那里出来，他还送我一本书哩。你们的厕所在什么地方？"

等他小解出来，也不再要那本书，扬长走去了。

传达室问："书哩？"

"你们看吧！"他摆摆手。他是想用这本书拉上关系，永远打开这座方便之门。

老战友直言不讳告诉我这些事。我作何感想？再赠他书，当然就有些戒心了，但是没有办法。他消息灵通，态度执着，每逢我出了书，还是有他的份儿。至于他怎样去处理，只好不闻不问。

这些年，素不相识的人，写信来要书的也不少。一般的，我是分别对待。对于那些先引证鲁迅如何在书店送书给青年等等范例的人，暂时不送。非其人而责以其人之事，不为也。对于那些先对我进行一大段吹捧，然后要书的人，暂时也不送。我有时看出：他这样的信，不只发向我一人。对于用很大篇幅，很多细节描述自己如何穷困，像写小说一样的人，也暂时不送。我想，他何不把这些心思，这些力量，用去写自己的作品？

我不是一个慷慨的人，是一个吝啬的人；不是一个多情的人，是一个薄情的人。

但是，对于那些也是素不相识，信上也没有向我要书，只是看到他们的信写得清楚，写得真挚；寄来的稿子，虽然不一定能够发表，但下了功夫，用了苦心的青年人，我总是主动地寄一本书去。按照他们的程度，他们的爱好，或是一本小说，或是一本散文，或是一本文论。如果说，这些年，我也赠过一些书，大部分就是送给这些人了。我觉得这样赠书，才能书得其所，才能使书发挥它的作用，得到重视和爱护。

我是穷学生出身，后又当薪给微薄的村塾教师，爱书爱了一辈子。积累的经验是：只有用自己劳动所得买来的书，才最知爱惜，对自己也最有用。公家发给的书，别处来的材料，就差一些。

鲁迅把别人送给他的书，单独放在一个书柜里。自己印了书，郑重地分赠学生和故交，这是先贤的古道。我虽然把别人送我的书，也单独放在一个书架上，却是开放的，孩子们和青年朋友们，可以随便翻阅，也可以拿走，去古道就很远了。

许寿裳和鲁迅是至交。鲁迅生前有新著作,总是送他一本的。鲁迅逝世之后,许寿裳向许广平要一本鲁迅的书,总是按价付款。这时许广平的生活,已经远不如鲁迅生前。这也是一种古道。

四川出版了我的小说选,那里的编辑同志,除赠书二十册外,又热情地代我买了五十册。我收到这些书以后,想到机关同组的同志,共事多年,应该每人送一本。书送去以后,竟争相传言:某某在发书,你快去领吧!

像那些年发材料一样热闹,使我非常败兴,就再也不愿做这种傻事了。

一九八四年十月二十二日

谈　照　相

自从五十年代,患病以后,我就很少照相,每逢照相,我总感到紧张,头也有些摇动。这都是摄影家的大忌。他们见到我那不高兴的样儿,总是说:

"你乐一乐!"

然而我乐不上来,有时是一脸苦笑,引得摄影家更不高兴了,甚至有的说:

"你这样,我没法给你照!"

"那就不要照了。"我高兴地离开座位。不欢而散。

当然,有的摄影家,也能体谅下情。他们不摆弄我,也不强求我笑,只是拿着机子,在一边等着,看到我从容的时候,就按一下。因此,这几年还是照了几张不错的照片。其中有毕东、张朝玺、于家祯的作品。

今年,来找我照相的,忽然多起来,比要我写稿的人还多。我心里是明白的,我老了,有今年没明年的,与朋友们合个影,留个纪念,是我应尽的义务。所以,凡是来照的,不管认识与否,年长年幼,我总是不惜色相,使人家满意而去。

但还是乐不上来。虽然乐不上来,也常常想:为人要识抬举,要通情达理。快死了,弄到这样,算是不错了。那些年,避之惟恐不及,还有人来给你照相,和你合影?

当然也不是一张没照过。有一次批斗大会,被斗者站立一排,都低头弯腰,我因为有病,被允许低头坐在地上。不知谁出的主意,把摄影记者叫了来,要给我们摄影留念。立着的还好办,到我面前,我想要坏。还好,摄影记者把机子放在地上,镜头朝上,一次完成任务。第二天见报,当然是造反小报,我的形象还很清楚。

一九五二年吧,中国作家协会召开大会。临结束那一天,通知到中南海照相。我虽然不愿在人多的场合照相,但这是不能不去的。记得穿过几个过道,到了一个空场。凳子都摆好了,我照例往后面跑。忽然有人喊:

"理事坐前面!"

我是个理事,只好回到前面坐下,旁边是田间同志。这时,有几位中央首长,已经说笑着来到面前,和一些作家打招呼。我因为谁也不认识,就低头坐在那里。忽然听到鼓起掌来,毛主席穿着黄色大衣,单独出来,却不奔我们这里,一直缓步向前走。走到一定的地方,一转身,正面对我们。人们鼓掌更热烈了。

我也没看清毛主席怎样落座,距离多远。只听田间小声说:
"你怎么一动也不动?"

我那时,真是紧张到了屏息呼吸,不敢仰视的地步。

人们安静下来,能转动的大照相机也摆布好了。天不作美,忽然飘起雪花来,像虽然照了,第二天却未能见报,大概没有照好吧。

一生只有这样一次机会,也没能弄到一张值得纪念的照片。

倒霉的照片能见报，光彩的照片不能见报。在照相一事上，历史总是和我开玩笑。

照相虽是个人的写真，然也只能看做浮光掠影。后之照，我为理事，坐于前排，前之照，则为黑帮，也坐于前排。都已经是过去的事了。

我青年时期的照片，经过战乱，都找不到了，亲朋故旧，都无存者。我很想得到一张那时的照片。那时的表情，一定是高兴的，有笑容的。

一九八六年四月四日，清明前一天

母亲的记忆

母亲生了七个孩子,只养活了我一个。一年,农村闹瘟疫,一个月里,她死了三个孩子。爷爷对母亲说:

"心里想不开,人就会疯了。你出去和人们斗斗纸牌吧!"

后来,母亲就养成了春冬两闲和妇女们斗牌的习惯;并且常对家里人说:

"这是爷爷吩咐下来的,你们不要管我。"

麦秋两季,母亲为地里的庄稼,像疯了似的劳动。她每天一听见鸡叫就到地里去,帮着收割、打场。每天很晚才回到家里来。她的身上都是土,头发上是柴草。蓝布衣裤,汗湿得泛起一层白碱,她总是撩起褂子的大襟,抹去脸上的汗水。她的口号是:"争秋夺麦!""养兵千日,用兵一时!"一家人谁也别想偷懒。

我生下来,就没有奶吃。母亲把馍馍晾干了,再粉碎煮成糊喂我。我多病,每逢病了,夜间,母亲总是放一碗清水在窗台上,祷告过往的神灵。母亲对人说:"我这个孩子,是不会孝顺的,因为他是我烧香还愿,从庙里求来的。"

家境小康以后,母亲对于村中的孤苦饥寒,尽力周济,对于过往的人,凡有求于她,无不热心相帮。有两个远村的尼姑,每年麦秋收成后,总到我们家化缘。母亲除给她们很多粮食外,还常留她们食宿。我记得有一个年轻的尼姑,长得眉清目秀。冬天住在我家,她怀揣一个蝈蝈葫芦,夜里叫得很好听,我很想要。第二天清早,母亲告诉她,小尼姑就把蝈蝈送给我了。

抗日战争时,村庄附近,敌人安上了炮楼。一年春天,我从远处回来,不敢到家里去,绕到村边的场院小屋里。母亲听说了,高兴得不知给孩子什么好。家里有一棵月季,父亲养了一春天,刚开了一朵大花,她折下就给我送去了。父亲很心痛,母亲笑着说:"我说为什么这朵花,早也不开,晚也不开,今天忽然开了呢,因为我的儿子回来,它要先给我报个信儿!"

一九五六年,我在天津,得了大病,要到外地去疗养。那时母亲已经八十多岁,当我走出屋来,她站在廊子里,对我说:
"别人病了往家里走,你怎么病了往外走呢!"
这是我同母亲的永诀。我在外养病期间,母亲去世了,享年八十四岁。

1982 年 12 月

青 春 余 梦

我住的大杂院里,有一棵大杨树,树龄至少有七十年了。它有两围粗,枝叶茂密。经过动乱、地震,院里的花草树木,都破坏了,唯独它仍然矗立着。这样高大的树木,在这个繁华的大城市,确实少见了。

我幼年时,我们家的北边,也有一棵这样大的杨树。我的童年,有很多时光是在它的下面、它的周围度过的。我不只在秋风起后,在那里拣过杨叶,用长长的柳枝穿起来,像一条条的大蜈蚣;在春天度荒年的时候,我还吃过杨树飘落的花,那可以说是最苦最难以下咽的野菜了。

现在我已经老了,蛰居在这个大院里,不能再向远的地方走去,高的地方飞去。每年冬季,我要生火炉,劈柴是宝贵的,这棵大杨树帮了我不少忙。霜冻以后,它要脱落很多干枝,这种干枝,稍稍晒干,就可以生火,很有油性,很容易点着。每听到风声,我就到它下面去拣拾这种干枝,堆在门外,然后把它们折断晒干。

在这些干枝的表皮上,还留有绿的颜色,在表皮下面,还有水分。我想:它也是有过青春的呀!正像我也有过青春一样。然而它现在干枯了,脱落了,它不是还可以帮助别人生起火炉取暖吗?

是为序。

我的青春的最早阶段,是在保定育德中学度过的。保定是一座古老的城市,荒凉的城市,但也是很便于读书的城市。在这个城市,我呆了六年时间。在课堂上,我念英语,演算术。在课外,我在学校的图书馆,领了一个小木牌,把要借的书名写在上面,交给在小窗口等待的管理员,就可以拿到要看的书。图书管理员都是博学之士。星期天,我到天华市场去看书,那里有一家卖文具的小铺子,代卖各种新书。我可以站在那里翻看整整半天,主人不会干涉我。我在他那里看过很多种新书,只买过一本。这本书,我现在还保存着。我不大到商务印书馆去,它的门半掩着,柜台很高,望不见它摆的书籍。

读书的兴趣是多变的,忽然想看古书了;又忽然想看外国文学了;又忽然想研究社会科学了,这都没有关系。尽量去看吧,每一种学科,都多读几本吧。

后来,我又流浪到北平去了。除了买书看书,我还好看电影,好听京戏,迷恋着一些电影明星,一些科班名角。我住在东单牌楼,晚上,一个人走着到西单牌楼去看电影,到鲜鱼口去听京戏。那时长安大街多么荒凉、多么安静啊! 一路上,很少遇到行人。

各种艺术都要去接触。饥饿了,就掏出剩下的几个铜板,坐在露天的小饭摊上,吃碗适口的杂菜烩饼吧。

有一阵子,我还好歌曲,因为民族的苦难太深重了,我们要呼喊。

无论保定和北平,都曾使我失望过,痛苦过。但也都给过我安慰和鼓舞,留下的印象是深刻的。我在那里得到过朋友们的帮助,也爱过人,同情过人。写过诗,写过小说,都没有成功。我又回到农村来了,又听到杨树叶子,哗哗地响着。

后来,我参加了抗日战争,关于这,我写得已经很多了。战争,充实了我的青春,也结束了我的青春。

我的青春,价值如何? 是欢乐多,还是痛苦多? 是安逸享受多,还是颠沛流离多?是虚度,还是有所作为,都不必去总结了。时代有总的结论,总的评价。个人是一滴水,如果滴落在江河,流向大海,大海是不会涸竭的。正像杨树虽有脱落的枝叶,它的本身是长存的。我祝愿它长存!

　　是为本文。

一九八二年十二月六日清晨

芸斋梦余

关　于　花

　　青年时的我,对花是没有什么感情的,心里只有衣食二字。童年的印象里没有花。十四岁上了中学,学校里有一座很小的校园,一个老园丁。校园紧靠图书馆,有点时间,我宁肯进图书馆,很少到校园。在上植物学课时,张老师(河南人)带领我们去看含羞草啊,无花果啊,也觉得实在没有意思。校园里有一棵昙花,视为希罕之物,每逢开花,即使已经下了晚自习,张老师还要把我们集合起来,排队去观赏,心里更认为他是多此一举,小题大做。

　　毕业后,为衣食奔走,我很少想到花,即使逛花园,心里也是沉重的。后来,参加了抗日战争,大部分时间是在山里打游击。山里有很多花,村头,河边,山顶都有花。杏花,桃花,梨花,还有很多野花,我很少观赏。不但不观赏,行军时践踏它们,休息时把它们当坐垫,无情地、无意识地拔起身边的野花,连嗅一嗅的兴趣都没有,抛到远处去,然后爬起来赶路。

　　我,青春时代,对花是无情的,可以说是辜负了所有遇到的花。

　　写作时,我也没有用花形容过女人。这不只是因为有先哲的名言,也是因为那时的我,认为用花来形容什么,是小资产阶级意识的表现。

及至现在,我老了,白发疏稀,感觉迟钝,我很喜爱花了。我花钱去买花,用磁的花盆去栽种。然而花不开,它们干黄、枯萎,甚至不活。而在十年动乱时,造反派看中我的花盆,把花全部端走了。我对花的感情最浓厚,最丰盛,投放的精力也最大。然而花对我很冷漠,它们几乎是背转脸去,毫无笑模样,再也不理我。

这不能说是花对我无情,也不能怨它恨它,是它对我的理所当然的报复。

关 于 果

战争时期,我经常吃不饱。霜降以后我常到山沟里去,拣食残落的红枣、黑枣、梨子和核桃。树下没有了,我仰头望着树上,还有打不净的。稍低的用手去摘,再高的,用石块去投。常常望见在树的顶梢,有一个最大的、最红的、最引诱人的果子。这是主人的竿子也够不着,打不下来,才不得不留下来,恨恨地走去的。我向它瞄准,投了十下,不中。投了一百下,还是不中。我环绕着树身走着,望着,计划着。最后,我的脖颈僵了,筋疲力尽了,还是投不下来。我望着天空,面对四方,我希望刮起一股劲风,把它吹下来。但终于天气晴和,一丝风也没有。红果在天空摇曳着,讪笑着,诱惑着。

天晚了,我只好回去,我的肚子更饿了,这叫做得不偿失,无效劳动。我一步一回头,望着那颗距离我越来越远的红色果子。

夜里,我又梦见了它。第二天黎明,集合行军了,每人发了半个冷窝窝头。要爬上前面一座高山,我把窝窝头吃光了。还没爬到山顶,我饿得晕倒在山路上。忽然我的手被刺伤了,我醒来一看,是一棵酸枣树。我饥不择食,一把捋去,把果子、叶子、树枝和刺针,都塞到嘴里。

年老了,不再愿吃酸味的水果,但酸枣救活了我,我感念酸枣。每逢见到了酸枣树,我总是向它表示敬意。

关 于 河

听说,我家乡的滹沱河,已经干涸很多年了,夏天也没有一点水。我在一部小说里,对它作过详细的描述,现在要拍摄这些场面,是没有办法了。听说家乡房屋街道的形式,也大变了。

建筑是艺术的一种,它必然随着政治的变动,改变其形式。它的形式,是受经济基础决定的。

关于河流,就很难说了。历史的发展,可以引起地理环境的变动吗?大概是肯定的。

这条河,在我的童年,每年要发水,泛滥所及,冲倒庄稼,有时还冲倒房子。它带来黄沙,也带来肥土,第二年就可以吃到一季好麦。它给人们带来很多不便,夏天要花钱过惊险的摆渡,冬天要花钱过摇摇欲坠的草桥。走在桥上,仄仄闪闪的,吱吱呀呀的,下面是围着桥桩堆积起来的坚冰。

童年,我在这里,看到了雁群,看到了鹭鸶。看到了对艚大船上的船夫船妇,看到了纤夫,看到了白帆。他们远来远去,东来西往,给这一带的农民,带来了新鲜奇异的生活感受,彼此共同的辛酸苦辣的生活感受。

对于这条河流,祖祖辈辈,我没有听见人们议论过它的功过。是喜欢它,还是厌恶它,是有它好,还是没有它好。人们只是觉得,它是大自然的一部分。而大自然总是对人们既有利又有害,既有恩也有怨,无可奈何。

河,现在干涸了,将永远不存在了。

一九八二年十二月十九日

猫鼠的故事

孙犁散文

目前,我屋里的耗子多极了。白天,我在桌前坐着看书或写字,它们就在桌下来回游动,好像并不怕人。有时,看样子我一跺脚就可以把它踩死,它却飞快跑走了。夜晚,我躺在床上,偶一开灯,就看见三五成群的耗子,在地板、墙根串游,有的甚至钻到我的火炉下面去取暖,我也无可奈何。

有朋友劝我养一只猫。我说,不顶事。

这个都市的猫是不拿耗子的。这里的人们养猫,是为了玩,并不是为了叫它捉耗子,所以耗子方得如此猖獗。这里养猫,就像养花种草、玩字画古董一样,把猫的本能给玩得无影无踪了。

我有一位邻居,也是老干部,他养着一只黄猫,据说品种花色都很讲究。每日三餐,非鱼即肉,有时还喂牛奶。三日一梳毛,五日一沐浴。每天抱在怀里抚摩着,亲吻着。夜晚,猫的窝里,有铺的,有盖的,都是特制的小被褥。

这样养了十几年,猫也老了,偶尔下地走走,有些蹒跚迟钝。它从来不知耗子为何物,更不用说有捕捉之志了。

我还是选用了我们原始祖先发明的捕鼠工具:夹子。支得得法,每天可以打住一只或两只。

我把死鼠埋到花盆里去。朋友问我为什么不送给院里养猫的人家。我说:这里的猫,不只不捉耗子,而且不吃耗子。

这是不久以前的经验教训。我打住了一只耗子,好心好意送给邻居,说:

"叫你家的猫吃了吧。"

主人冷冷地说：

"那上面有跳蚤，我们的猫怕传染。如果是吃了耗子药，那就更麻烦。"

我只好提了回来，埋在地里。

又过了不久，终于出现了以下如果不是我亲眼所见，一定有人会认为是造谣的场面。

有一家，在阳台上盛杂物的筐里，发见了一窝耗子，一群孩子呼叫着："快去抱一只猫来，快去抱一只猫来！"

正赶上老干部抱着猫在阳台上散步，他忽然动了试一试的兴致，自告奋勇，把猫抱到了筐前，孩子们一齐呐喊：

"猫来了，猫来捉耗子了！"

老人把猫往筐里一放，猫跳出来。再放再跳，三放三跳，终于逃回家去了。

孩子们大失所望，一齐喊："废物猫，猫废物！"

老人的脸红了。他跑到家里，又把猫抱回来，硬把它按进筐里，不松手。谁知道，猫没有去咬耗子，耗子却不客气，把老干部的手指咬伤，鲜血淋淋，只好先到卫生所，去进行包扎。

群儿大笑不止。其实这无足奇怪，因为这只老猫，从来不认识耗子，它见了耗子实在有些害怕。

十年动乱期间，我曾回到老家，住在侄子家里。那一年收成不好，耗子却很多，侄子从别人家要来一只尚未断奶的小猫，又舍不得喂它，小猫枯瘦如柴，走路都不稳当。有一天，我看见它从立柜下面，连续拖出两只比它的身体还长一段的大耗子，找了个背静地方全吃了。这就叫充分发挥了猫的本能。

其实，这个大都市，猫是很多的。我住的是个大杂院，每天夜里，猫叫为灾。乡下的猫，是二八月到房顶上交尾，这里的猫，不分季节，冬夏常青。也不分场合，每天夜里，房上房下，窗前门后,互相追逐,互相呼叫,那声音悲惨凄厉,难听极了:有时像狼,有时像枭,有时像泼妇刁婆,有时像流氓混混儿。直至天明,还不停息。早起散步,还看见一院子是猫,发情求配不已。

这样多的猫在院里,那样多的耗子在屋里,这也算是一种矛盾现象吧?

城狐社鼠,自古并称。其实,狐之为害,远不及鼠。鼠形体小,而繁殖众,又密迩人事,投之则忌器,药之恐误伤,遂使此蕞尔细物,子孙繁衍,为害无止境。幼年在农村,闻父老言,捕田鼠缝闭其肛门,纵入家鼠洞内,可尽除家鼠。但做此种手术,易被咬伤手指,终于未曾实验。

一九八三年四月五日

夜晚的故事

我幼年就知道,社会上除去士农工商、帝王将相以外,还有所谓盗贼。盗贼中的轻微者,谓之小偷。

我们的村庄很小,只有百来户人家。当然也有穷有富,每年冬季,村里总是雇一名打更的,由富户出一些粮食作为报酬。我记得根雨叔和西头红脸小记,专门承担这种任务。每逢夜深,更夫左手拿一个长柄的大木梆子,右手拿一根木棒,梆梆地敲着,在大街巡逻。平静的时候,他们的梆点,只是一下一下,像钟摆似的;如果他们发现什么可疑的情况,梆点就变得急促繁乱起来。

母亲一听到这种杂乱的梆点,就机警地坐起来,披上衣服,静静地听着。其实并没有发生什么事情,过了一会儿,梆点又规律了,母亲就又吹灯睡下了。

根雨叔打更,对我家尤其有个关照。我家住在很深的一条小胡同底上,他每次转到这一带,总是一直打到我家门前,如果有什么紧急情况,他还会用力敲打几下,叫母亲经心。

我在村里生活了那么多年,并没有发生过什么盗案,偷鸡摸狗的小事,地边道沿丢些庄稼,当然免不了。大的抢劫案件,整个县里我也只是听说发生过一次。县政府每年处决犯人,也只是很少的几个人。

这并不是说,那个时候,就是什么太平盛世。我只是觉得那时农村的民风淳朴,多数人有恒产恒心,男女老幼都知道人生的本分，知道犯法的可耻。

后来我读了一些小说，听了一些评书，看了一些戏，又知道盗贼之中也有所谓英雄，也重什么义气，有人并因此当了将帅，当了帝王。觉得其中也有很多可以同情的地方，有很多耸人听闻的罗曼史。

我一直是个穷书生，对财物看得也很重，一生之中，并没有失过几次盗。青年时在北平流浪，失业无聊，有一天在天桥游逛，停在一处放西洋景的摊子前面。那是夏天，我穿一件白褂，兜里有一个钱包。我正仰头看着，觉得有人触动了我一下，我一转脸，看见一个青年，正用手指轻轻夹我的钱包，知道我发见，他就若无其事地转身走了。当时感情旺盛，我还很为这个青年，为社会，为自身，感慨了一阵子。

直到现在，我对这个人印象很清楚，他高个儿，穿着破旧，满脸烟气，大概是个白面客。

另一次是在本县羽林村看大戏，也是夏天，皮包里有一块现洋叫人扒去了，没有发觉。

在解放区十几年，那里是没有盗贼的。初进城的几年，这个大城市，也可以说是路不拾遗的。

问题就出在"文化大革命"上。在动乱中，造反和偷盗分不清，革命和抢劫分不清。那些大的事件，姑且不论。单说我住的这个院子，原是吴鼎昌姨太太的别墅，日本人住过，国民党也住过，都没有多少破坏。房子很阔气，正门的门限上，镶着很厚很大的一块黄铜，足有二十斤重。动乱期间，附近南市的顽童进院造反，其著名的领袖，一个叫做三猪，一个叫做癞蛤蟆，癞蛤蟆喜欢铁器，三猪喜欢铜器。他把所有的铜门把，铜饰件，都拿走了，就是起不下这块铜门限来。他非常喜爱这块铜，因此他也就离不开这个院，这个院成了他的革命总部和根据地。他每天从早到晚坐在铜门限上，指挥他的群众。住户不能出门，只好请军管人员把他抱出去。三猪并不示弱,他听说解放军奉令骂不还口,打不还手,他就亲爹亲娘骂了起来。谁知这位农民出身的青年战士,受不了这种当众辱骂,不管什么最高指示,把三猪的头按在铜门限上,狠狠碰了几下,拖了出去。

城市里有些居民,也感染了三猪一类的习气,采取的手段比较和平,多是化公为私。比如说院墙,夜晚推倒一段,白天把砖抱回家来,盖一间小屋。院里的走廊,先把它弄得动摇了,然后就拆下木料,去做一件自用家具。这当然是物质不灭。不过一旦成为私有的东西,就倍加爱惜,也就成为神圣之物,不可侵犯了。

后来我到了干校。先是种地,公家买了很多农具,锄头,铁锨,小推车,都是崭新的。后来又盖房,砖瓦,洋灰,木料,也是充足的。但过了不久,就被附近农村的人拿走了大半。农民有一条谚语,道:"五七干校是个宝,我们缺什么就到里边找。"

这当然也可解释为:取之于民,用之于民。

现在,我们的院子,经过天灾人祸,已经是满目疮痍,不堪回首。大门又不严紧。人们还是争着在院里开一片荒地,种植葡萄或瓜果。秋季,当葡萄熟了,每天都有成群结伙的青少年在院里串游,垂涎架下,久久不肯离去。夜晚则借口捉蟋蟀,闯入院内,刀剪齐下,几分钟可以把一架葡萄弄得干干净净;手脚利索,架下连个落叶都没有。有一户种了一棵吊瓜,瓜色艳红,是我院秋色之冠,也被摘去了,为了携带方便,还顺手牵羊,拿走了另一户的一只新篮子。

我年老体弱,无力经营葡萄,也生不了这个气,就在自己窗下的尺寸之地,栽了一架瓜蒌。这是苦东西,没有病的人,是不吃的。另外养了几盆花,放置在窗台上,却接二连三被偷走了。

每天晚上,关灯睡下,半夜醒来,想到有一两名小偷就在窗前窥伺,虽然我是见过世面的人,也真的感到有些不安全了。

谚云:饥寒起盗心。国家施政,虽游民亦可得温饱,今之盗窃,实与饥寒无关也。或谓:偷花者出于爱美,尤为大谬不然矣!

一九八三年四月二十日改讫

戏 的 续 梦

过去,我写过一篇《戏的梦》,现在写《戏的续梦》。

俗话儿说,"隔行如隔山";又说,"这行看着那行高"。的确不错。比如说,我是写文章的,却很羡慕演员,认为他们的生活,他们的艺术,神秘无比。对话剧、电影演员,倒没有什么,特别羡慕京剧演员,尤其是女演员。在我童年的时候,乡下的戏班,已经有了坤角儿,她们的演出,确实是引人入迷的。在庙会大戏棚里,当坤角儿一上场,特别是当演小放牛这类载歌载舞的戏剧时,那真称得起万头攒动,如醉如狂。从这个印象出发,后来我就特别喜欢看花旦和武旦的戏,女扮男装的戏,比如《辛安驿》呀,《铁弓缘》呀,《虹霓关》呀等等。

三十年代初,我在北京当小职员,每月十八元钱,还要交六元钱的伙食费。但到了北京,如果不看戏,那不是大煞风景吗?因此,我每礼拜必定看一次京戏。那时北京名角很多,我不常去看,主要是看富连成和中华戏剧学校小科班的"日场戏",每次花三四角钱,就可以了。

中华戏剧学校演出的地点,是东安市场的吉祥剧场。在这里,我看过无数次的戏,这个科班的"德和金玉"四班学生,我都看过。直到现在,还记得他们的名字。

每次散戏出场,我还恋恋不舍,余音缭绕在我的脑际。看到停放在市场大门一侧的、专为接送戏校演员的、那时还很少见到的、华贵排场的大轿车,对于演员这一行,就尤其感到羡慕不已了。

　　后来回到老家参加游击队打日本,就再也看不到京戏。庙会没有了,有时开会演些节目,都是外行强登台,文场没有文场,武场没有武场,实在引不起我这看过真正京戏的人的兴趣。

　　地方上原来也有几个京剧演员,其中也有女演员,凡有些名声的,这时都躲到大城市混饭吃去了。有一年春节,我们驻扎在保定附近一个村庄,听说这村里有一个唱花旦的女演员,从保定回来过节,我们曾想把她动员过来,给我们演几段戏。还没有计议好,人家就听到了风声,连夜逃回保定去了。

　　一九七二年春天,在一种特殊的情况下,我认识了一位演花旦和能反串小生的青年女演员。说是认识,也没有说过多少话。只是在去白洋淀体验生活时,我和她同坐一辆车。这可能是剧团对我们的优待,因为她是这个剧团的主要演员,我是新被任命的顾问,并被人称做首席顾问。虽然当了顾问,比过去当牛鬼蛇神稍微好听了一点,实际处境还是很糟。比如出发的这天早晨,家里有人还对我表示了极端的不尊重,我带着一肚子闷气上了车,我右边座位上就是这位女演员。

　　我上车来,她几乎没有任何表示,头一直望着窗外。我也没有说话,车就开动了。这是一辆北京牌吉普车,开车的是一位原来演武生,跌伤了腿,改学司机的青年。一路上,车开得很快,我不知道多少快,反正是风驰电掣、腾云驾雾一般。我想:不是改行,他满可以成为一名骆连翔式的"勇猛武生"。如果是现在,我一定要求他开慢一点,但在那个年月,我的经验是处处少开口为妙。另外,经过几年的摔打,什么危险,我也有些不在乎了。

　　路经保定,车辆到齐,要吃午饭,我提出开到一个好些的饭店门口,我请客。我觉得这是责无旁贷的事,却也没有人对我表示感谢。其实好些的饭店,也不过是卖炒饼,而饼又烙得厚,切得块大,炒得没滋味。饭后每人又喝了一碗所谓木樨汤。

然后又上路,到了新安县,天还早,在招待所休息一下,我们编剧组又一同绕着城墙,散步一番。我不记得当时这位女演员说过什么话。她穿得很普通,不上台,谁也看不出她是个演员来,这也是"文化革命"的结果。

听说,她刚刚休完产假。把孩子放在家里,有些不放心吧。她担任的那个主角,又不好演,唱段、武打很多,很是吃力。她虽然是主角,但她在台上,我看不到过去的花旦、武旦的可爱形象。她那一头短发,一身短袄裤,一顶戴在头上的破军帽,一支身上背的木制盒子枪,一举一动,都使旧有的京剧之美,女角之动人,在我的头脑里破灭了。可惜新的京剧之美,英雄之美,并没有在旧的基础上滋生出来。

在那些时候,我惊魂不定,终日迷迷惘惘,什么也不愿去多想,沉默寡言、应付着过日子。周围的人,安分守己的人,也都是这样过日子。不久,我得了痢疾,她和另外两位女演员,到我的住处看望我,这可能是奉领导之命,还提出要为我洗衣服,我当然不肯,向她们表示了谢意。

我们常常到外村体验生活,都是坐船去。有一次回来时天晚了,烟雾笼罩着水淀,我和这位演员坐在船头上,我穿着单衣,身上有些冷,从书包里取出一件棉背心,套在外面,然后又没精打采地蜷缩在那里。可能是这种奇怪的穿衣法,引起了她的兴致;也可能是想给她身边这位可怜的顾问增添点乐趣,提提精神,驱除寒冷,她忽然用京剧小生的腔调,笑了几声,使整个水淀都震荡,惊起几只水鸟,我才真正地欣赏了她的京剧才能,并感到了她对我的真诚的好意。

那些年月,对于得意或失意的人,成功或失败的人,造反或打倒的人,生者或死者,都算过去了,过去很久了。我也更衰老了,但心里保留了一幅那个年月人与人的关系的图表。因此,这些情景,还记得很清楚。

我十二岁的时候，父亲给我买了一本《京剧大观》，使我对京剧有了一些知识。在我流浪时，从军时，一个人苦闷或悲愤，徘徊或跋涉时，我都喊过几句京戏。在延安窑洞里，我曾请一位经过名师传授的同志去教我唱，因此对她产生了爱慕之情，并终于形成了痛苦的结果。在农村工作时，我常请一些民间乐手为我操琴，其实我唱得并不好。后来终于有机会和这个剧团的内行专家们，共同生活了几个月，虽然时候赶得不好，但也平平安安，相安无事。

　　今年春天，忽然有一位唱花脸的同志来看我，谈起了这段往事。我送给他一本书，随后又拿了一本，请他送给那位女演员。

一九八四年三月七日

老　家

前几年，我曾诌过两句旧诗："梦中每迷还乡路，愈知晚途念桑梓。"最近几天，又接连做这样的梦：要回家，总是不自由；请假不准，或是路途遥远。有时决心起程，单人独行，又总是在日已西斜时，迷失路途，忘记要经过的村庄的名字，无法打听。或者是遇见雨水，道路泥泞；而所穿鞋子又不利于行路，有时鞋太大，有时鞋太小，有时倒穿着，有时横穿着，有时系以绳索。种种困扰，非弄到急醒了不可。

也好，醒了也就不再着急，我还是躺在原来的地方，原来的床上，舒一口气，翻一个身。

其实，"文化大革命"以后，我已经回过两次老家，这些年就再也没有回去过，也不想再回去了。一是，家里已经没有亲人，回去连给我做饭的人也没有了。二是，村中和我认识的老年人，越来越少，中年以下，都不认识，见面只能寒暄几句，没有什么意思。

前两次回去：一次是陪伴一位正在相爱的女人，一次是在和这位女人不睦之后。第一次，我们在村庄的周围走了走，在田头路边坐了坐。蘑菇也采过，柴禾也拾过。第二次，我一个人，看见亲人丘陇，故园荒废触景生情，心绪很坏，不久就回来了。

现在，梦中思念故乡的情绪，又如此浓烈，究竟是什么道理呢？实在说不清楚。

我是从十二岁，离开故乡的。但有时出来，有时回去，老家还是我固定的窠巢,游子的归宿。中年以后,则在外之日多,居家之日少,且经战乱,行居无定。及至晚年,不管怎样说和如何想,回老家去住,是不可能的了。

是的,从我这一辈起,我这一家人,就要流落异乡了。

人对故乡,感情是难以割断的,而且会越来越萦绕在意识的深处,形成不断的梦境。

那里的河流,确已经干了,但风沙还是熟悉的;屋顶上的炊烟不见了,灶下做饭的人,也早已不在。老屋顶上长着很高的草,破漏不堪;村人故旧,都指点着说:"这一家人,都到外面去了,不再回来了。"

我越来越思念我的故乡,也越来越尊重我的故乡。前不久,我写信给一位青年作家说:"写文章得罪人,是免不了的。但我甚不愿因为写文章,得罪乡里。遇有此等情节,一定请你提醒我注意!"

最近有朋友到我们村里去了一趟,给我几间老屋,拍了一张照片,在村支书家里,吃了一顿饺子。关于老屋,支书对他说:"前几年,我去信问他,他回信说:也不拆,也不卖,听其自然,倒了再说。看来,他对这几间破房,还是有感情的。"

朋友告诉我:现在村里,新房林立;村外,果木成林。我那几间破房,留在那里,实在太不调和了。

我解嘲似地说:"那总是一个标志,证明我曾是村中的一户。人们路过那里,看到那破房,就会想起我,念叨我。不然,就真的会把我忘记了。"

但是,新的正在突起,旧的终归要消失。

1986 年 8 月 20 日,晨起作。闷热,小雨。

木 棍 儿

崇公道对苏三说:"三条腿走路,总比两条腿走路,省些力气。"此话当真不假。抗日战争期间,我在山地工作近七年,每逢行军,手里总离不开一根棍子,有时是六道木,有时是山桃木。棍子的好处,还在夜间,可作探路之用。那样频繁的夜行军,我得免于跌落山涧,丧身溪流,不能不归功伴随我的那些木棍。

形象是不大雅观的:小小年纪,破衣烂裳,鞋帽不整。左边一个洋瓷碗,右边一个干粮袋,手里一根木棍。如果走在本乡本土的道路上,我心里是会犯些嘀咕的。但那时我是离家千里之外,而从事的是神圣的抗日工作,人皆以我为战士,绝不会把我当成乞儿。

抗战胜利,回到家乡平原,我就把棍子放下了。

棍子作为文学用语,曾是恶称。自我反思:虽爱此物,颂其功能,本身并非棒喝之徒,所以放下它,也无缘歌喉一转,另作梵贝之声。至于他人曾以此物,加于自己的头上,也会长时间念念不忘,不能轻易冰释于怀,形成谅解宽松的心态。乃修行不到之过。

现在老了,旧性不改,还是喜爱一些木棍。儿女所买,友朋所赠,竹、木、藤制,各色手杖,也有好几条了。其实,我还没有到非杖不行,或杖而后起的程度,手里拿着一根木棍,一是当做玩艺儿,一是回忆一些远远逝去的生活。

棍子有多条,既是玩艺,就轮流着拿,以图新鲜。既不问其新老,也不问其质地。现在手里拿的,是一根山荆木棍,上雕小龙头,并非工艺品。

此杖乃时达同志所赠。时达系军人,一九四二年,我回冀中时认识。他那时任冀中七分区作战科长,爱文艺,作一稿投《冀中一日》,为我选用。时达幼年在旧军队干过,后上抗大,分配到我的家乡。官阶不高,派头很大,服装整齐,身后总有一个勤务兵。老伴生前告我:日寇"五一"大扫荡时,一天黄昏,她在场院抱柴,时达骑着一匹高头大马,闯入场院,把一个绿色大褡套推落在地,就急急上马奔驰而去,一句话也没说。褡套里都是书。我妻当天把书埋在地里,连夜把褡套拆了,染成黑色。

时达后来担任空军师长。"文化大革命"时,被林彪诱捕入狱。出狱后流放到长白山。无事可干,他就上山砍柴,选一些木棍,削制成手杖,托人捎到天津,送给王林和我。附言说:这种木棍,寒地所产,质坚而轻,并可暖手,东北老年人多用之。

时达前几年逝世了,讣告来得晚,我连个花圈,也没得送到他的灵前。现在手里,摆弄着他十年前送给我的一根棍子。

1986年10月17日下午,寒流至,
不能外出,作此消遣。

附记

进城以后,时达曾到天津来过几次:一次,我同王林陪他到干部俱乐部,遇有舞会,他遂下场不出,乐而忘返。我因不会跳,也不愿看,乃先归。此次,我送他日本小瓷器数件,还有一幅董寿平画的杏花。据说,他视如珍宝。一次,是我在病中,他陪我到水上公园钓鱼。他不耐那里的寂寞,我劝他先回,他又不好意思。两个人胡乱玩了一会,就一同回来了。最后一次,是"文化大革命"结束,他当了长白山自然保护区的主任,回河南探亲路过。自己已非军人,还是从当地驻军,借了一个长得很漂亮的小孩,当他的勤务兵。到舍下时,天色已晚,我送他到机关招待所,他看了看,嫌设备不好,坚决不住。只好托人给他联系了一处高级招待所,派汽车送去。此次,他给我带来长白山的松子,蘑菇,还有几种不知名的野菜,他都用破布缝制的小袋装好,并附以纸片说明。还送我一袋浮石,即澡堂用的擦脚石。

10月18日

告　别

——新年试笔

书　籍

我同书籍,即将分离。我虽非英雄,颇有垓下之感,即无可奈何。

这些书,都是在全国解放以后,来到我家的。最初零零碎碎,中间成套成批。有的来自京沪,有的来自苏杭。最初,我囊中羞涩,也曾交臂相失。中间也曾一掷百金,稍有豪气。总之,时历三十余年,我同它们,可称故旧。

十年浩劫,我自顾不暇,无心也无力顾及它们。但它们辗转多处,经受折磨、潮湿、践踏、撞破,终于还是回来了。失去了一些,我有些惋惜,但也不愿再去寻觅它们,因为我失去的东西,比起它们,更多也更重要。

它们回到寒舍以后,我对它们的情感如故。书无分大小、贵贱、古今、新旧,只要是我想保存的,因之也同我共过患难的,一视同仁。洗尘、安置、抚慰、唏嘘,它们大概是已经体味到了。

近几年,又为它们添加了一些新伙伴。当这些新书,进入我的书架,我不再打印章,写名字,只是给它们包裹一层新装,记下到此的岁月。

这是因为,我意识到,我不久就会同它们告别了。我的命运是注定了的。但它们各自的命运,我是不能预知,也不能担保

书房一角

书房一角

的。

字　画

　　我有几张字画，无非是吴、齐、陈的作品，也即近代世俗之所爱，说不上什么稀世的珍品。这些画，是六十年代初，我心血来潮，托陈乔同志在北京代购的，那时他任中国历史博物馆副馆长，据说是带了几位专家到画店选购的，当然是不错的了。去年陈乔来家，还问起这几张画来。我告诉他"文化大革命"时，抄是抄去了，但人家给保存得很好，值得感谢。这些年一直放在柜子里，也不知潮湿了没有，因为我对这些东西，早已经一点兴趣也没有了。陈说：不要糟蹋了，一幅画现在要上千上万啊！我笑了笑。什么东西，一到奇货可居，万人争购之时，我对它的兴趣就索然了。我不大看洛阳纸贵之书，不赴争相参观之地，不信喧嚣一时之论。

　　当代画家，黄胄同志，送给过我两张毛驴，吴作人同志给我画过一张骆驼，老朋友彦涵给我画了一张朱顶红，是因为我请他向画家们求画，他说，自从批"黑画展"以后，画家们都搁笔不画了，我给你画一张吧。近些年，因为画价昂贵，我也不敢再求人作画，和彦涵的联系也少了。

　　值得感谢的，是许麟庐同志，他先送我一张芭蕉，"四人帮"倒台以后，又主动给我画了一张螃蟹、酒壶、白菜和菊花。不过那四只螃蟹，形象实在丑恶，肢体分解，八只大腿，画得像一群小雏鸡。上书：孙犁同志，见之大笑。

　　天津画家刘止庸，给我写了一幅对联，虽然词儿高了一些，有些过奖，我还是装裱好了，张挂室内，以答谢他的厚意。

　　我向字画告别，也就意味着，向这些书画家告别。

瓶　　罐

　　进城后,我在早市和商场,买了不少旧瓷器,其中有一些是日本瓷器。可能有些假古董,真古董肯定是没有的。因为经过抄家,经过专家看过,每个瓶底上,都贴有鉴定标签,没有一件是古瓷。

　　不过,有一个青花松竹的瓷罐,原是老伴外婆家物,祖辈相传,搬家来天津时,已为叔父家拿去,后来听说我好这些东西,又给我送来了。抄家时,它装着糖,放在厨架上,未被拿走。经我鉴定,虽然无款,至少是一件明瓷。可惜盖子早就丢失了。

　　这些瓶瓶罐罐,除去孩子们糟蹋的以外,尚有两筐,堆放在闲屋里。

字　　帖

　　原拓只有三希堂。丙寅岁拓,并非最佳之本。然装潢华贵,花梨护板,樟木书箱,似是达官或银行家物。尚有写好的洒金题签,只贴好一张,其余放在箱内。我买来也没来得及贴好,抄家时丢失了。此外原拓,只有张猛龙碑、龙门二十品等数种,其余都是珂罗版。

　　汉碑、魏碑。我是按照《艺舟双楫》和《广艺舟双楫》介绍购置的,大体齐备。此外有淳化阁帖半套及晋唐小楷若干种。唐隶唐楷及唐人写经若干种。

　　罗振玉印的书,我很喜欢,当做字帖购买的有:祝京兆法书,水拓鹤铭,世说新书,智永千文,六朝墓志菁华等。以他的六朝墓志,校其他六朝帖,就会发现,因墓志字小形微,造假者多有。

　　我本来不会写字,近年也为人写了不少,现在很后悔。愿今后一笔一画,规规矩矩,写些楷字,再有人要,就给他这个,以示真象。他们拿去,会以为是小学生习字,不屑一顾,也就不再来找我了。人本非书家,强写狂乱古怪字体,以邀书家之名;本来写不好文章,强写得稀奇荒诞,以邀作家之名;本来没有什么新见解,故作高深惊人之词,以邀理论家之名,皆不足取。时运一过,随即消亡。一个时代,如果艺术,也允许作假冒充,社会情态,尚可问乎。

印　　章

还有印章数枚,且有名字作品。一名章,阳文,钱君匋刻,葛文同志代求,石为青田,白色,马纽。一名章,阴文,金禹民作,陈肇同志代求,石为寿山;一藏书章,大卣作,陈乔同志代求,石为青田,酱色。

近几年,一些青年篆刻爱好者,也为我刻了一些图章。

其实,我除了写字,偶尔打个印,壮壮门面外,在书籍上,是很少盖印了,前面已经提到。古人达观者,用"曾在某斋"等印,其实还有恋恋之意,以为身后,还是会有些影响,这同好在书上用印者,只有五十步之差。不过,也有一点经验。在"文化大革命"时,我有一部《金瓶梅》被抄去,很多人觊觎它,终于是归还了,就是因为每本封面上,都盖有我的名章,印之为物,可小觑乎?

镇　　纸

我还有几件镇纸。其中,张志民送我一副人造大理石的,色彩形制很好。柳溪送我一只大理出的,很淡雅。最近杨润身又送我一只,是他的家乡平山做的,很朴厚。

我自己有一副旧玉镇纸,是用六角钱从南市小摊上得到的。每只上刻四个篆字,我认不好。陈乔同志描下来,带回北京,请人辨认。说是:"不惜寸阴,而惜尺璧"八个字。陈说,不要用了。

其实,我也很少用这些玩意儿,都是放在柜子里。写字时,随便用块木头,压住纸角也就行了。我之珍惜东西,向有乡下佬吝啬之誉。凡所收藏,皆完整如新,如未触手。后人得之,可证我言。所以有眷恋之情,意亦在此。

以上所记,说明我是玩物丧志吗?不好回答。我就是喜爱这些东西,它们陪伴我几十年。一切适情怡性之物,非必在大而华贵也。要在主客默契,时机相当。心情恶劣,虽名山胜水,不能增一分之快,有时反更添愁闷之情。心情寂寞,虽一草一木也可破闷解忧,如获佳侣。我之于以上长物,关系正是如此。现在分别了,不是小别,而是大别,我无动于衷吗?也不好回答。"文化大革命"时,这些东西,被视为"四旧",扫荡无余。近年,又有废除一切旧传统之论,倡言者,追随者,被认为新派人物。后果如何,临别之际,也就顾不得那么许多了。

1987 年 1 月 7 日记

黄　叶

又届深秋,黄叶在飘落。我坐在门前有阳光的地方。邻居老李下班回来,望了望我,想说什么,又走过去。但终于转回来,告诉我:一位老朋友,死在马路上了。很久才有人认出来,送到医院,已经没法抢救了。

我听了很难过。这位朋友,是老熟人,老同事。一九四六年,我在河间认识他。

他原是一个乡村教师,爱好文学,在《大公报》文艺版发表过小说。抗战后,先在冀中七分区办油印小报,负责通讯工作。敌人"五一"大扫荡以后,转入地下。白天钻进地道里,点着小油灯,给通讯员写信;夜晚,背上稿件转移。

他长得高大、白净,作风温文,谈吐谨慎。在河间,我们常到野外散步。进城后,在一家报社共事多年。

他喜欢散步。当乡村教师时,黄昏放学以后,他好到田野里散步。抗日期间,夜晚行军,也算是散步吧。现在年老退休,他好到马路上散步,终于跌了一跤,死在马路上。

马路上车水马龙,行人熙熙攘攘,但没有人认识他。不知他来自何方,家在何处?躺了很久,才有一个认识他的人。

那条马路上树木很多,黄叶也在飘落,落在他的身边,落在他的脸上。

他走的路,可以说是很多很长了,他终于死在走路上。这里的路好走呢,还是夜晚行军时的路好走呢?当然是前者。这里既平坦又光明,但他终于跌了一跤。如果他是一个舞场名花,或是时装模特,早就被人认出来了。可惜他只是一个退休老人,普普通通,已经很少有人认识他了。

我很难过。除去悼念他的死,我对他还有一点遗憾。

他当过报社的总编,当过市委的宣传部长,但到老来,他愿意出一本小书——文艺作品。老年人,总是愿意留下一本书。一天黄昏,他带着稿子到我家里,从纸袋里取出一封原已写好的,给我的信。然后慢慢地说:

"我看,还是亲自来一趟。"

这是表示郑重。他要我给他的书,写一篇序言。

我拒绝了。这很出乎他的意料,他的脸沉了下来。

我向他解释说:我正在为写序的事苦恼,也可以说是正在生气。前不久,给一位诗人,也是老朋友,写了一篇序。结果,我那篇序,从已经铸版的刊物上,硬挖下来。而这家刊物,远在福州,是我连夜打电话,请人家这样办的。因为那位诗人,无论如何不要这篇序。

其实,我只是说了说,他写的诗过于雕琢。因此,我已经写了文章声明,不再给人写序了。

对面的老朋友,好像并不理解我的话,拿起书稿,告辞走了。并从此没有来过。

而我那篇声明文章,在上海一家报社,放了很长时间,又把小样,转给了南方一家报社,也放了很久。终于要了回来,在自家报纸发表了。这已经在老朋友告辞之后,所以还是不能挽回这一点点遗憾。

不久,出版那本书的地方,就传出我不近人情,连老朋友的情面都不顾的话。

给人写序,不好。不给人写序,也不好。我心里很别扭。

我终觉是对不起老朋友的。对于他的死,我倍觉难过。

北风很紧,树上的黄叶,已经所剩无几了。太阳转了过去,外面很冷,我掩门回到屋里。

1987 年 10 月 19 日

菜　花

孙犁散文

　　每年春天,去年冬季贮存下来的大白菜,都近于干枯了,做饭时,常常只用上面的一些嫩叶,根部一大块就放置在那里。一过清明节,有些菜头就会鼓胀起来,俗话叫做菜怀胎。慢慢把菜帮剥掉,里面就露出一株连在菜根上的嫩黄菜花,顶上已经布满像一堆小米粒的花蕊。把根部铲平,放在水盆里,安置在书案上,是我书房中的一种开春景观。

　　菜花,亭亭玉立,明丽自然,淡雅清净。它没有香味,因此也就没有什么异味。色彩单调,因此也就没有斑驳。平常得很,就是这种黄色。但普天之下,除去菜花,再也见不到这种黄色了。

　　今年春天,因为忙于搬家,整理书籍,没有闲情栽种一株白菜花。去年冬季,小外孙给我抱来了一个大旱萝卜,家乡叫做灯笼红。鲜红可爱,本来想把它雕刻成花篮,撒上小麦种,贮水倒挂,像童年时常做的那样。也因为杂事缠身,胡乱把它埋在一个花盆里了。一开春,它竟一枝独秀,拔出很高的茎子,开了很多的花,还招来不少蜜蜂儿。

　　这也是一种菜花。它的花,白中略带一点紫色,给人一种清冷的感觉。它的根茎俱在,营养不缺,适于放在院中。正当花开得繁盛之时,被邻家的小孩,揪得七零八落。花的神韵,人的欣赏之情,差不多完全丧失了。

　　今年春天风大,清明前后,接连几天,刮得天昏地暗,厨房里的光线,尤其不好。有一天,天晴朗了,我发现桌案下面,堆放着蔬菜的地方,有一株白菜花。它不是从菜心那里长出,而是从横放的菜根部长出,像一根老木头长出的直立的新枝。有些花蕾已经开放,耀眼的光明。我高兴极了,把菜帮菜根修了修,放在水盂里。

我的案头,又有一株菜花了。这是天赐之物。

家乡有句歌谣:十里菜花香。在童年,我见到的菜花,不是一株两株,也不是一亩二亩,是一望无边的。春阳照拂,春风吹动,蜂群轰鸣,一片金黄。那不是白菜花,是油菜花。花色同白菜花是一样的。

一九四六年春天,我从延安回到家乡。经过八年抗日战争,父亲已经很见衰老。见我回来了,他当然很高兴,但也很少和我交谈。有一天,他从地里回来,忽然给我说了一句待对的联语:丁香花,百头,千头,万头。他说完了,也没叫我去对,只是笑了笑。父亲做了一辈子生意,晚年退休在家,战事期间,照顾一家大小,艰险备尝。对于自己一生挣来的家产,爱护备至,一点也不愿意耗损。那天,是看见地里的油菜长得好,心里高兴,才对我讲起对联的。我没有想到这些,对这副对联,如何对法,也没有兴趣,就只是听着,没有说什么。当时是应该趁老人高兴,和他多谈几句的。没等油菜结籽,父亲就因为劳动后受寒,得病逝世了。临终,告诉我,把一处闲宅院卖给叔父家,好办理丧事。

现在,我已衰暮,久居城市,故园如梦。而对一株菜花,忽然想起很多往事。往事又像菜花的色味,淡远虚无,不可捉摸,只能引起惆怅。

人的一生,无疑是个大题目。有不少人,竭尽全力,想把它撰写成一篇宏伟的文章。我只能把它写成一篇小文章,一篇像案头菜花一样的散文。菜花也是生命,凡是生命,都可以成为文章的题目。

一九八八年五月二日灯下写讫

新居琐记

孙犁散文

锁　门

过去,我几乎没有锁门的习惯。年幼时在家里,总是母亲锁门,放学回来,见门锁着进不去,在门外多玩一会就是了,也不会着急。以后在外求学,用不着锁门;住公寓,自有人代锁。再后,游击山水之间,行踪无定,抬屁股一走了事,从也没有想过,哪里是自己的家门,当然更不会想到上锁。

进城以后,我也很少锁门,顶多在晚上把门插上就是了。

去年搬入单元房,锁门成了热话题。朋友们都说:

"千万不能大意呀,要买保险锁,进出都要碰上呀!"

劝告不能不听,但习惯一下改不掉。有一次,送客人,把门碰上了,钥匙却忘在屋里。这还不要紧,厨房里正在蒸着米饭,已有二十分钟之久,再过二十分就有饭糊、锅漏,并引起火灾的危险,但无孔可入。门外彷徨,束手无策,越想越怕,一身大汗。

后来,一下想起儿子那里还有一副钥匙,求人骑车去要了来。万幸,儿子没有外出,不然,必会有一场大难。

"把钥匙装在口袋里!"朋友们又告诫说。

好,装在裤子口袋里。有一天起床,钥匙滑出来,落在床上,没有看见,就碰上门出去了。回来一摸口袋,才又傻了眼。好在这回,屋里没有点着火,不像上次那么着急,再求人去找找儿子就是了。

"用绳子把钥匙系在腰带上！"朋友们又说。

从此，我的腰带上，就系上了一串钥匙，像传说中的齐白石一样。

每一看到我腰里拖下来的这条绳子，我就哭笑不得。我为此，着了两次大急，现在又弄成这般状态，究竟是为了什么。是因为我有了一所房子，有了自己的家门。我的家里，到底有什么宝贵的东西，值得如此戒备森严呢？不就是那些破旧衣服，破旧家具，破旧书画吗？这些东西，也并不是新近置买，不是多年就有了吗？"环境不同了，时代不同了。"朋友们说。我觉得是自己和过去不同了，心理上有些变化了。

我已经停止了云游的生活，我已经失去了四大皆空的皈依，我已经返回人间世俗。总之，一把锁把我的心紧紧锁起，使它同以往的大自然，大自由，大自在，都断绝了关系。

我曾经打断身上的桎梏，现在又给自己系上了绳索。

我曾经从这里出走，现在又回到这里来了。

一九九〇年二月五日，昨日立春

民　　工

搬到新住宅里，常常遇到所谓民工。他们成群结队，或是三三两两，在我住的楼下走过。其中有不少乡音，他们多是来自河北省。他们有的是建筑业，盖高楼大厦；也有的做临时小工。在旧社会，农民是很少进城市的，他们不是不想进城，是进城找不到活干。只能死守在家里，而家里又没有地种。因此，酿成种种悲剧。这是我在农村时，经常见到的。

现在城市，各行各业，都愿意用民工：听话，态度好，昼夜苦干。听说，每年挣钱不少，不少人在家里，盖了新房，娶了媳妇。

农民的活路有了，多了，我心里很高兴。

但我很少和他们交谈。因为我老了。另外,现在的农民,也不会听到乡音,就停下来,和你打招呼,表示亲近,他们已经见过大世面了。

我不常下楼,在楼上见到的,多是那些做临时活儿的民工。

他们在楼下栽了很多树,铺了大片草地,又搭了一个藤萝架,竖了山石。树,都是名贵树种,山石也很讲究,这都要花很多钱。

正在炎夏,民工们浇水很用心,很长的胶皮水管,扯来扯去。

其中有一个民工,还带着家眷。民工,四十来岁,黑红脸膛,长得粗壮,看见生人,还有些羞怯。他爱人,长得也很结实,却大方自然,什么也不在乎的样子。小男孩有六七岁了。

最初,只是民工一个人干活,老婆不是守在他的身边,就是在附近捡些破烂,例如铁丝、塑料、废纸等物。收买这些废品的小贩,也是川流不息的,她捡到一些,随手就可以换钱,给孩子买冰棍吃。那小孩却有时帮他父亲浇浇花。

我有些旧想法,原以为这个农民,可能在村里出了什么事,呆不住才携家带口,来到城市的。有一天清晨,我在马路上遇到他们,男的扛着一把铁锹走在前面,母子两人,紧跟在后,说说笑笑,上工去了。

他们睡在哪里,我不知道,夏天在这里随便就可以找到栖身之地的。中午,妇女找一片破席子,铺在马路边新栽的垂柳下面,买来几个面包,两瓶汽水,一家人吃喝休息,也是表现得很快活的。面对如流的豪华车辆,各路的人物精英,无动于衷,甚至是不屑一顾。他们是真正的自食其力者。

我想,这也是家庭,这也是天伦之乐,也不一定就比这些高楼里的住户,更多一些烦恼愁苦。

过了些日子,农妇也上班了,是拔草,提着一个破筐,把草地里的杂草拔掉,放在里面,半天也装不满一筐,这活儿是够轻松的了。

但秋天来了，我就见不到他们了，可能回家去了，也可能到别的地方干活儿去了。

一九九〇年二月七日下午

装　修

早起，黄昏，我在楼群散步时，就常常联想起，当年走在深山峡谷的情景。那时中间是流水，周围是鸟语花香，一片寂静。现在是如流的汽车，排放着废气，此起彼落，是电焊电钻的噪声。不禁喟然叹道：毕竟是现代化了啊！

过去住大杂院，所谓干扰，不过是邻居盖小房，做家具，小孩哭闹，都属于传统性质，是习惯了的。

我不怕自然界的声响，我认为：无论雷电轰鸣，狂风怒吼，洪水暴发，山崩地裂，都是一种天籁，一种自然景观。我惟怕恶人恶声，每听到见到，必掩耳而走，退避三舍。这次搬家，有一个原因，就在于此。现在电焊电钻的声音，还有凿洋灰地的声音，一户动工，万家震动，也令人不安。

然而这是没法躲避的。人们都在装修自己的住宅。里里外外，都要装修。家家户户，都要装修。其范围甚广，其时间不一，其爱好不同。然要现代化，如装太阳能、热水器、排风扇、电话、闭路电视，则无一项不需要焊、钻。且住户是陆续搬来，人手和材料的配备有先后，有人预计：全楼群安装妥帖，定在两年以后了。

我于是大恐。春节，有一位现代化友人来访，曾与他就此事交谈，兹录其要：

主：这房不是很好吗，这不都是公产吗，为什么还要这样折腾？

客：为的住着舒适阔气啊。现在分什么公私，公也是私，私也是公。

主：过去，有很多同志，放弃瓦舍千间，奔走革命，露宿荒野，住的是泥房、草屋、山洞、地洞。现在年近就木，又何必在这低矮狭窄的小天地里，费如此大的心思呢？

客：人各有志，志有多变。不能强求。且系新潮，势难阻挡。

主：为什么在盖房时，不预先把这些东西安装好？

客：这是国情。即使都安装好，他还是要鼓捣。现代化是不断更新，无止无休的呀！

主：这里住的不都是老年人吗？如果有人患心脏病，这种声音，他受得了吗？

客：老年人在这里，究竟还是少数，子女们多。至于患病的，那就更是个别的了。不会有人去注意。

我们的谈话，实际是不得要领。但客人说的"新潮"二字，最有启发性。新潮的到来，绝不是空谷穴风，总是有它到来的道理的。潮，总是以相反的形式，互相替代的。

明白人总是顺应新潮。弄潮儿之可贵，就在于此。

苏子曰：夫时有可否，物有废兴。方其所安，虽暴君不能废；及其既厌，虽圣人不能复。故风俗之变，法制随之。譬如江河之徙移，强而复之，则难为力。

反复斯言，我当有所醒悟了。

一九九○年二月五日下午

老 年 文 字

——文事琐谈之三

最近写了一篇文章,叫女儿抄了一下,放在抽屉里。有一天,报社来了一位编辑,就交给他去发表。发出来以后,第一次看,没有发现错字。第二次看,发现"他人诗文",错成了"他们诗文"。心里就有些不舒服。第三次看,又发现"入侍延和",错成了"入侍廷和";"寓意幽深",错成了"意寓幽深";心里就更有些别扭了。总以为是报社给排错了,编辑又没有看出。

过了两天,又见到这位编辑,心里存不住话,就说出来了。为了慎重,加了一句:也许是我女儿给抄错了。

女儿的抄件,我是看过了的,还作了改动。又找出我的原稿查对,只有"延和"一词,是她抄错,其余两处,是我原来就写错了,而在看抄件时,竟没有看出来。错怪了别人,赶紧给编辑写信说明。

这完全可以说是老年现象,过去从来没有发生过。我写作多年,很少出笔误,即使有误,当时就觉察到改正了。为什么现在的感觉如此迟钝?我当编辑多年,文中有错字,一遍就都看出来了。为什么现在要看多遍,还有遗漏?这只能用一句话回答:老了,眼力不济了。

所谓"文章老更成","姜是老的辣",也要看老到什么程度,也有个限度。如果老得过了劲,那就可能不再是"成",而是"败";不再是"辣",而是"腐烂"了。

我常对朋友说,到了我这个年纪,还写文章,这是一种习惯,一种惰性。就像老年演员,遇到机会,总愿意露一下。说句实在话,我不大愿意看老年人演的戏。身段、容貌、脚手、声音,都不行了。当然一招一式,一腔一调,还是可以给青年演员示范的,台下掌声也不少。不过我觉得那些掌声,只是对"不服老"这种精神的鼓励和赞赏,不一定是因为得到了真正的美的享受。美,总是和青春、火力、朝气,联系在一起的。我宁愿去看娃娃们演的戏。

　　己之视人,亦犹人之视己。老年人写的文章,具体地说,我近年写的文章,在读者眼里,恐怕也是这样。

　　我从来不相信,朋友们对我说的,什么"宝刀不老"呀,"不减当年"呀,一类的话。我认为那是他们给我捧场。有一次,我对一位北京来的朋友说:"我现在写文章很吃力,很累。"朋友说:"那是因为你写文章太认真,别人写文章是很随便的。"

　　当然不能说,别人写文章是随便的。不过,我对待文字,也确是比较认真的。文章发表,有了错字,我常常埋怨校对、编辑不负责任。有时也想,错个把字,不认真的,看过去也就完了;认真的,他会看出是错字。何必着急呢?前些日子,我给一家报纸写读书随笔,一篇一千多字的文章,引用了四个清代人名,竟给弄错了三个。我没有去信要求更正,编辑也没有来信说明,好像一直没有发现似的。这就证明,现在人们对错字的概念,是如何的淡化了。

　　不过,这回自己出了错,我的心情是很沉重的,今后如何补救呢?我想,只能更认真对待。比如过去写成稿子,只看两三遍;现在就要看四五遍。发表以后,也要比过去多看几遍。庶几能补过于万一。

　　老年人的文字,有错不易得到改正,还因为编辑、校对对他的迷信。我在大杂院住的时候,同院有一位老校对。我对他说:

"我老了,文章容易出错,你看出来,不要客气,给我改正。"他说:"我们有时对你的文章也有疑问,又一想你可能有出处,就照排了。"我说:"我有什么出处?出处就是辞书、字典。今后一定不要对我过于信任。"

比如这次的"他们诗文",编辑一眼就可以看出是不通的,有错的。但他们几个人看了,都没改过来。这就因为是我写的,不好动手。

老年文字,聪明人,以不写为妙。实在放不下,以少写为佳。

一九九〇年九月

故园的消失

孙犁散文

土改后,老家剩下三间带耳房的北屋。举家来津后,先是生产大队放置农具,原来母亲放在屋里的一些木料和杂物,当家本院的,都拿去用了,连两条木炕沿也拆走了。但每年雨季,他们见房子坍塌漏雨,也给修理修理。后来房顶茂草丛生,房基歪斜,生产队也没有了,就没有人再愿意管它。

村支部书记曾给我来过一封信,说明这种情况,问我如何处理。那时外面事情很多,我心里乱糟糟,实在顾不上这些事,就写了一封回信,大意是:也不拆,也不卖,听其自然,倒了再说。

后来知道,这座老屋,除去有倒塌的危险,还妨碍着村里新街道规划。"文化大革命"后不久,当捐献集资之风刮起的时候,村里来了三个人:老支书、新支书和一个老贫农团员。我先安排他们找了个旅舍住下,并说明我这里没有人做饭,给了他们三十元钱,到附近饭馆用餐。第二天上午,才开始谈话。

他们说村里想新建一所小学校,县里又不给拨款,所以出来找找在外地工作的同志。

我开门见山地说,建小学,每个人都有责任。从我在村里上小学时,就没有一个正规的校舍,都是借用人家的闲房闲院。可是,你们不能对我抱过高的希望。村里传说我有多少钱,那都是猜想。我没有写出很红的书,销数都不大。过去倒是存了一些稿费,"文化大革命"时,大部分都上缴了。现在老了,也写不了多少东西,稿费也很低。我说着,从书柜里拿出新出版的一本散

文集,对他们说:

"这样一本书,要写一年多,人家才给八百元。你们考虑过那几间破房吗?"

"倒是考虑过。"老支书说。

我说:"有两个方案:一个是我给你们两千元。一个是你们回去把旧房拆了卖了,我再给一千元。"

他们显然有些失望,同意了第二个方案。并把我给他们的饭费还给了我,说这是因公出差,回去可以报销,就告辞了。

又过了些日子,听说有报纸报道了我捐资兴学的消息,县里也来信表扬,我都认为是小题大做。后来,本乡的乡长又来了,说是想把新盖的小学,以我的名字命名。我说:"别开玩笑。我拿两千块钱,就可以命名一所小学;如果拿两万,岂不是可以命名一所大学了吗?我的奉献是很微薄的,我们那里如果有个港商就好了。"

"你给题个校名吧!"乡长说。

我说:"我的字写不好,也不想写。回去找个写好字的给写一下吧。"

我送给他一本《风云初记》和一本《芸斋小说》。

这件事就结束了。至此,老家已经是空白,不再留一草一木,一砖一瓦。这标志着:父母一辈人的生活经历,生活方式,生活志趣,生活意向的结束。也是一个从无到有,又从有到无的自然过程。

但老屋也留下了一张照片,这是儿子那年出差路经我村时拍摄的。可以看到:下沉的房基,油漆剥尽的屋门,空荡透风的窗棂,房前的杂草树枝,墙边的一只觅食的母鸡。儿子并说:他拍照时,并没有碰见一个村里的人。

芸斋曰:余少小离家,壮年军伍。虽亦眷恋故土,实少见屋顶炊烟。中间并有有家不得归者三次,时间相加十余年。回味一生,亲人团聚之情少,生离死别之痛多。漂萍随水,转蓬随风,及至老年,萍滞蓬摧,故亦少故园之梦矣。惟祝家乡兴旺,人材辈出而已。

1991年5月30日

耕堂读书随笔

读《前汉书卷六十四·朱买臣传》

家贫好读书,不治产业,常艾(读刈)薪樵卖以给食,担束薪行且诵书。其妻亦负戴相随,数止买臣毋歌呕(讴)道中,买臣愈益疾歌。妻羞之,求去。买臣笑曰:我年五十当富贵,今已四十余矣,汝苦日久,待我富贵报汝功。妻恚怒曰:如公等终饿死沟中耳,何能富贵?买臣不能留,即听去。

以上,是夫妻离异之因。其后,买臣独行歌道中,负薪墓间。故妻与夫家俱上冢,见买臣饿寒,呼饭饮之。

以上,说明其妻对买臣仍有情义。其后,上拜买臣为会稽太守,荣归故乡:

会稽闻太守且至,发民除道,县吏并送迎,车百余乘。入吴界,见其故妻、妻夫治道,买臣驻车,呼令后车载其夫妻到太守舍,置园中给食之。居一月,妻自经死。买臣乞其夫钱令葬。

耕堂曰:此京剧"马前泼水"之故事根据也。此剧演出,使朱买臣之名,家喻户晓,其妻遂亦在群众心目中,成为极不堪之形象。然细思之,此实一冤案也。

夫妻一同劳动,朱买臣干多干少,还是小事。在大街小巷,稠人广众之中,一边挑着柴担,一边吟哦诗书,这不是出洋相吗?

好羞臊的妇女人家，哪里受得了？劝告你，不喊叫了也罢，却"愈益疾歌"，这不是成心斗气吗？嫁汉嫁汉，穿衣吃饭。跟着你，既然饥饿难挨，又当众出丑，且好心相劝，屡教不改，女方提出离异，我看完全是有道理的，有根据的。而且，以后见朱买臣饥寒，还对他进行帮助，证明这位妇女，很富同情心，慈善心，品质性格还是不错的。

而朱买臣做官以后的举动，表面看来很宽容，却大有可议之处。羞耻之心，人皆有之，何况是在封建时代？又何况是一个弱小女子？在很多修路工人面前，把她和她的丈夫，载在官车上，拉到府中，安置在花园里。这不是优待，确是一种别有用心的精神镇压，心理迫害。在这样的环境中，心情中，她如何能活得下去？所以她终于自经了。

这种叫别人看来，是糊里糊涂死亡的例子，在封建时代，是举不胜举的。

朱买臣后来也没得好下场。他告别人的密，皇帝把那个人杀了。后来也把朱买臣杀了。

一九九〇年十一月二十五日

读《前汉书卷五十七·司马相如传》

卷六十四，《严助传》：
司马相如的时代背景。

> 是时征伐四夷，开置边郡，军旅数发，内改制度，朝廷多事，屡举贤良文学之士。公孙宏起徒步，数年至丞相，开东阁，延贤人，与谋议。……其尤亲幸者：东方朔、枚皋、严助、吾丘寿王、司马相如。相如常称疾避事，朔、皋不根持论，上颇俳优畜之。唯助与寿王见任用，而助最先进。

以上，说明司马相如，进入官场，同伴数人，表现各有不同，朝廷待遇也不一样。东方朔和枚皋，因"议论委随，不能持正，如树木之无根柢"（颜师古注），而被轻视。严助、吾丘寿王，勇于任事，虽被重用，而后来都被杀、被族。司马相如的表现，却是"常称疾避事"。这是他的特点。

但如果一点事也不给朝廷做，汉武帝也不能容他。他曾以很高贵的身份，出使巴蜀，任务完成得不错。

又据本传：

> 后有人上书，言相如使时受金，失官。居岁余，复召为郎。相如口吃，而善著书，常有消渴病，与卓氏婚，饶于财。故其事宦，未尝肯与公卿国家之事。常称疾闲居，不慕官爵。

以上，说明司马相如，既有生理上的缺陷，又有疾病的折磨。家境不错，不像那些穷愁士子，一旦走入官场，便得意忘形，急进起来。另外，他有自知之明，以为自己并非做官的材料。像严助等人，必须具备如下的条件：既有深文之心计，又有口舌之辩才。这两样，他都不行，所以就知难而退，专心著书了。

他也不像一些文人，无能为，不通事务，只是一个书呆子模样。他有生活能力。他能交游，能任朝廷使节，会弹琴，能恋爱，能干个体户，经营饮食业，甘当灶下工。这些，都是很不容易的，证明他确是一个多才多艺的人。一个典型的、合乎中国历史、中国国情的，非常出色的，百代不衰的大作家！

《前汉书》用了特大的篇幅，保存了他那些著名的文章。班固对他评价很高，反驳了扬雄对他的不公正批评。

他也并不重视自己的那些著作。本传称：

> 而相如已死，家无遗书。问其妻，对曰：长卿未尝有书

也。时时著书，人又取去。

耕堂曰：司马相如之为人，虽然不能说，堪作后世楷模。但他在处理个人与环境，个人与时代，文艺与政治，歌颂与批评等等重大问题方面，我认为是无可非议的，值得参考的。

一九九〇年十一月二十六日

读《后汉书》小引

任何事情，都难以预料。比如历史吧，前汉的刘邦，不事生产，后来做了皇帝；后汉的刘秀，一心事田业，后来也做了皇帝。于是历史学家就说，光武皇帝本来胸无大志，为人平平，他之所以成功，完全是机遇。比起汉高祖，他太渺小了。

这也许是事实。我读《后汉书·光武本纪》，就遇不到像《史记·高祖本纪》中，那些惊心动魄的故事，总提不起精神来。

这部中华书局聚珍版的《后汉书》，原是进城初期买的，想不到竟成了我老年的伙伴。它是线装大字本，把持省力，舒卷方便。走着、坐着、躺着，都能看。我很喜爱它，并私心庆幸购存了这么一部书。

但近几年来，拿拿放放，总读不下去。去年打开了，结果只写了一篇关于著者范晔的读书笔记，又放下了。今年夏天又打开，有了些进展，本纪算读完了，没有什么收获。后纪也读了，知道一些女人专政的故事。接着是"志"。志分：律历，礼仪，祭祀，天文，五行，郡国，百官，舆服。这都是专门的学问，也读不懂，几乎是翻过去了。

下面才是列传。这是史书的中坚部分，应该细读。

列传，前边都是大人物。我发见后汉开端时的人物，光武那些功臣，和汉高祖时不同。他们多是一些宦家子弟，都读过一些书，甚至做过小官，有些政治经验。像马武那样的草莽之人很少。

这是经过西汉很长时期的休养生息，文化教育的结果。

例如邓禹，"年十三能诵诗"。寇恂，"初为郡功曹"。冯异，"好读书，通左氏春秋，孙子兵法"。岑彭，"王莽时守本县长"。贾复，"少好学，习尚书"。吴汉，"家贫，给事县为亭长"。盖延，"历郡列掾，州从事"。陈俊，"少为郡吏"……

光武也读书，"乃之长安，受尚书，略通大义。"这样一个领导集团，驱使或对付那些乌合之众，自有它的优胜之处。

但在这些功臣传记里，我还是读不出个所以然来。读到列传第十三，《窦融传》，才渐入佳境。写得最好的，是它后面《马援传》。

我们知道，范氏的《后汉书》，是根据好多种后汉书写成的。《马援传》的原始材料，可能就写得好。马援是东汉的一个名人，事迹当然不少，但人以文传，还得有人给他写好才行。

耕堂曰：我读《二十四史》，常常有一史不如一史，每况愈下之感。这虽然不能说就是九斤观点，至少也违反进化论。每代都是先有史实，然后有史才，加以撰述。有时有重大史实，而无相当史才，加以发挥；有时虽有史才，而无重大史实，可供撰述。此遇与不遇，万事皆然，非独创作。班马之作，已成千古绝唱，再想有类似作品，实已困难。艺术一事，实在是有千古一人的规律，中外皆然，不可勉强。

平心论史，各史皆有其长。即如后汉一书，范晔之才，亦难得矣。他的语言简洁，记事周详，有班固之风，论赞折衷，而无偏激之失，亦班氏家法。时有弦外之音，虽不能与司马迁相比，亦非后史所多见。范氏在自序中，对自己的论赞，颇为得意，不是没有根据的。这部书，一直列为史学经典，也不是没有原因的。

惜我年老精衰，读书已无计划。加以记忆模糊，边读边忘。旷日持久，所得无多，甚感愧对此书耳。

现将读书时零碎心得,粗记如下,供同好者参考。

一九九一年十二月二十一日

读《后汉书卷五十八·桓谭传》

(一个音乐家的悲剧)

桓谭的父亲,西汉成帝时为太乐令,是个管音乐的官。谭因此也好音乐,善鼓琴,嗜倡乐。他还遍习五经,能文章,常和刘歆、扬雄等人辨析疑异。他为人简易,不修威仪,好非毁俗儒,因此多被排挤。哀、平间,他的官位,不过是个"郎"。

他也有些见识,他认识傅皇后的父亲傅晏。当时傅皇后失宠,傅晏处境很不好。桓谭给他作了两项建议:一是请傅晏背地告诉女儿,千万不要因为嫉妒,"驱使医巫,外求方技"。二是傅晏本人,要"谢遣门徒,务执谦悫"。傅晏照办,终于保住了一家人的平安。

另外,在王莽掌权时,"天下之士,莫不竞褒称德美,作符命,以求容媚。谭独自守,默然无言"。这在当时,就很不容易了。

光武皇帝即位,他曾"上书言事,失旨不用"。后来大司空宋弘荐他为"议郎给事中",他又"上书陈时政"。其中有一段是反对"图谶",另一段是说皇帝用兵不当。触犯了大忌,皇帝非常不高兴。

谁都知道,光武帝是靠图谶起家的。而这个图谶是光武在长安时一个"同舍生"捏造的。其词为:"刘秀发兵捕不道,四夷云集龙斗野,四七之际火为主。"不只言词粗鄙,而且作伪显然。但当时群臣都说:"受命之符,人应为大。万里合信,不议同情。周之白鱼,曷足比焉!"(卷一光武纪)现在皇帝已经坐稳了,而桓谭竟说图谶不可信,这真是书呆子的头脑发昏了。

于是悲剧开始：

其后有诏会议灵台所处。帝谓谭曰：吾欲谶决之，何如？谭默然良久曰：臣不读谶。帝问其故，谭复极言谶之非经。帝大怒曰：桓谭非圣无法，将下斩之！谭叩头流血，良久乃得解。出为六安郡丞，意忽忽不乐，道病卒，时年七十余。

耕堂曰：皇帝召集的这次会议，如果说是一种预谋，是"引蛇出洞"，恐怕也不是瞎猜。他心里先有了一个"不悦"，然后指名问桓谭："如何？"如果桓谭聪明些，对答一个："臣以为很好"，这悲剧也许就无从发生。桓谭还是犹豫了一下的，这一犹豫，即是"默然良久"，本来是他的一个生命转机。但皇帝又接着来了一个"问其故"。桓谭沉不住气，又犯了老病，"复极言"起来，就中了皇帝的圈套，自己走上了死亡之途。他中"五经"之毒太深，以为皇帝总不会不相信"五经"。这是他的一个大错误！不错，皇帝有时信"五经"，但在当前，他更信图谶！桓谭得罪后，"忽忽不乐"，是对自己这一次失言的，无可挽回的痛惜！更使人惋惜的是，他本来是一个音乐家，他本来可以伴音乐而始终，平安度日。他做的官，是给事中，是皇帝身边的一个小官，皇帝喜欢他弹琴，关系处得并不错。如果就这样干下去说不定还会得到皇帝的宠爱，享受荣华富贵哩。

可惜的是，他那位荐举人宋弘，也是一个古板守旧的人。他见桓谭常常给皇帝弹琴，皇帝又喜爱"繁声"，他就非常不高兴。他召见桓谭，非常严厉地教训了他一顿。说荐他来是"辅国家以道德"的，不是叫他演奏流行歌曲。要治他的罪。这样，当桓谭再为皇帝弹琴时，一看见宋弘，就神色大变，很不自然，以致皇帝后来就不再叫他弹琴了。

桓谭自此以为应"忠正导主"，就屡屡上书言事。皇帝一想，你不过是个"倡优",也敢如此,就恨上他了。这也是桓谭无自知之明,忘记了自己的身份和在皇帝眼中的地位。

同朝中,有一个叫郑兴的,就比桓谭聪明些:

> 帝尝问兴郊祀事,曰:吾欲以谶断之,何如?兴对曰:臣不为谶。帝怒曰:卿之不为谶,非之邪?兴惶恐曰:臣于书,有所未学,而无所非也。帝意乃解。(卷六十六郑兴传)

和皇帝对答,可不是小事,郑兴如果不说这样滑头的话,就会有桓谭同样的下场。

桓谭还著有《新论》一书,共二十九篇,多言"当世行事",大部都不存。《书目答问补正》说有"说郛本",我有张宗祥抄本《说郛》,但多次查阅,都没有找到。

一九九一年十二月十日

读《后汉书卷五十八·冯衍传》

(一个文过其实的人)

传称:"衍幼有奇才,年九岁,能诵诗。至二十而博通群书。"他原来忠于更始,很晚才归顺光武。光武对他没有兴趣,又有人谗毁他,得不到重用。

冯衍自己有个想法。他说古代有个故事:有人挑逗两个女子,长者骂他,幼者顺从。他选了长者为妻。他以为皇帝用人,也应该这样,不要摒弃反对过自己的人。这个想法太浪漫了。他屡次上疏陈情,光武终以"前过不用";"显宗即位,又多短衍,以文过其实,遂废于家"。

耕堂曰:"文过其实",是什么意思呢?不过是指冯衍的为人,并不像他写的文章那样好。这是可能的。很多文人,都不能用他的行实,同他的文字相比照。文章是做出来的,是代圣人立言,当然是正确的。一个人的行为,就很难说。它是一个人,一生之中的多种表现。是充满变化和矛盾的,要受社会现实、时代风尚的影响。"名不副实",或"文过其实",是历史的、自然普遍的现象。

另外,"文过其实",文章还是被肯定的。本传保存下来的,冯衍的几篇文章,从文字、见识、学问来看,就不是一般人所能做得出来的。

历史上,又常常有这样一种现象:本来,这个人的文章无可观,行为不足称,却不知为了什么,为当时权贵所重视,为小人所吹嘘。过不了几年,又证实:这个人,这个人的文章,这种重视,这些吹嘘,不过是一个连锁性的骗局。这当然不能叫做"实过其文",只能说是文、实两空。在人民道德、文化素质普遍下降的时期,这种"人文"现象,是屡见不鲜的。

冯衍的为人,确是言行不一,文实相违。他一方面,在言志时,反复申述:"游精神于大宅兮,抗玄妙之常操;处清静以养志兮,实吾心之所乐"。一方面,又不安于贫贱,向皇帝求情不得,又频频给权贵上书,请求支援,帮他找个官位。言辞卑微,和文章大相径庭。

既无治国的机会,也没有齐家的办法。他两次离婚,名誉受损。第一次,只是因为他的夫人,不让他纳妾。他非常气愤,在给妇弟的信中,竟胡言乱语地说:"不去此妇,则家不宁;不去此妇,则家不清;不去此妇,则福不生;不去此妇,则事不成。"好像他的失败,都由于妇人。

休妻后,又娶了一个,这个更厉害,差一点没有把前妻留下的儿子毒死。结果又散了。只好自叹:"贫而不衰,贱而不恨。年虽疲曳,犹庶几名贤之风,修道德于幽冥之路。"

他的命运,也只能说是不逢时,并不完全是自身的过错,还是值得同情的,应该原谅的。

耕堂曰:古之所谓少年奇才,因专心读书,遂丧失生活技能。即俗话所说:肩不能担担,手不能提篮。既不能耕,又不能牧。只剩"学而优则仕"一窄途。仕有遇,有不遇;有达,有不达。要看社会环境,要分时代治乱。所以说,士人的命运和前途,是很不乐观的。

"惟吾志之所庶兮,固与俗其不同;既偄偒而高引兮,愿观其从容。"这样说说,或是写写,都是容易做到的。如果遇到衣食不继,或子女号寒,甚至老婆闹着要离婚的时候,那就得另谋出路了。

即使还没有闹到这种地步,念了若干年书,又被人称做"奇才",也是不甘清苦的。他会看到比他得志的人,吃的什么,穿的什么,住的什么,坐的什么。为什么他能这样,我就不能呢?他是怎样得到的呢?我不会学习着来试试吗?于是冯衍之所为,就无需责怪了。

一九九一年十二月十六日

读《后汉书卷七十·班固传》

(一个为政治服务的文人)

传末,范晔论曰:

> 司马迁、班固父子,其言史官载籍之作,大义粲然著矣。议者咸称,二子有良史之才。迁文直而事核;固文赡而事详。若固之序事,不激诡,不抑抗,赡而不秽,详而有体,使读之者,勉勉而不厌,信哉其能成名也。

耕堂曰:范蔚宗之论班固,已成定论。其所谓:不激诡,不抑抗,就是对人、对事,不作主观的扬或毁,退或进。客观地记述其本来。这在史学上,是一个准则。

古来论述班马异同者,甚众。然多皮毛之见,又多出于个人爱好。范氏对两人的两句评语,实在明确恰当。

传载:班固"年九岁,能属文诵诗赋,及长,遂博贯载籍,九流百家之言,无不穷究。所学无常师,不为章句,举大义而已。性宽和容众,不以才能高人,诸儒以此慕之"。

他的《汉书》:

固自永平中始受诏,潜精积思二十余年,至建初中乃成。当世甚重其书,学者莫不讽诵焉。

传中保存了他写的几篇文章。其中《两都赋》的主题是,"盛称洛邑制度之美,以折西宾淫侈之论"。《典引篇》的主题是,"述叙汉德"。此外《窦宪传》里还保存了一篇《燕然山铭》。

班固的一生,他的全部著作,包括《汉书》,都是为政治服务的,是为一朝一姓服务的。

古代没有"为政治服务"这个口号,也没有人提出过这样的要求。但在中国古代文献中,存在大量为政治服务的作品。不是间接服务,而是直接服务。也没有人讳言或轻视为政治服务。文人都是自觉自愿的。这说明,文学可以为政治服务,文学和政治的这种关系,自古以来,就是很自然的。

自从有了这个要求,有了这个口号,问题就来了,议论也就多了。近的不说,稍远的有三十年代,成仿吾与鲁迅,钱杏邨与茅盾,"左联"与"第三种人",越到后来,越是争论不休。前几年,把这个口号变通了一下,还是有争论。这就叫:有口号,就有争论。

世界上，当然有不为政治服务的艺术。但近代历史，也在不断证明：一些大声疾呼"艺术圣洁"的人，常常又是另一种政治的热烈追求者。差不多在他们反对文艺为政治服务的同时，他们的作品，已经成为他们在政治生活中的晋身之阶。不只为"政治"服了务，也为经济服了务，使他们能够大发其财！

只要作家本人，不能完全与政治无关，那么文艺作品，就不能完全与政治无关。文艺为政治服务，并不一定就粗糙，就没有价值。不为政治服务，也不一定就高尚，就值钱。这要视作家而定。班固的作品，不是在永远流传吗？

关于班固和司马迁的比较，我也有些浅见。我以为，其不同之处有：

（一）家学、经历、气质之不同。司马迁和班彪留给儿子的思想遗产，并不相同。司马迁的任务是要继承《春秋》的事业；班固的任务，是整齐西汉一代之书。在为本朝服务这一点上，班固的思想比司马迁明确得多。司马迁在遭到不幸之后，生理和心理，都造成很大伤害。这不能不影响他的思想、感情，甚至精神、意识。文学是精神的产物，我们很难估计，这一不幸，在司马迁文学事业上的作用和影响。班固固然也遇到过不幸，但他在第一次入狱时，却因祸得福。著作得以上达朝廷，自己也弄了个兰台令史的官儿，有了个很好的写作学习的环境。

（二）两个人的哲学思想不同。哲学思想是一切著作的基础，史学、文学均同。司马迁的哲学思想，很大成分是黄老，而班固则是儒家，并且是经过汉代大儒发掘、整理过的，训诂、章句过的儒家思想。司马迁作《史记》，几乎没有政治目的，没有想到要为谁服务。他写秦、项和写刘邦，态度是一样的。而班固作《汉书》，政治目的很明确，就是为了表彰汉德。

其相同之处为结局悲惨。然此中亦有分别。司马迁的悲惨在成书之前，而班固的悲惨，在成书以后。

1988年 天津

1988年 天津

这两位文人之不幸,在于只熟悉历史,而不了解现实。深信圣人之言,而泥古不化。处官场而不谙宦情。因此,其伤亡也,皆在国家政治动荡,权贵剧烈倾轧之际。文人不知修检,偶以言语及生活细故,遂罹大难,为可伤矣!

范晔论曰:"固伤迁博物洽闻,不能以智免极刑。然亦身陷大戮,智及之而不能守之。呜呼,古人所以致论于目睫也!"范氏之言是矣,然彼亦终未能自全,言不旋踵,而身验之,此又何故欤!

一九九一年十二月十九日

读《后汉书卷五十四·马援传》

（一篇好传记）

在小引中,我说《马援传》,写得最好,其理由有三:

一、这篇传记,写了马援的一生,包括他的言行,他的政治活动,他的文事武功。写出了这个人的为人风格和一些精彩的言论。以上写得都很具体、生动,给人留下鲜明的印象。最后写了他奉命征五溪,师老无功,且遭马武等人的谗毁,以致死后都不能"丧还旧茔"。给这个人物,增加了悲剧色彩,使读者回味无穷。

二、马援与光武、隗嚣、公孙述,都有交往。这是当时互相抗衡的三种势力。传记通过写马援,同时也写了三个人的为人,行事,政治和军事上的见识和能力。传记用对比的手法:

援素与述同里闬,相善。以为既至,当握手欢如平生。而述盛陈陛卫,以延援入,交拜礼毕,使出就馆。更为援制都布单衣,交让冠,会百官于宗庙中,立旧交之位。述鸾旗旄骑,警跸就车,磬折而入,礼飨官属甚盛。

下面紧接着,写光武如何接见马援:

援至,引见于宣德殿。世祖迎笑谓援曰:"卿遨游二帝间,今见卿,使人大惭。"援顿首辞谢,因曰:"当今之世,非独君择臣也,臣亦择君矣。臣与公孙述同县,少相善,臣前至蜀,述陛戟而后进。臣今远来,陛下何知非刺客奸人,而简易若是?"帝复笑曰:"卿非刺客,顾说客耳。"

后面,又紧接着,写马援与隗嚣的一段对话,使隗嚣的形象,跃然纸上。

三段文字,写得自然紧凑,而当时的政治形势,胜败前景,已大体分明,这是很高明的剪裁手法。写人物,单独刻画,不如把人物,放在人际关系之中,写来收效更大。

三、记录马援的日常谈话,来表现这一人物的性格、志向、见识。

封援为新息侯,食邑三千户。从容谓官属曰:"吾从弟少游,常哀吾慷慨多大志,曰:'士生一世,但取衣食裁足,乘下泽车,御欸段马,为郡掾吏,守坟墓,乡里称善人,斯可矣。致求盈余,但自苦耳。'当吾在浪泊西里间,虏未灭之时,下潦上雾,毒气重蒸,仰视飞鸢跕跕坠水中,卧念少游平生时语,何可得也!"

马援确是一个"说客",他说话非常漂亮,有哲理。"闲于进对,尤善述前世行事。""闻者莫不属耳忘倦"。他的《诫侄书》尤有名,几乎家传户晓。像"穷当益坚,老当益壮",这些成语,都是他留下来的。他言行一致,年六十岁,还上马给皇帝看看哩!

但据我看,光武对他一直不太信任,就因为他原是隗嚣的人。过来后,光武并没有重用他,直至来歙举荐,才封他为陇西太守。晚年之所以谗毁易入,也是因为他原非光武嫡系。

他兴趣很广泛,能经营田牧,还善相马。他留下的《铜马相法》,是很科学的一篇马经。

但好的传记,末尾还需要有一段好的论赞,才能使文气充足。范晔论马援:"然其戒人之祸,智矣,而不能自免于谗隙。岂功名之际,理固然乎?"

耕堂曰:马援口辩,有纵横家之才,齐家修身,仍为儒家之道。好大喜功,又备兵家无前之勇。其才智为人,在光武诸将中,实为佼佼者。然仍不免晚年悲剧。范晔所言,是矣。功名之际,如处江河漩涡之中。即远居边缘,无志竞逐者,尚难免被波及,不能自主沉浮。况处于中心,声誉日隆,易招疑忌者乎?虽智者不能免矣。

至于范氏说的:

> 夫利不在身,以之谋事则智,虑不私己,以之断义必厉。诚能回观物之智,而为反身之察,若施之于人,则能恕;自鉴其情,亦明矣。

这种话,虽然说得很精辟,对人,却有点求全责备的意思了。

一九九一年十二月二十四日

读《后汉书卷六十六·贾逵传》

(关于经术)

两汉经学大盛。但《春秋左传》一经,并得不到共识。从西汉末年,就为是否为《左传》立博士,争论不休。所谓"立博士",就是得到皇帝的承认,成为国家的一种学科。东汉初年,博士范升对《左传》持否定态度,他在光武帝亲自主持的讨论会上说:

> 左氏不祖孔子,而出于丘明。师徒相传,又无其人。且非先帝所存,无因得立。(同卷范升传)

他条奏"左氏之失,凡十四事"。和他辩论的人说:太史公多引左氏。他又"上太史公违戾五经谬孔子言,及左氏春秋不可录,三十一事"。

学者陈元,则主张《左传》,应立博士。他说范升的言论,不过是"断截小文,媒黩微词"。"所谓小辩破言,小言破道者也"。

皇帝又叫他和范升辩论,他占了上风。"帝卒立左氏学,太常选博士四人"。但诸儒"论议谨哗",不久,"左氏复废"。

贾逵的父亲贾徽,从"刘歆受左氏春秋"。"逵悉传父业,尤明左氏传、国语,为之解诂五十一篇。永平中,上疏献之。显宗重其书,写藏秘馆"。后来,他又给皇帝作了一篇《神鸟颂》。

肃宗时,他"摘出左氏三十事,尤著明者。斯皆君臣之正义,父子之纪纲"。给皇帝看。然后又说"左氏与图谶合"。更重要的一点论据是:"五经家皆无以证图谶,明刘氏为尧后者,而左氏独有明文。"

这就一矢中的:

> 书奏,帝嘉之。赐布五百匹,衣一袭。令逵自选公羊严颜诸生高才者二十人,教以左氏。

从此,《春秋左传》一经的地位,就牢固地确立了。贾逵实为左氏功臣。

耕堂曰:学术受政治制约。此余幼年所学,至今不容变异。以上史实凿凿,亦非晚近新潮所能打破。学术受政治制约,首先表现为学者受政治约束。郑玄一代大儒,八方仰慕。当病重时,袁绍一命,逼玄随军,他就不得不载病而行,死于路途。学者不能离政治而自由,而能产生自由的学术,这就是梦话。

且一经之立,非只关系一经,能广泛流传。精熟此经者,可得立为博士。博士也是一种官位,可得诸多好处。我们不能把贾逵的这种做法,单纯看做是迎合,投机。因为皇帝选用人材、学术,主要是看能否为当前政治服务。贾逵所谈,多为"安上理民"之策,与皇帝的希望正相合,就容易被接受。左氏的整个著作,也沾了光,随之大行于世。这和一些儒家主张为人要委蛇行事,以求通显,道理是一样的。无可厚非。

但范晔并不这样看,他说:

郑贾之学,行乎数百年中,遂为诸儒宗,亦徒有以焉尔!桓谭以不善谶流亡,郑兴以逊辞仅免。贾逵能附会文致,最差贵显。世主以此论学,悲矣哉!

好像我以上的看法,太庸俗了。范晔是一个理想主义者。

理想终归是理想,在历史上,从来没有实现过。

另外,学术也不等于政治。有些大儒,固然因学术而显达,在政治上顺利。有的却不是做大官的材料。郑玄虽然那样用功,学术成就那样大,但看来他性情有些孤僻,不愿做官。也可能是感到,自己做不来。他说:"别人都去做了大官,吾自忖度,无任于此。但念述先圣之元意,思整百家之不齐,亦庶几以竭吾才。"他是有自知之明的,也是有识见的,因为当时天下已大乱。

范升争论得那样凶,后来为"出妻所告,坐系。得出,还乡里。永平中,为聊城令,坐事免,卒于家"。官做得很小,时间又很短。

贾逵,"然不修小节,当世以此颇讥焉,故不至大官"。

耕堂曰:

凡以知识学术干政者,贾逵可为师法矣。回忆"四人帮"时期,思想、文化界,此种人不少。率皆从经典中,寻章摘句,牵强附会,以合时势。迹其用心,盖下贾逵一等。其中,自然有人系迫不得已。但主动逢迎者,为多数。文艺创作亦如此。其作品,太露骨者,固已不为人齿,然亦有人,由此步入作家行列,几经翻滚,终于成为"名家"。此亦如范晔所言:"徒有以焉尔!"这个词儿很新鲜,也很俏皮。意思是说:也不过就是那么回子事罢了!

一九九一年十二月二十九日

读《后汉书卷七十三·朱穆传》

(关于交友)

古代主张绝交的人,大都性情孤僻。或处境不佳,遭遇悲惨。心情极度不好时,才这样做。

例如东汉的朱穆,就写过一篇《矫时》的绝交论。其中有:"绝存问,不见客,亦不答也。"这样不通人情的句子。

后来,著名学者蔡邕,以为朱穆这种见解是"贞而孤"。就是狭窄,偏激,不开明。"又作正交以广其志"。蔡邕论交的主旨为:

  盖朋友之道,有义则合,无义则离。善则久要不忘平生之言;恶则忠告善诲之,否则止,无自辱焉。故君子不为可弃之行,不患人之遗己也。信有可归之德,不病人之远己也。

《后汉书》的作者范晔,在《朱穆传》的后面,就交友问题,发了很长的议论。他引证了古来交友,正、反两方面的史实和教训,重申了孔子、老子两位圣哲对友道的主张,列举了当时一些善于交友的人物。

我以为,蔡氏和范氏的论述,很全面,也很正确,实在无懈可击。也正因为这样,他们的话,等于没有说。交朋友,是一种社会现象。人既不能脱离社会而生存,就像必须娶妻生子一样,交结朋友。但每个人的生活方式,每个人的生活能力,并不相同。

所处时代、环境,也不一样。要求每人对待友道,持相同观点,是不可能的。

关于交友,孔子都说过了。"泛爱众而亲仁","以文会友,以友辅仁","益者三友",是其要点,是千古不刊之论。

为什么在圣人门徒中间,又有很多人主张绝交呢?就是因为我前面所说的那些复杂情况。有些人生活能力差,应付能力小。想离群索居,又怕没有粥喝。想得到一时一刻的心境平衡,于是想到了绝交。朱穆所为,正是如此。他在梁冀这种人手下工作,劝说又不听。环境恶劣,前景茫茫,只能如此了。

他这个人,还有天生的病态:

> 及壮,耽学。锐意讲诵,或时思至不自知。忘失衣冠,颠坠坑岸。其父常以为专愚,几不知数马足。

这样的人,你叫他广交朋友,应付自如,岂不是打鸭子上架吗?他终于"愤懑发疽"而亡。

但有人,生理、心理都正常,通达世情,并热心公益,乐于帮助他人。对交友,也持消极态度。这就值得注意了。

《后汉书卷五十七·王丹传》:

> 丹子有同门生丧亲,家在中山。白丹欲往奔慰,结侣将行,丹怒而挞之,令寄缣以祠焉。或问其故,丹曰:交道之难,未易言也。世称管鲍,次则王贡。张陈凶其终,萧朱隙其末,故知全之者鲜矣。

范晔对他的评论是:"王丹难于交执之道,斯知交矣。"因为王丹这样做,不只是由于识见,也是根据经验,不能不令人信服。他的主张是:交友要慎重;朋友之间的来往,要清淡,不要过热。

耕堂曰:交友,是一种生活手段。幼时,在庙会上,见卖艺人开场,必言:在家靠父母,出门靠朋友。朋友与父母并论,可见其与吃饭穿衣有关。这种交友之道，可称做开放型，或进攻型。出门卖艺尚且如此，如果是出国卖艺，那交友一事，就更为重要了。相反，动不动就要与人绝交的人，可称封闭型，或保守型。要之，交友之道，从战术上说，要广交；从战略上说，要慎交。但凡关人事，变化莫测，不能自主。不是你要如何，便能如何的。

　　关于交友，我在《悼曼晴》一文的附论中，曾经胡扯过一通，这里就不再多说了。

一九九一年十二月三十一日下午

残 瓷 人

这是一个小女孩的白瓷造像。小孩梳两条小辫,只穿一条黄色短裤。她一手捧着一只小鸟,一手往小鸟的嘴中送食,这样两手和小鸟,便连成了一体。

这是我一九五一年,从国外一个小城市买回的工艺品。那时进城不久,我住在一个大院后面,原来是下人住的小屋里,房间里空空,我把它放在从南市旧货摊上买回的一个樟木盒子里。后来,又放进一些也是从旧货摊上买来的小玩艺,成了我的百宝箱。

有一年,原在冀中的一位老战友来看我。我想起在抗日战争时期,我过封锁线,他是军分区的作战科长,常常派一个侦察员护送我,对我有过好处,一时高兴,就把百宝箱打开,请他挑几件玩艺。他选了一对日本烧制的小花瓶,当他拿起这个小瓷人的时候,我说:

"这一件不送,我喜欢。"

他就又放下了。为了表示歉意,我送了他一张董寿平的杏花立轴,他高兴极了。

后来,我的东西多了,买了一个玻璃柜,专放瓷器,小瓷人从破木盒升格,也进入里面。"文化大革命",全被当做四旧抄走了。其实柜子里,既没有中国古董,更没有外国古董。它不过是一件哄小孩的瓷器,底座上标明定价,十六个卢布。

落实政策,瓷器又发还了。这真是有组织有计划的抄家,东西保存得很好，一件也没有损失，小瓷人也很好。

我已经没有心情再玩弄这些东西，我把它们放在一个稻草编的筐子里。一九七六年大地震，我屋里的瓷器，竟没有受损，几个放在书柜上的瓶子，只是倒在柜顶上，并没有滚落下来。小瓷人在草筐里，更是平安无事。

但地震震裂了屋顶。这是旧式房，天花板的装饰很重，一天夜里下雨，屋漏，一大块天花板的边缘部分，坠落下来，砸倒了草筐，小瓷人的两只手都断了。

我几经大劫，对任何事物，都没有了惋惜心情。但我不愿有残破的东西，放在眼前身边。于是，我找了些胶水，对着阳光，很仔细地把它的断肢修复，包括几片米粒大小的瓷皮，也粘贴好了。这些年，我修整了很多残书，我发现自己在修修补补方面，很有一些天赋。如果不是现在老眼昏花，我真想到国家的文物部门，去谋个差事。

搬家后，我把小瓷人带入新居，放在书案上。不知为什么，我忽然有些伤感了。我的一生，残破印象太多了，残破意识太浓了。大的如"九·一八"以后的国土山河的残破，战争年代的城市村庄的残破。"文化大革命"的文化残破，道德残破。个人的故园残破，亲情残破，爱情残破……我想忘记一切。我又把小瓷人放回筐里去了。

司马迁引老子之言：美好者不祥之器。我曾以为是哲学之至道，美学的大纲。这种想法，当然是不完整的，很不健康的。

1992年1月30日下午，大风

秋凉偶记（三则）

扁 豆

北方农村，中产以下人家，多以高粱秸秆，编为篱笆，围护宅院。篱笆下则种扁豆，到秋季开花结豆，罩在篱笆顶上，别有一番风情。

扁豆分白紫两种，花色亦然，相间种植，花分两色，豆各有形，引来蜂蝶，飞鸣其间，又添景色不少。

白扁豆细而长，紫扁豆宽而厚，收获以后者为多。

我自幼喜食扁豆，或炒或煎。煎时先把扁豆蒸一下，裹上面粉，谓之扁豆鱼。

吃饭是一种习性，年幼时好吃什么，到老年还是好吃什么。现在农贸市场，也有扁豆上市。

每逢吃扁豆，我就给家人讲下面一个故事：

一九三九年秋季，我在阜平县打游击，住在神仙山顶上。这座山很高很陡，全是黑色岩石，几乎没有人行路，只有牧羊人能上去。

山顶的背面，却有一户人家。他家依山盖成，门前有一小片土地，种了烟草和扁豆。

他种的扁豆，长得肥大出奇，我过去没有见过，后来也没有见过。

扁豆耐寒，越冷越长得多。扁豆有一种膻味，用羊油炒，加红辣椒,最是好吃。我在他家吃到的,正是这样做的扁豆。

他的家,其实就是他一个人。他已经四十开外,还是独身。身材高大,皮肤的颜色,和他身边的岩石,一般无二。

他也是一个游击队员。

每天天晚,我从山下归来,就坐在他的已经烧热的小炕上,吃他做的玉米面饼子,和炒扁豆。

灶上还烤好了一片绿色烟叶,他在手心里揉碎了,我们俩吸烟闲话,听着外面呼啸的山风。

1992年8月13日清晨

芸斋曰:此时同志,利害相关,生死与共,不问过去,不计将来,可谓一心一德矣。甚至不问乡里,不记姓名,可谓相见以诚矣。而自始至终,能相信不疑,白发之时,能记忆不忘,又可谓真交矣。后之所谓同志,多有相违者矣。

同日又记

再 观 藤 萝

楼下小花园,修建了一座藤萝架。走廊形,钢筋水泥,涂以白漆。下面还有供游人小憩的座位。但藤萝种了四五年,总爬不到架上去。原因是人与花争位,藤萝一爬到座位那里,妨碍了人,人就把它扒拉到地上去,再爬上来,就把它的尖子揪断。所以直到现在,藤条已经长到拇指那样粗,还是东一条,西一条,胡乱爬在地上。

藤萝这种花也怪,不上架不开花,一上架就开了。去年冬天,有一个老年人,好到这里休息晒太阳,他闲着没事,随手拣了一条塑料绳子,把头起的一枝藤条系到架上去,今年开春,它就开了一簇花,虽然一枝独秀,却非常鲜艳。

正当藤萝花开的时候,有几位年轻母亲,带孩子来这里坐。有一个女青年,听口音,看穿衣打扮,好像是谁家的保姆,也带着一个小孩,来架下玩耍。这位小保姆,个儿比较高,长得又健康俊俏,她站在架下,藤萝花正开在她的头上,在早晨的阳光照耀下,就好像谁给她插上去的。

自从改革开放以来,妇女服饰大变,心态也大变。只要穿上一件新潮衣裙,理上一个新潮发型,就是东施嫫母,也自我感觉良好,忽然变成了天仙。她们听着脚下高跟的响声,闻着脸上粉脂的香味,飘飘然地找到了自己的位置和价值。

这位农村来的女青年,站在这些人中间,显得超凡出众。她的美,是一种自然美,包括大自然的水土,也包括大自然的陶冶。她的美,是天生的,不是人为的,更没有描眉画眼的作假。她好像自觉到了这一点,所以她站在这些大城市时髦妇女中间,丝毫没有"不如人家"的感觉。她谈笑从容,对答如流,使得这些青年主妇们,也不能轻视她的聪明美丽。她成了谈话的中心,鹤立鸡群。

藤萝架旁边,每天还有一些老年妇女练功。教她们的,是一位带有江湖气味的中年人。这是一位热心公益的人,见到藤条散落地下,在他的学生们到来之前,他就找些绳索,把它们一一系到架上去。估计明年春季,藤萝架上,真的要繁花似锦了。

1992年8月16日清晨

后 富 的 人

这是一处高级住宅区。早晨八点以后,下午五时左右,接送厂长、经理、处长、局长的汽车,川流不息,不过时间不会太长,一会儿就过去了。下午的汽车,一到门口,尾巴就翘了起来。于是主人、司机以及家里人,把带回的大小纸袋子,大小纸箱子,搬到楼上去。

　　带回的东西,吃过用过以后,包装没处存放,就往垃圾道里丢。因此,第二天天还不亮,就有川流不息的拣破烂的人,来到楼群,逐楼寻找,垃圾间的铁门,响声不断。

　　过去,干这种营生的都是本市人,现在都是外地人。他们男男女女,老老少少,破衣烂裳,囚首垢面。背着一个大塑料口袋,手里拿一个铁钩子,急急忙忙地走着,因为就是早晨东西好拣。但时间也不会长,等到接人的汽车来时,他们就都消失了。

　　帮我做饭的妇人,熟于此道。我曾问她:

　　"前边一个刚从垃圾间出来,后面一个紧跟着就进去,哪里有那么多东西?"

　　她说:"一幢楼上,住这么多人家,倒垃圾的习惯也不一样,你知道他什么时候往下倒?也许他刚走,上面就掉下个大纸盒子来,你不是就可以拣到了吗?"

　　她并且告诉我,干这个,只要手脚勤快,一天的收入,是很可观的。就是刚从外地来,一无所有,衣食住行,都可以从中解决:例如破衣服,破鞋帽,干面包,烂水果,可以吃穿;破席子,可以铺用;甚至有药片,可以服。如果胆大些,边旁的破车子,可以骑上;过些日子,再换一个三轮……

　　关于住,她没有讲。我清晨散步的时候,的确遇到过一个外地来的小姑娘,手里提着一个破布包,满身满脸是黑灰。她问我,什么地方可以洗洗脸?我问她为什么弄得这样,她没有说。但我看见她是从一幢楼房的垃圾间出来。

　　国家已经有不少人,先富了起来。这些从农村来城市觅生活的,可以说是后富起来的人吧。

1992年8月16日清晨

记秀容

一九四八年春夏两季,我在饶阳县大官亭村,"掌握"土改工作。那时土改已到末期,就是分浮财和动员参军了。我住在贫农团,睡在原是一间油坊,现在是浮财保管室里。也不再吃派饭,这里有几个人的伙食。

村里有一所小学,就在附近。晚上,贫农团开会,就在小学的课室。课室旁边,是教员们的厨房,和女老师的宿舍。

差不多每天晚上,我都要到小学"主持"会议。会议很琐碎,一开就是半夜。我和小学的老师们都熟了,他们知道我也是一个"文化人",对我很亲热,校长尤其老练厚道。

大官亭有集市,每逢集日,老师们改善伙食,校长也总是把我叫去,解解馋。

饭桌就放在小学的院子里。饭也无非是肉菜和馒头。坐下以后,校长总是喊:"秀容,你给孙同志盛一碗!"

秀容是他们中间惟一的女老师。说是老师,其实比学生大不了多少。这位年轻的女老师,一边用甜脆的声音答应着,一边就小心翼翼地端上一碗非常丰富的菜来。校长又加一句:

"大方点,不要羞羞惭惭的。"

秀容很大方,脸都不红一下,微笑着把碗递给我。

有时候,吃完饭还有些余兴,就是由一位老师拉胡琴,我唱两段京戏。

一九四九年,进天津不久,一天中午,我在多伦道一家回民饭馆门口,遇见了秀容。她调来天津,在百货批发站工作,也住多伦道。我告诉她我的地址,第二天上午,她就到报社的小楼上来看我,还带了一包花生米。一直谈到我的大女儿来唤我吃饭,她才走了。

一九六〇年困难期间,我在家里养病,她又带了半斤点心来看我,使我很感动,几乎流下泪来。好像还作过一首诗,现在却找不到,可能是"文化大革命"时烧了。

自从我迁居,离得远了,见面就少了。今年春节,大女儿把她领进屋里。她带了一筒西洋参乳精,说:"你喝一点。"

她已经满头白发,牙齿也掉了几个。我问她多大岁数了。她说六十四。我回想进城时,她该是十八岁。她现在家里,看着三个孙女,都是四岁上下。她说:

"她们不打架。我给她们讲故事,念诗。"

她知道我大病初愈,坐了不久,就站起来,要单独和我女儿说话去。

我送她,实际是她扶着我走到门口。

她对我女儿说:

"你父亲年轻时,好唱京戏。进城以后,就从来没听见他唱过。可能是没有我那位同事,给他拉胡琴了。"

关于秀容,认识多年,我总觉得曾经写过她,今天遍查文集,却找不到一个字,不知何故。

1995年2月4日上午